T0294329

Laberinto

A Mireia, que me acompaña por mi propio laberinto

Editorial Bambú es un sello
de Editorial Casals, SA

© 2015, Víctor Panicello, por el texto
© 2015, Editorial Casals, SA, por esta edición
Casp, 79 – 08013 Barcelona
Tel.: 902 107 007
editorialbambu.com
bambulector.com

Ilustración de la cubierta: Toni Deu
Diseño de la colección: Estudi Miquel Puig

Primera edición: septiembre de 2015
ISBN: 978-84-8343-397-3
Depósito legal: B-18234-2015
Printed in Spain
Impreso en Anzos, SL
Fuenlabrada (Madrid)

LABERINTO

VÍCTOR PANICELLO

EDITORIAL

Prólogo

El monstruo apareció de repente frente a él, surgiendo de la profunda oscuridad como si formara parte de ella. A pesar de su enorme tamaño, había ejecutado la maniobra sin hacer ruido alguno. La trampa se cerraba y ya no podía volver atrás... Era demasiado tarde.

Por unos instantes, ambos se miraron sin moverse, mientras el fétido aliento del dogarth llenaba todo el espacio entre ellos. Sus enormes colmillos delanteros sobresalían de la boca como cuchillos a punto de ser clavados en su oponente. De hecho, esa era su función principal, penetrar rápidamente en la carne de su víctima, cortando articulaciones y fibras musculares, causando hemorragias múltiples y, finalmente, la muerte. Después, serían los incisivos, más pequeños, pero igualmente afilados, los que se encargarían de desgarrar y triturar la comida para que pudiera ser ingerida sin problemas por aquella estrecha garganta.

Aquel que se hacía llamar Rondo, que significaba guía en el idioma antiguo, esperó, consciente de que un solo movimiento en falso podía costarle ser atravesado por los dientes babeantes de la bestia. Solo iba a tener una oportunidad, tal vez ni eso, pero era vital controlar el miedo.

Era un miedo familiar y conocido, el único que lo había acompañado toda la vida, nacido cuando sus padres le narraban las macabras historias de los guerreros muertos en el laberinto, cuyos huesos formaban el nido donde el dogarth criaba al único descendiente que tendría en toda su vida de cien ciclos. Era el mismo terror que le provocaban las historias nocturnas que sus compañeros de juventud le explicaban sobre los otros monstruos que poblaban el laberinto y sobre cómo morían de formas atroces quienes se atrevían a desafiarlos. Por entonces, no podía saber si eran ciertas o inventadas, pero quedaron grabadas en su cerebro.

Sin embargo, con el paso de los años y la experiencia adquirida como cazador, había aprendido a relegar su miedo a un lugar muy oculto en el interior de su mente. Nunca desaparecía, ni siquiera lo olvidaba, pues sabía que el miedo, si se dominaba, ayudaba a sobrevivir. Pero lo controlaba y, en aquel momento de máximo peligro, conseguía reducirlo a una pequeña mancha oscura que permanecía latente, pero que no determinaba sus actos. Si dejaba que creciera, si permitía que tomase el control, pronto sería un pequeño montón de huesos más en el nido del dogarth.

Se obligó a olvidar el dolor que podían causar esa multitud de dientes si llegaban a clavase en su cuerpo. Se forzó a permanecer inmóvil, desafiante y con el palo de caza firme en dirección a los ojos del monstruo. Este pareció dudar unos instantes, pues estaba acostumbrado a atacar por la espalda a sus víctimas, a clavarles los colmillos o las potentes garras cuando huían presas del pánico, porque siempre huían ante su presencia. Ningún ser de aquel planeta le plantaba cara jamás.

Ese pequeño titubeo le dio a Rondo una pequeña ventaja que no desaprovechó. Lanzó la punta de su palo de caza con tal rapidez que la bestia no tuvo tiempo de reaccionar. La velocidad y fluidez de sus movimientos siempre habían sido sus mejores armas en la caza. Un rugido capaz de desatar las más crueles pesadillas se oyó hasta en los confines del mundo oscuro. Un grito que, aquellos que lo oyeron, creyeron que celebraba un nuevo triunfo de la bestia. Sin embargo, en esta ocasión se trataba de un aullido de dolor y de rabia.

Un líquido pegajoso se deslizó por el palo hasta llegar a las manos del cazador. Pequeños fragmentos gelatinosos se mezclaban con esa sustancia que goteaba por sus manos, todavía aferradas al palo de caza. Rondo comprendió que había herido al monstruo en uno de sus ojos y que ese fluido mucoso y amarillento era el que mantenía hinchado el globo ocular.

–¡Grita más, maldito monstruo! ¡Grita!

Un entusiasmo incipiente hizo que Rondo creyera que había cobrado una ventaja considerable al atacar primero. Intentó desclavar el palo de caza con la intención de repetir la maniobra hacia el otro ojo. Si lograba dejarlo ciego, lo tendría a su merced.

El error fue confiar en que el dolor podría más que el instinto depredador del dogarth. Decidió lanzarse a por él, pero se precipitó al moverse antes de tiempo.

Un profundo corte en el brazo izquierdo le seccionó buena parte del antebrazo. Ni siquiera supo si había sido una de las garras o la cortante aleta de la cola. Solo el duro hueso impidió que el corte atravesara todo el miembro y lo separara definitivamente del cuerpo. El aullido del cazador rivalizó con un nuevo rugido ensordecedor de la bestia. Fue como si le devolviera el desafío.

Dio un paso atrás y soltó el palo de caza mientras trataba de sujetarse la carne que sobresalía del hueso y sangraba sin control. Estaba expuesto a un nuevo ataque, pero no podía hacer nada. Si la bestia hubiera lanzado sus dientes entonces, todo habría acabado.

Sin embargo, ambos contrincantes parecieron darse un pequeño respiro. El monstruo trataba de lamer el líquido que manaba abundantemente de la cuenca de su ojo vacío. Gracias a una larguísima lengua retráctil, podía alcanzar la zona herida y llevarse la materia gelatinosa a la boca. En pocos segundos, vació del todo el espacio donde antes había tenido uno de sus hipnotizantes ojos verdes. Mientras tanto, Rondo se había arrancado un trozo de la ruda tela con la que se cubría el torso para improvisar un torniquete alrededor de su inutilizado brazo izquierdo. Después de unos larguísimos segundos en que el dolor había saturado su cerebro, ahora parecía que las sensaciones provenientes de esa parte de su cuerpo no le llegaban y ya apenas notaba nada, solo una sensación de vacío, de letargo.

La visión de su propia sangre acumulándose a sus pies, formando un pequeño charco, hizo que reaccionara y que decidiera luchar por su vida.

Cuando el dogarth volvió a centrar su atención en aquel minúsculo ser que le había causado tan tremenda herida, lo encontró preparado y desafiante, sosteniendo aquel ridículo palo acabado en punta que tan diestramente le había lanzado hacia uno de los dos ojos.

La criatura avanzó con paso decidido, pues necesitaba esa comida. En aquella parte del mundo oscuro apenas era posible alimentarse de hierbas y raíces medio secas. Solo muy de tanto en tanto alguna presa despistada se adentraba por sus dominios y le permitía saciar su apetito y el de su cría. Ambos podían pasar mucho tiempo sin comer, pero nunca dejaban pasar una oportunidad como aquella. Además, nadie penetraba en sus dominios sin exponerse a ser devorado, así había sido desde el inicio de su reinado en aquel pequeño planeta.

–Vamos, ataca de una vez, a ver si consigo dejarte ciego del todo –susurró Rondo mientras retrocedía paso a paso.

Sabía que, con un brazo inútil, sus posibilidades se reducían hasta resultar prácticamente inexistentes. Pero él era Rondo, el gran cazador en quien todos confiaban, el único capaz de llegar hasta la gran cueva y enfrentarse al rey de las bestias.

Esperó su momento pegado a una de las paredes de piedra roja que componían la mayor parte de la cueva. Era una piedra porosa con multitud de bordes cortantes, de manera que uno tenía que andar con cuidado de no herirse la piel. Nadie sabía de dónde había salido ese tipo de roca que no aparecía en ningún otro lugar del pequeño planeta. Algunas antiguas leyendas hablaban de una gran boca abierta en la tierra, de donde había manado esa roca en forma líquida y humeante. Otras historias explicaban que esa roca había llegado allí desde más allá de Hastg.

—¡Vamos, vieja bestia sin entrañas! ¡Ataca si te atreves! —le gritó con todas sus fuerzas.

Trataba de provocarla para que se precipitara y cometiera algún error que le brindara la oportunidad de volver a lanzar su palo de caza hacia el otro ojo. Sin embargo, el monstruo avanzaba lentamente, tomando precauciones a cada paso, como si fuera consciente de las dos circunstancias que marcaban aquella lucha desigual:

Si se descuidaba, podía volver a ser herido.

Aquel ser minúsculo que bramaba estaba atrapado.

Desesperado al ver que el dogarth no cometía ningún error, Rondo decidió tratar de sorprenderlo lanzando un ataque desesperado de distracción. Era consciente de que, con un brazo inutilizado, no podía afrontar una lucha directa, de manera que lo mejor sería tratar de huir y esconderse en algún oscuro recoveco. Iba a necesitar mucha suerte para que eso sucediera, ya que la bestia veía sin problemas en aquella profunda oscuridad, pero no tenía más opción que intentarlo.

Como si le hubiera leído la mente, el dogarth avanzó de costado, cubriendo con su enorme cuerpo escamado todo el espacio entre las paredes, cerrando así cualquier vía de escape a su víctima.

Rondo supo que estaba atrapado. Su brazo no dejaba de sangrar, y notaba como las fuerzas lo abandonaban con cada gota de sangre que manchaba el duro suelo. Un nuevo golpe de la cola le arrancó de las manos el palo de caza. Ahora estaba del todo indefenso.

—Así que aquí se acaba todo, ¿no? —le dijo aceptando su derrota.

Mientras el monstruo se acercaba lentamente, disfrutando de cada segundo de agonía que pudiera infligir a aquel ser que se había atrevido a desafiarlo en su propio reino, Rondo arrancó con su mano sana el talismán que la hechicera desterrada le había colgado poco después de nacer y que le había acompañado durante toda la vida. Era un pequeño cristal tallado toscamente en forma de círculo, con un peculiar color azulado y brillante. Su madre le había contado que aquella vieja hechicera, que pertenecía a un linaje muy antiguo, ahora prohibido en su pueblo, apareció al poco de su nacimiento para entregarle ese cristal que, según explicó, había sido arrancado del mismo «corazón del mundo» y algún día el propio Rondo devolvería a su lugar hasta la llegada de los nuevos tiempos.

Rondo comprendió entonces que ese momento había llegado. Cerró los ojos y trató de recordar algunos instantes de una vida que sabía muy cercana a su fin.

La luz de las mañanas frescas de la primera estación, cuando salía muy temprano con su padre a cazar algún trasgur para poder comer unas cuantas jornadas.

El placer de seguir un rastro durante largas caminatas, bajo el calor de la segunda estación, hasta encontrar a su presa y darle muerte.

Los días de amor vividos junto a Himsla en la cabaña que construyeron con sus propias manos cerca del manantial del Norte.

El afilado rostro del hechicero cuando, siendo muy joven todavía, le escuchaba enumerar las normas del laberinto.

Los primeros sollozos de su hijo, Taimgar, mientras esperaba ser amamantado.

Los rayos de Hastg calentando su piel después de bañarse en el río.

Y sobre todo... la luz.

1

Detrás del siguiente recodo podía encontrar la muerte cualquiera de ellos. De hecho, de los quince que iniciaron el camino, solo doce habían llegado hasta allí, y todavía debían afrontar la parte más cerrada de laberinto. Sería allí donde todos los horrores que habían soñado desde pequeños se harían realidad y los seres que lo habitaban tratarían de matarlos para devorarlos, especialmente los ritenhuts.

Observando el recién formado grupo, se preguntaba si era él quien debía liderarlos hasta el final, si realmente le tocaba a él conducirlos hacia el dolor y el mundo demente dominado por Milosh. ¿Quién le había otorgado a él, un simple cazador, el poder de decidir sobre la vida de los demás? Porque una cosa era segura, si seguía guiándolos hacia delante, iba a tocarle enviar a alguno a la muerte.

—Vamos, Piedra, tenemos que seguir, los ritenhuts no están muy lejos y nos siguen la pista.

Miró a Árbol, con su larga melena siempre ondeando al viento, y se preguntó si realmente Milosh escogió su nombre porque había soñado con su pelo o si solo era una casualidad. Por un instante, pensó en sí mismo y en si tal vez el hechicero había visto algo en su interior que provocó que le pusiera Piedra como nombre de niño. Cuando lo hizo, seguro que pensó en algo duro y sin sentimientos, inamovible. Tal vez fuera por sus intensos ojos azules, que a menudo se mostraban fríos como el hielo, o por sus rasgos angulosos o su mentón cuadrado. Tal vez porque, a diferencia de la mayoría de los cazadores, llevaba el pelo más corto y sin recoger en esa coleta típica de su tribu.

–¡No podemos irnos sin ellos! –casi gritaba Hierba.

Todo el grupo vacilaba sobre qué hacer, y se miraban los unos a los otros esperando a que alguien tomara una decisión. Piedra se mantuvo tranquilo, observando cómo todos ellos tenían los ojos tan rojos como suponía que estarían los suyos. No estaban acostumbrados a la falta de luz.

–¿Qué hacemos, Piedra? –insistió Árbol, que había decidido pegarse a él y vincular la suerte de ambos.

Muchos se volvieron a mirarlo, esperando una respuesta que él no tenía.

A lo lejos se oían los rugidos desesperados de los ritenhuts tratando de encontrar el rastro que los llevara hasta ellos, hasta su primera comida fácil y suculenta en mucho tiempo.

–Yo continúo hacia la izquierda –intervino Viento del Norte con el acento propio de la zona cercana al hirviente mar de Okam, de donde procedía.

Trataba de dividirlos una vez más... ¡Con lo que había costado que formaran un grupo!

–Debemos esperar a los que faltan –insistió Hierba, que parecía no darse cuenta de la situación.

Sus ojos marrones parecían apagados y casi sin vida. Tal vez fuera por el efecto de la penumbra o porque, en el fondo, ya había aceptado que su destino sería no salir jamás del laberinto. Piedra había visto esa misma mirada en algunas de sus presas cuando decidían entregarse, rendirse, dejar de correr. Lo conocía desde pequeño, ya que sus respectivas familias cultivaban un pequeño y misérrimo campo en estaciones alternas. Habían crecido juntos, y juntos habían cazado sus primeros tripcops, esos veloces reptiles de siete cuernos que corrían por las praderas del este. También en esas ocasiones Hierba tendía a darse por vencido muy pronto, y solo la insistencia de Piedra en seguir la caza lo mantenía en la lucha. Como ahora, que esperaba despertar sentimientos de lástima en el grupo de cazadores para que alguien le diera ánimos.

Pero él no iba a hacerlo. Él era Piedra y se mantendría encerrado en sí mismo, sin dejar que nadie ni nada atravesara su coraza, porque, si flaqueaba, moriría allí, sin conseguirla a ella... y eso era algo que no podía permitir que sucediera, que no quería ni imaginar.

Esquivó esa mirada lastimera y tomó una decisión: no podían continuar allí detenidos.

–Estoy de acuerdo con Viento del Norte, sigamos por la izquierda.

Mientras el grupo volvía a ponerse en marcha, observó cómo todos aceptaban su elección sin poner ningún reparo. No es que él creyera que la izquierda era mejor que la derecha, lo mismo daba, en realidad, porque no sabían a dónde iban. Aun así, era mucho mejor que siguieran unidos, aunque fuera para equivocarse de camino. Aceptando, pues, el parecer de Viento del Norte, se levantó y lo siguió hacia la entrada del estrecho pasaje, donde apenas penetraba la poca luz que proporcionaban las antorchas que colgaban en las paredes cada cierto número de pasos.

Antes de adentrarse de nuevo en el silencio perverso del laberinto, trató de mirar al norte por si divisaba algo de claridad proveniente de su propia parte del mundo, allá donde el sol de Hastg nunca dejaba de iluminar la tierra ni los bosques, donde no existían las noches. Echaba de menos el color rosado del cielo en las mañanas y el naranja de las tardes. Echaba de menos la suave lluvia refrescante de la estación primera, e incluso el sofocante calor de la estación segunda. Hasta las terribles tormentas de luz, que cada cuatro o cinco estaciones asolaban una parte del territorio, resultaban más acogedoras que esa perpetua oscuridad.

Pero así era Gronjor, mitad luz y mitad sombras. Un lugar maravilloso y aterrador al mismo tiempo, en el que podías pasar de sentirte libre y protegido a notar el peso del miedo en tan solo unos pasos. Un planeta que contenía dos mundos en uno.

En una de las caras que abarcaba algo menos de la mitad del pequeño planeta, vivían todos ellos. Todos los que, como él, tenían una familia que los cuidaba y los alimentaba hasta que llegaba el momento de la selección. Era entonces cuando tenían que adentrarse en el mundo siniestro de Milosh, en la otra cara de Gronjor, donde nunca llegaba la fuerza de la luz de Hastg. En esa enorme extensión, la mayor parte de la cual ni siquiera conocían, la vida era escasa y muy dura. Todo el terreno era roca negra, y solo crecían unas extrañas plantas cazadoras que devoraban los miles de insectos de todas clases que poblaban algunas zonas. Era allí donde los antepasados construyeron el laberinto que dominaba el hechicero y que estaba poblado de criaturas feroces.

También echaba de menos poder ver más allá de los siguientes diez pasos. Sus ojos no estaban nada habituados a la oscuridad porque, en la parte iluminada donde vivían, no existía la noche. Como mucho podía apreciarse a veces una muy ligera disminución en la intensidad de la luz, pero nada que pudiera compararse con esa penumbra constante. Dormían a plena claridad, sin que eso les causara problema alguno, y sus pupilas apenas se dilataban, por lo que, aunque su visión iba mejorando conforme se adaptaba a esas condiciones horribles, a todos les costaba distinguir las siluetas. No dejaba de pensar en si volvería alguna vez a tumbarse cerca del río a dejarse bañar por el calor y el brillo de los rayos reflejados en las aguas... con ella a su lado.

Esa visión hizo que un escalofrío recorriera su espalda y lo devolviera a la realidad. Se adentraban en uno de los pasillos laterales del laberinto y debía dejar atrás todo recuerdo, todo deseo, toda esperanza. Solo volviéndose realmente piedra tendría alguna oportunidad de conseguir la meta, de conseguirla a ella y de volver a ver la luz. Por eso, cuando Hierba se acercó a su lado, casi suplicando que no dejaran atrás a los que faltaban, le respondió con brusquedad.

–Deja de pensar en los que faltan, porque están todos muertos. Si no los ha devorado ya el gran lagarto, lo harán los malditos ritenhuts. Ese es su trabajo de carroñeros, perseguirnos por el laberinto para acabar el trabajo que no hagan los monstruos que viven aquí.

–Pero no sabemos si el chico al que picó el escorpión... –trató de insistir sin demasiada convicción.

Hierba nunca había tenido carácter y, de alguna manera, siempre había vivido a su alrededor, cazando, corriendo o recolectando fruta según él decidía. Sin embargo, ahora su dependencia lo lastraba, y no quería que sus debilidades lo arrastraran a una muerte atroz en el laberinto. Quería ser uno de los que consiguieran llegar hasta donde esperaban las chicas, hasta donde estaba su amada Lea. Quería ser uno de los que se ganaran el derecho a volver al mundo de la luz según las tradiciones. Quería ser uno de los hombres que podrían escoger un nombre de cazador y poder así formar una familia. Solo un hijo por pareja, esas eran las estrictas leyes de Milosh, y quienes las desobedecían pasaban a formar parte de sus numerosos esclavos o desaparecían para siempre en la zona muerta.

–¡Basta! –le gritó Piedra finalmente–. Están todos muertos o lo estarán en muy poco tiempo, así que olvídalos y sigue con nosotros. O espéralos si quieres morir aquí, pero hazlo solo. Yo pienso regresar a nuestra parte del mundo.

Hierba lo miró con esa expresión de sumisión y reproche que siempre ponía. En el fondo, su cobardía le servía de parapeto para no tener que afrontar las cosas. Era más fácil esperar a que los demás decidieran y después quejarse. A veces lo odiaba por eso.

Sin embargo, lo que le había dicho era cierto, él pensaba hacer lo que fuera necesario para volver a su mitad del mundo, aunque, de hecho, ni siquiera se trataba de la mitad, ya que la parte iluminada era bastante más pequeña que la zona sin luz. Además, compartían el espacio donde la vida era posible con grandes desiertos asolados por un intensísimo calor, con mares hirvientes que no podían cruzarse y con algunas cadenas de montañas de roca viva donde solo crecían algunos helechos. El espacio era muy limitado, por eso las leyes eran tan estrictas con el control de la población, porque pronto iban a quedarse sin tierras para habitar ni caza para comer.

–¡Vamos! ¡¿O es que queréis pasaros aquí el resto de vuestra vida?! –les gritó Viento del Norte, que había vuelto a salir de las profundidades, donde el grupo ya avanzaba compacto.

Piedra formó con los labios una media sonrisa que nadie pudo ver. Viento del Norte había vuelto atrás, a lanzarles un grito de rabia por no seguir su paso incansable, pero había vuelto a buscarlos al fin y al cabo. Sin darse cuenta, iba aceptando que iban a moverse, a avanzar y a actuar como un grupo. Llegado el momento, incluso lucharían y morirían también como un grupo, por lo menos hasta que estuvieran cerca del núcleo. Entonces cada uno volvería a su papel de cazador solitario que buscaba solo lo mejor para él, y cada cual perseguiría su propia presa.

Cuando llegara ese momento, si es que Piedra y Viento del Norte conseguían sobrevivir a las largas jornadas de marcha y lucha que les esperaban, ambos se convertirían en enemigos de nuevo, porque ambos perseguían a la misma presa; Viento del Norte también quería elegir a Lea.

–¡Espera! –le respondió Piedra también a gritos.

Con él era mejor no dejarse intimidar.

Le hizo una seña a Hierba para que los dejara a solas y avanzara en busca del grupo, al que ya no se veía tras las paredes de roca viva que formaban el laberinto.

–Hablemos –le dijo a su rival cuando estuvieron a solas–. Sabes tan bien como yo que no podemos simplemente seguir adelante, sin más. Ya hemos perdido a dos de nosotros con el lagarto, y a otro por culpa de los malditos escorpiones negros.

Un lejano recuerdo de su niñez recorrió una parte de su cerebro. Una imagen de un niño cogiendo larvas cerca de su cabaña, una piedra levantada sin pensar, un picor repentino y la mitad del cuerpo inmediatamente paralizado... Un escorpión que decidió dejarlo vivir, porque una segunda picadura era absolutamente mortal. Hierba le salvó la vida avisando a su padre.

–Esas criaturas eran solo los preliminares, y tú lo sabes. Ambos sabemos que lo peor nos espera a partir de aquí –respondió Viento del Norte adoptando la posición medio en cuclillas en la que cualquier miembro de la tribu podía permanecer varias horas inmóvil.

–Sí, yo también lo siento aquí –le respondió, señalando su estómago ahora vacío, pues la última comida que había tomado fueron dos raíces que arrancó en uno de los pasillos abiertos del laberinto.

–Deberíamos marchar tú y yo solos. La mayoría no llegará, como tu amigo Hierba... Es una presa fácil.

Lo decía para retarle, para ver si era capaz de provocar una lucha abierta entre ellos. Pero Piedra no iba a caer... por lo menos no todavía.

Lo miró con esa expresión vacía en la cara que le descubrió el hechicero cuando era un niño y que le llevó a ponerle su nombre natural, el que llevaría hasta que no saliera con vida del laberinto y pudiera escoger un nombre de cazador. Sería entonces, y solo entonces, cuando se le permitiría fundar su propio clan.

Los ojos grises de Viento del Norte brillaban incluso con la poca luz que llegaba hasta ellos. Era el brillo de la pasión, del peligro, del loco que labraba su camino apartando a los que se le oponían. Iba a ser su rival por conseguir a Lea y llevaba el nombre de la ventisca helada que en la primera estación llegaba a veces desde las remotas montañas perdidas. Era un viento cargado de pequeños pedazos de hielo que herían la piel... igual que esa mirada de depredador. El cazador implacable se sentía ahora en su medio, como esos enormes gartmihs de largas orejas y peligrosos colmillos que se veían a veces cerca de las cuevas. Era un cazador solitario capaz de localizar y matar a uno de esos desconfiados felinos en solo unas jornadas, acechándolos en sus propias madrigueras en lo más profundo de las cuevas, y ahora lo miraba como debía mirar a sus presas. Piedra sintió por unos instantes que él era el objetivo, el premio, la caza mayor.

–No vamos a dejarlos aquí, porque tenemos más posibilidades si seguimos todos juntos –le dijo, finalmente, después de aguantarle la mirada el tiempo suficiente para que entendiera que no le tenía miedo–. Me ha costado mucho conseguir que todos aceptaran el grupo, y eso es algo con lo que quizás Milosh y las criaturas no cuentan, de manera que nos da algo de ventaja en este mundo salvaje. Si alguno de ellos flaquea, no volveremos a buscarlo, pero seguiremos juntos mientras podamos.

El cazador solitario lo miró con una cierta dosis de desprecio, pero aceptó su razonamiento. No se sabía de ningún grupo de cazadores que hubieran atravesado nunca el laberinto juntos, desafiando las leyes que les obligaban a cruzarlo en solitario. Tal vez eso les concediera una cierta ventaja, aunque significara desafiar al hechicero, ya que este les había explicado claramente las normas de la selección:

–Cuando alcancéis los tres estallidos de Hastg y acabe vuestro ciclo número quince, saldréis solos a buscar el camino del laberinto. Llevaréis dos armas de corte y tantos palos de caza como podáis cargar, pero nada más. Andaréis hacia donde se acaba la luz hasta que bordeéis el profundo mar de Okam. Cerca de la otra orilla encontraréis la puerta del mundo oscuro que da entrada al laberinto. Allí dispondréis de no más de cinco jornadas para atravesarlo hasta llegar al núcleo. Si lo conseguís, podréis escoger aquella que será vuestra compañera en el mundo de la luz. Con ella, y solo con ella, engendraréis un hijo que continuará ese ciclo hasta que Hastg se apague y todo quede hundido en las sombras para siempre. Ese será el camino de vuestra sangre nueva, de vuestra renovación, cuando dejaréis de ser cosas y podréis obtener el honor de mostrar vuestro nombre y pertenecer a la tribu. Por ello, rechazaréis la compañía de los que, como vosotros, se enfrentan a sus propios miedos y debilidades. Este viaje, cada cazador debe hacerlo solo, porque es en soledad como ganaréis el derecho a la vida y a perpetuar vuestra saga.

–No iremos muy lejos solo con palos de caza y algunas armas de corte –le dijo Piedra para intentar sacar de él sus dotes de cazador en beneficio de todos.

Ese era un idioma que él entendía.

Durante unos largos instantes no contestó, seguramente dudando si debía revelar alguna de sus estrategias de caza. Ambos aspirantes sabían que, al final, si los dos llegaban cerca del núcleo, sería inevitable un enfrentamiento por Lea. Pero eso sería si conseguían pasar las diferentes etapas del laberinto, y todavía estaban hacia el final de la primera, la más fácil.

Finalmente, Viento del Norte decidió colaborar.

–Podemos cargar piedras para arrojarlas, he visto muchas ahí atrás.

Le costaba ir soltando sus bazas.

–Buena idea. ¿Qué más?

–Bueno, creo que algunos de los palos de caza podrían partirse y convertirse en armas para lanzar listones afilados a corta distancia. Tampoco es que ellos sepan utilizarlos muy bien... –dijo con gesto despectivo en dirección a la boca del laberinto, por donde algunos del grupo habían vuelto a salir a ver por qué los dos mejores cazadores no los seguían.

–Bien, pero no tenemos mucho tiempo. ¿Cuánto calculas que tardarán en alcanzarnos los ritenhuts?

Ambos habían oído los aullidos que iban soltando esas bestias de patas cortas mientras seguían su rastro. Era su grito de caza, y les servía para mantener a la manada unida y coordinar su marcha. No podían adivinar cuántos eran, pero seguro que no iban a dejar de perseguirlos. En esa zona muerta, donde se pasaban ciclos y ciclos comiendo restos de animales muertos, insectos y raíces medio podridas, no iban a dejar pasar la ocasión de comer carne fresca. Con el paso del tiempo, habían interiorizado los períodos de la selección como el gran momento de alimentarse bien, hasta el punto de que su período de cría coincidía con el paso de las generaciones de cazadores por el laberinto.

–Les llevamos media jornada como máximo, quizás menos –sentenció Viento del Norte.

No podían permitirse perder mucho tiempo, sin embargo, era imprescindible que organizaran una cierta defensa ante lo que les pudiera estar esperando más adelante. Ya habían comprobado que los ataques llegarían cuando menos lo esperaran.

–De acuerdo, pues, encárgate tú de conseguir mejorar nuestras armas mientras yo trato de organizar la marcha para que seamos más silenciosos y menos vulnerables.

Por unos instantes, el cazador solitario mantuvo su furiosa mirada sobre Piedra. Si algo no soportaba era sentirse dirigido por otro. Piedra le sostuvo la mirada y esperó.

–De acuerdo –cedió finalmente–. Pero no va a servir de mucho, la mayoría de estos no llegará a ver la entrada del núcleo.

Con gestos ásperos y enérgicos, escogió a cinco de los más jóvenes y los llevó a por las piedras. Había elegido instintivamente a los más fuertes, dejándole a Piedra a los peores cazadores, los que no hubieran tenido ninguna oportunidad de acabar el laberinto si hubieran seguido solos. Entre los que quedaron con Piedra estaba, como no, Hierba, pero también Árbol, Río, Lluvia y, finalmente, Pájaro Azul. Solo había salido de caza una vez con este último, y había sido suficiente para darse cuenta de que era muy bueno en esa tarea. No se precipitaba nunca en la embestida final, y eso le proporcionaba más oportunidades que a la mayoría.

Viento del Norte lo había ignorado porque procedía de las montañas y su familia se había incorporado muy recientemente a la tribu, ya que no podían subsistir por más tiempo en aquellas tierras yermas. Eso lo hacía propicio para sufrir el desprecio de la mayoría, que consideraban que restaba posibilidades de descendencia a una familia antigua. Sin embargo, el propio Milosh había intercedido por ellos ante el Consejo de Cazadores. Piedra sabía que era un cazador muy apto, por lo que se alegró de tenerlo cerca en esas circunstancias.

Piedra decidió dirigirse en primer lugar a Árbol, pues necesitaba su implicación, su pensamiento estratégico capaz de analizar diversas alternativas.

–Tenemos que encontrar una manera de avanzar que sea efectiva y nos permita mantenernos en guardia sin retrasar nuestra marcha.

Árbol asintió con la cabeza y se retiró unos pasos a reflexionar. Permaneció inmóvil mientras un suave viento movía sus largos cabellos. Era un árbol en estado puro.

–Deberías situarte con Hierba en la parte de atrás –le dijo después a Lluvia, un chico de piel oscura y grandes orejas que tenía fama de ser capaz de oír el movimiento de un gusano a varios pasos de distancia.

–Bien, trataremos de descubrir a esos asquerosos riten-huts antes de que ellos lo hagan con nosotros.

Piedra iba a sugerirle que se llevara aparte a Hierba para explicarle cómo debían cubrirlos, pero él ya le había puesto la mano en el hombro y le hablaba en un susurro. Intuyó que Hierba lo miraba a él con reprobación por disponerlo en la parte de atrás del grupo, expuesto a los ataques de los depredadores que los perseguían, pero ni siquiera se volvió a mirarlo. El miedo que destilaba iba a ser una buena herramienta para mantenerlo atento cuando avanzaran. Seguro que no se le escapaba un solo ruido o crujido.

Finalmente, se acercó a Río, que permanecía a la espera de instrucciones. Era un chico muy bajo, de apenas tres brazadas, herencia de su padre, también muy bajo, y consecuencia de una escasa alimentación por culpa de su poca destreza con la caza y porque su madre desapareció en el bosque una noche que salió en busca de frutos para plantar sus tierras. Nadie supo nunca qué ocurrió con ella, pero las mujeres eran las encargadas de todo lo relacionado con las plantas y los frutos silvestres. Recolectaban y plantaban según la tradición y su propia intuición. Si una de ellas moría, nadie la sustituía, y su familia acostumbraba a criar hijos malnutridos que nunca superarían el laberinto o hijas a las que nadie seleccionaría para formar una saga y acabarían como esclavas de Milosh. En ambos casos, las estirpes estaban condenadas.

–Tú irás en el grupo de exploración junto con un cazador más. Avanzaréis cincuenta pasos por delante del resto y os detendréis en cada cruce.

El chico asintió sin decir nada.

Ambos sabían que era el peor de los sitios del grupo, ya que los avanzados acostumbraban a ser los primeros en descubrir los peligros del camino, a menudo demasiado tarde para ellos. Lo estaba condenando y, sin embargo, Piedra era consciente de que era la mejor decisión para todos.

Árbol se acercó y le soltó:

–Lo mejor es una cuña invertida, así reducimos el frente de choque por delante y mantenemos los lados suficientemente cubiertos.

No tenía tiempo para discutir con él, de manera que aceptó su teoría sin acabar de saber muy bien qué quería decir exactamente.

–Encárgate tú de situar a todo el mundo en su sitio.

Mientras Árbol dibujaba en el suelo unas marcas, Piedra se dirigió a Pájaro Azul, que esperaba pacientemente a que se acercara.

–Supongo que yo soy de los que se pueden sacrificar, ¿no?

Piedra recibió el reproche sin inmutarse.

–Eso depende de ti... pero siempre puedes decidir continuar por tu cuenta.

Estaba siendo algo cruel, pero era la única manera de conseguir llegar a su objetivo. Él era Piedra, y las piedras no sienten nada. Si quería volver a ver esa sonrisa de Lea que le hacía perder el sentido, debía dejar atrás todo sentimiento.

El cazador de las montañas encajó el golpe y siguió allí inmóvil mientras Piedra lo miraba desafiante sin mover un músculo.

Finalmente fue Pájaro Azul quien apartó sus oscuros ojos, aceptando su posición subordinada.

–Solo hasta la puerta del núcleo –dijo en cuanto chocaron sus antebrazos en señal de pacto.

–Hasta allí y ni un paso más –le respondió Piedra.

Ambos cumplirían con su juramento, pues era sagrado que se respetara con lo pactado entre cazadores.

–¿Qué necesitas de mí?

Piedra le explicó que sabía que era un buen cazador y que no le importaba para nada de dónde procedieran él o su familia. También le pidió que, independientemente de cómo lo tratara el resto del grupo, manifestara su opinión cuando tuvieran problemas. De alguna manera, trataba de contar con un aliado para enfrentarse a la preponderancia de Viento del Norte.

En ese momento, el grupo que el cazador solitario se había llevado aparte volvía cargado de piedras.

–Las hemos afilado, y creo que servirán si conseguimos que aprendan a lanzarlas.

Normalmente solo se dirigía a Piedra y hablaba del resto del grupo como si no estuvieran allí.

En unos minutos, todo el grupo se reunió y se trazó un plan de marcha. Árbol señaló las posiciones de cada uno y Piedra decidió que un chico de ojos claros, a quien todos llamaban Estrella, fuera el acompañante suicida de Río en la avanzada. Como era de esperar, Viento del Norte no aceptó la posición asignada en el grupo, de manera que iba y venía según le parecía.

Fue él quien, repentinamente, dio la orden de marcha, que quedó prácticamente sofocada por un aullido de origen desconocido que sonó muy cerca de su posición. No era un ritenhut el que lo había producido, sino algo mucho mayor.

Sin mirar atrás, los doce se dirigieron rápidamente ha cia el pasillo izquierdo del laberinto. En poco segundos, la oscuridad los abrazó de nuevo.

2

—Son las leyes de nuestro pueblo. Así nos las transmitieron nuestros antepasados y así las aceptamos y las cumplimos todos nosotros. No hacerlo implicaría nuestra destrucción.

Una y otra vez, Milosh repetía el mensaje y los augurios a aquellos que venían a poner en duda el orden que los mantenía con vida en aquel mundo pequeño y hostil. Cada nueva generación que tenía que enfrentarse al laberinto implicaba tener que recibir a unos padres que trataban de obtener privilegios para sus hijos, sin darse cuenta de que no fue él quien redactara las leyes primeras, pero su misión era hacerlas cumplir.

Los padres de Quang, una de las chicas que permanecía en el núcleo del laberinto a la espera de ser escogida para formar una familia o permanecer como sirviente de Milosh, habían venido a rogarle que hiciera una excepción con ella, como hacían todos. Antes o después, prácticamente todas las familias desfilaban por su cabaña, situada en el límite de la tierra sin luz, para pedirle que favoreciera a sus hijos en contra de los demás. Naturalmente, él ya contaba con eso y sabía cómo deshacerse de ellos sin dedicarles mucho tiempo.

–No debéis temer por vuestra hija. Alcanzará su signo tal y como está escrito con las palabras primigenias.

–Pero... pero... si nadie la escoge... –se atrevió a intervenir la madre.

–Entonces su suerte será sagrada –le respondió secamente el hechicero–. ¿O acaso pretendes decir que servirme es un mal futuro para ella? ¿No debería ser un honor para vuestra familia que así fuera?

Parecía que la mujer, que no debía tener más de veinte ciclos, iba a decir algo, pero su compañero se lo impidió.

–Así sea Milosh, esperaremos hasta que el destino nos procure una respuesta –dijo por fin el cazador.

–No tendréis que esperar más allá de cinco jornadas –concluyó. Y los hizo salir con un gesto de su mano.

Estaba cansado de repetir lo mismo una y otra vez. A ninguno de los que venían a suplicarle les importaba si sus peticiones perjudicaban a los otros, simplemente querían que los suyos resultaran favorecidos.

–¿Queda alguien más para verme? –preguntó con hastío a una de las esclavas ayudantes.

–No, Milosh, eran los últimos –le respondió la mujer.

Iba cubierta con un pañuelo rojo anudado en la cabeza, símbolo de su rango de ayudante personal del hechicero. Él mismo la había escogido de entre las que no resultaron elegidas en la última generación que se enfrentó al laberinto. No era especialmente bella, pero sí muy reservada y silenciosa, cosa que el hechicero agradecía. Algunos mechones de su melena castaña escapaban del pañuelo, algo que contravenía las normas, de manera que Milosh le dijo:

–Córtate el pelo o no vuelvas.

Ella enrojeció visiblemente y salió maldiciéndose por haber dado pie a que el hechicero la regañara. Mantener el pelo muy corto era parte de sus obligaciones como esclava, y más encontrándose tan cercana a Milosh, que no soportaba signo alguno de feminidad. Se castigó pellizcándose con fuerza en la muñeca, dejando una señal muy visible. Sus ojos marrones se llenaron de lágrimas por el dolor, pero lo aguantó sin producir el menor ruido. Las muestras de debilidad eran poco valoradas allí. En unos segundos, recuperó el control y se dirigió a seguir con sus obligaciones.

Milosh dedicó unos instantes a recuperar la serenidad. Se desnudó por completo y se metió en una enorme tinaja de agua muy caliente. Sus ayudantes la mantenían a temperatura casi constante por si en algún momento él necesitaba esos instantes de inmersión y de paz.

Quemaba. Casi sentía los lamentos de su piel mientras enrojecía y se dilataba. Aguantó el dolor y reprimió los deseos de escapar de allí.

Con el control llegó la paz de nuevo, pero siguió sumergido, tratando de doblegar con su voluntad el impulso inconsciente de huir del sufrimiento que dominaba a menudo a los demás. Vencer los instintos era parte de su superioridad. Así se lo había intentado transmitir su padre, igual que a él se lo transmitió el suyo y a este el suyo, y así sucesivamente en una estirpe de hechiceros que se remontaba a los primeros tiempos de su cadena tribal, a los días en que se fundaron las leyes y se creó el laberinto. Claro que, por lo que se refería a su propio padre, eso de vencer las tentaciones tenía mucho más de teoría que de realidad. Él lo sabía muy bien.

Cuando surgió del agua, dos esclavos personales con pañuelos también rojos en la cabeza lo envolvieron en una enorme tela rosada. Se vistió con sus ropas habituales de tonos oscuros y se dispuso a tomar la primera comida del día.

–Llamad al controlador.

Allí nadie tenía nombre, no se lo habían ganado por ser hijos no autorizados, no superar el laberinto o no ser mujeres escogidas para formar familias. Eran nombrados por la labor que tenían adjudicada en cada momento, de manera que podían llegar a tener muchos nombres en su vida.

Mientras Milosh comía despacio algunas de las frutas que le habían dispuesto en la mesa de madera, apareció corriendo un chico cubierto con un pañuelo verde. Al llegar frente a él, permaneció con la cabeza agachada hasta que recibió la señal para erguirse y hablar.

–Han tomado el pasillo izquierdo de la primera etapa del laberinto. Siguen avanzando en grupo. Se mantienen vivos doce de ellos. Los demás han...

Milosh lanzó una enorme fruta conocida como limen al suelo, donde explotó cubriendo de zumo morado a los que estaban cerca. Estaba furioso.

–¡Malditos sean! ¡¿Es que creen que ellos pueden saltarse las normas?! ¡¿Creen que las leyes se hicieron para ser quebrantadas?!

Nadie contestó.

–No parecen darse cuenta de que el equilibrio de nuestro mundo está permanentemente en peligro…

Las ayudantes se habían esfumado silenciosamente, de manera que solo el controlador escuchaba las palabras del hechicero. Cuando este se dio cuenta, lo despidió con un gesto de la mano. Tratando de dominar su furia, bebió del cuenco con agua de lluvia que siempre tenía cerca, pues su sed era a menudo insaciable.

Salió de su cabaña y miró alrededor, observando cómo el mundo que le había sido legado funcionaba según las normas y jerarquías que se remontaban al principio, cuando los primeros habitantes de aquellas tierras se reagruparon después de la Gran Rebelión para formar la que hoy era la tribu predominante de aquel mundo. Más de treinta cabañas se agrupaban en torno a la suya, mucho más grande y elevada que las otras. Él conocía la distribución de todas ellas y su utilidad, aunque ignoraba la personalidad y procedencia de los que tenía a su servicio. Las más alejadas del centro del poblado servían de habitaciones comunitarias para los esclavos, separados por rango y por sexo. Naturalmente, estaban prohibidas las relaciones entre ellos bajo pena de muerte.

Al fondo, cerca del límite con el mundo oscuro, se alojaban los recién llegados, la última generación en entrar a su servicio. Iban cubiertos con un pañuelo negro y solo irían avanzando en el escalafón tribal a medida que se mostraran útiles y resignados a su suerte. Más allá, a apenas unos centenares de pasos, empezaba el mundo de las sombras, aquel que albergaba el laberinto que sus antepasados idearon como forma de selección en un mundo que no podía darles cobijo a todos.

Aunque no gobernaba con la crueldad de alguno de sus antepasados hechiceros, como su propio padre, muy dado a aplicar castigos físicos o degradantes ante el más mínimo síntoma de rebeldía, tampoco dudaba cuando debía mandar a alguno de los esclavos a perderse en la zona muerta. Allí sería, sin duda, cazado y devorado por alguna de las criaturas que poblaban el mundo oscuro. Fueran hombres o mujeres, si no se sometían a su poder, eran una amenaza contra lo establecido y debían desaparecer antes de que contaminaran a los demás.

Todo el mundo recordaba la Gran Rebelión que, cinco generaciones atrás, casi acaba con toda la tribu por culpa del egoísmo de unos pocos que antepusieron sus deseos a los intereses generales. En realidad, la mayor parte de la culpa deberían atribuírsela las hechiceras ancestrales que encabezaron esa revuelta. Y todo porque no querían perder su poder, porque se negaban a aceptar que los tiempos habían cambiado y que ahora eran ellos, los nuevos hechiceros, los que debían gobernar al pueblo único para asegurar su supervivencia. Hasta ese día, las ancianas habían marcado las reglas, aunque quizás sería más apropiado decir las «no reglas», pues fue precisamente su permisividad la que permitió que todas las pequeñas tribus crecieran sin control hasta que estuvieron a punto de agotar los escasos recursos del planeta. Por suerte, en ese momento de crisis absoluta, surgieron los nuevos hechiceros para poner orden y desterrar a aquellas que habían puesto a toda la raza al borde de la extinción.

Desde entonces, todo funcionaba de manera controlada.

Él no iba a permitir desafíos que alteraran el orden, como los de aquel grupo de iniciados que recorrían en grupo el laberinto cuando las leyes establecían claramente que esa experiencia debía hacerse en solitario.

—Que venga el rastreador —dijo en voz alta sin dirigirse a nadie en concreto.

Sabía que siempre había alguien cerca, pendiente de sus órdenes o deseos. Siempre había sido así, y así debía seguir siendo.

Por delante de la gran cabaña pasó una ayudante de pañuelo rojo que, por un breve instante, se atrevió a levantar la vista y mirarlo directamente a la cara. Eso merecía un castigo leve en forma de una degradación a color violeta, pero Milosh no dijo nada. La contemplación fugaz de esos ojos dorados como el ámbar de las montañas de Cumt le trajo una imagen que perturbó su entendimiento... Tilam.

Se sintió tan culpable por pensar en ella que olvidó aplicar el correctivo que correspondía a la esclava.

Tilam... Trataba de olvidarla, pero no podía. Su recuerdo volvía una y otra vez.

—Milosh... ¿me has llamado?

Se maldijo por permitir que esa chica perturbara sus pensamientos hasta el punto de que sus propios ayudantes pudieran llegar a preguntarse qué era lo que lo mantenía tan distraído. Las leyes de su pueblo establecían que el hechicero debía vivir sin compañía, siempre solo. No iba a ser él quien las cambiara solo por ese sentimiento indomable que le rondaba por la cabeza. Miró con gesto duro al rastreador, un hombre que, en su momento, no llegó al final del laberinto por muy poco, de hecho por un cúmulo de mala suerte y la traición de una de las mujeres que los esperaban en el núcleo. Desde entonces, mantenía una disciplina férrea con los servidores del laberinto que lo había llevado a ascender hasta convertirse en el rastreador principal. Su falta de conexión con los sentimientos de los demás lo hacía ideal para ese cometido. Además, era un cazador excepcional, capaz de enfrentarse a cualquier criatura, incluido un ritenhut.

Su misión era intervenir dentro del laberinto, si era necesario, para que se cumplieran las normas o para evitar la muerte de un cazador que decidía rendirse. Normalmente, el laberinto era cuidado por un amplio grupo de esclavos bajo el mando de uno de ellos de mayor rango o antigüedad. En los períodos sin actividad selectiva, ellos eran los encargados proporcionar comida a las bestias y vigilar que no se acercasen a los límites del territorio oscuro. Eso no sucedía casi nunca, ya que las formas de vida de esa parte del planeta habían desarrollado una especie de fobia a la luz.

Sin embargo, cuando se acercaba el tiempo de la gran selección, se dejaba pasar hambre a todas las criaturas oscuras para despertar en ellas su instinto cazador. El grupo a cargo del laberinto pasaba a estar entonces a cargo del controlador y sus ayudantes. El rastreador solo tomaba el mando si surgían problemas... como ocurría en ese momento.

–Parece ser que los del laberinto han decidido agruparse porque creen que así van a tener más posibilidades. Eso va contra toda ley y no podemos permitirlo –le explicó Milosh.

El hombre no dijo nada, pues no acostumbraba a hablar si no era requerido directamente. Los que habían nacido cerca de las montañas eran mucho más cerrados que los de los valles... y también mucho más duros.

Milosh siguió reflexionando en voz alta:

–Antes de actuar, debemos tener claro quién es el responsable de esa actitud hostil. Hay que averiguar quién ha conseguido convencerlos de que deben desafiarnos. Y por cierto, ¿Viento del Norte, ese cazador solitario tan hábil, también participa en esa marcha conjunta?

El rastreador hizo un gesto, encogiendo los hombros, para dar a entender que no podía saberlo.

–Cuesta creerlo –insistió el hechicero sin hacer caso–. Los hemos preparado a todos para que se sientan mejor solos que con los demás, algo que han ido asimilando desde que eran niños. En el caso de Viento del Norte, todavía resulta más difícil de entender. No hay cazador más hostil hacia los demás que él, y sin embargo también ha decidido participar de esa traición... Me preguntó por qué. En cuanto al que llaman Piedra, desconozco su papel en esto, pero quiero saberlo.

Mantuvo unos instantes de silencio, solo roto por los ruidos de la actividad ordinaria del campamento.

–Necesito saber más sobre cómo ha empezado todo esto. Espera aquí.

Milosh salió de su cabaña por la puerta de atrás y se acercó al grupo de esclavos que jugaban con semillas de limen debajo de uno de los pocos árboles que crecían en aquella zona. En cuanto vieron acercarse al hechicero, más de la mitad de ellos se esfumaron y los otros hicieron ver que estaban muy ocupados cargando fardos o limpiando sus armas de defensa. Sin hacerles ningún caso, Milosh se dirigió a uno de ellos, el controlador que había estado hacía unos momentos explicándole la situación del grupo en el laberinto.

–Quiero saber cómo ha empezado todo esto –le dijo al tenerlo a menos de dos pasos–. Se supone que tú y los tuyos seguís la marcha precisamente para observar el comportamiento de los cazadores e informarme de cualquier novedad. Quiero saber cómo es que se han unido en grupo sin que yo me haya enterado.

–Bueno... yo... nosotros... –balbuceó.

–Deja de hablar como si fueras un niño de pecho y cuéntame lo que quiero saber. Tu misión es la de estar al corriente de todo lo que sucede ahí dentro. Quiero saber por qué no me has avisado de lo que estaba pasando.

–Milosh, gran hechicero y padre nuestro...

–Deja de decir estupideces para agradarme y explícate.

–No sé qué decirte, gran Milosh. Los vimos hablando en varias ocasiones entre ellos, pero no sospechamos nada, pues nunca eran más de dos o tres, y apenas unos instantes. Además, eso fue antes de que entraran, y... No podíamos sospechar que... Fue una sorpresa para todos que, una vez dentro del laberinto, se reunieran y avanzaran todos juntos.

Milosh suspiró y se dio cuenta de que a aquel inútil no iba a sacarle gran cosa más. Los cazadores lo habían engañado, conspirando en pequeños grupos hasta que se pusieron de acuerdo. Para entonces, aquel inepto ya no fue capaz de hacer gran cosa.

Llamó con un gesto de la mano a uno de los ayudantes del controlador que esperaban por allí cerca. Era fácil distinguirlos, pues llevaban sus pañuelos verdes en la cabeza. El chico se acercó lentamente, con el miedo reflejado en su rostro juvenil.

–Ahora tú eres el controlador principal. Interroga a esta escoria sobre lo que sepa del grupo que se mueve en el laberinto... –le dijo señalando al que hasta ese momento había sido su superior, que esperaba con la cabeza inclinada.

Milosh le arrancó el pañuelo.

–No mereces llevar este estandarte. No mereces estar a mi servicio, de manera que, en cuanto acaben de hablar contigo, pasarás a formar parte de los azules.

Un perceptible temblor agitó los hombros del esclavo, que se cubría la cabeza afeitada con las manos como si se sintiera desnudo sin el pañuelo. Ser de los azules implicaba estar a merced de las bestias, ya que su misión era alimentarlas y conducirlas por los diferentes espacios del laberinto, con lo que frecuentemente eran cazados y devorados por ellas. Era el lugar destinado a los que Milosh condenaba por rebelarse contra las leyes o por tener más de un hijo. Nadie vivía más de tres estaciones en ese grupo. El terror le infundió valor para tratar de quejarse.

–Pero, gran hechicero, yo he cumplido fielmente con... no es justo que ahora...

–¡Cállate! ¡No te atrevas a cuestionar mis decisiones o ni siquiera servirás para comida de ritenhut! –le respondió furioso Milosh.

El nuevo controlador decidió mostrar a su amo que había escogido bien al nombrarle a él y le lanzó un bofetón al antiguo controlador, ahora caído en desgracia, lanzándolo al suelo.

Milosh se dio la vuelta sin decir nada más. Sin volverse, dijo:

41

–Quiero saber todo lo que ha ocurrido y lo que ocurra a partir de ahora en el laberinto. Quiero saber quién toma las decisiones de ese grupo rebelde, quién lo manda, quién decide... Todo, ¿está claro?

No esperó respuesta antes de meterse de nuevo en su cabaña. Allí lo esperaba, en la misma posición en que lo había dejado, medio en cuclillas, el rastreador.

–Vuelve allí dentro y síguelos de cerca. No importa si ellos se dan cuenta de tu presencia.

–No lo sabrán –le interrumpió.

Milosh le lanzó una furiosa mirada por el atrevimiento.

–No me importa si lo saben o no. Lo que quiero es que trates de encontrar la manera de separarlos, de hacer que sigan caminos diferentes. Utiliza los medios que consideres oportunos, y si necesitas que alguna de las criaturas actúe en tu ayuda, habla con el nuevo controlador y juntos disponéis lo que sea necesario. Todavía están en el inicio del laberinto cerrado, de manera que no debería costarte demasiado conseguir que se vayan separando. Tú ya conoces esos caminos...

Hizo una pausa para recordarle que él estuvo allí, pero que no llegó hasta el final. Sabía que era un buen cazador, y ahora le pedía que utilizara sus dotes en provecho de la comunidad. Contaba con su resentimiento por la traición que lo convirtió en esclavo.

–En ese grupo hay algunos cazadores muy flojos, muchachos que no te aguantarían ni dos días de marcha. Asústalos, haz que se precipiten y tomen decisiones equivocadas. Haz que sientan miedo y duden de que seguir juntos sea una buena estrategia... ¡Domínalos!

–Viento del Norte no se asusta fácilmente.

Todos conocían la fama de ese cazador, aunque todavía no hubiera pasado la selección. Todo el mundo sabía que él iba a ser uno de los que llegaran al núcleo.

–No te preocupes por él, ese se descolgará solo.

–¿Y ese al que llaman Piedra?

Milosh trató de evitar cualquier expresión que exteriorizara lo que sabía sobre ese chico. Sin embargo, el rastreador estaba acostumbrado a detectar hasta las más pequeñas variaciones en su entorno; a eso debía buena parte de su éxito como cazador. Enseguida vio un ligero cambio en Milosh al oír ese nombre, un brillo en la mirada, un temblor apenas perceptible en el labio superior. No dijo nada, pero guardó esa información en su cerebro por si en algún momento le resultaba de utilidad.

–Haz lo que debas hacer con él... o con cualquier otro.

Sin hacer apenas ruido cuando andaba, el rastreador abandonó la cabaña. Muchos de los que circulaban por allí cerca ni se dieron cuenta de su presencia aquel día junto al hechicero. Volverse invisible, confundirse con el entorno, era una de sus mejores cualidades. La otra era una falta total de duda cuando llegaba el momento de asestar el golpe mortal a sus presas. Muchas morían sin llegar a saber qué les había ocurrido.

Cuando quedó a solas, Milosh permaneció en pie, reflexionando.

A veces casi odiaba su papel en Gronjor.

Él no había pedido la responsabilidad de conservar el equilibrio, esa siempre frágil armonía que les permitía seguir existiendo en el pequeño planeta donde habían nacido. Los demás no sabían lo duro que resultaba mantener siempre la tensión para evitar que el hambre o las luchas fratricidas acabaran con su pueblo. Nadie como él sabía lo cerca que estaban siempre de superar la barrera de la extinción. En un mundo como aquel, no podían permitirse ninguna flaqueza.

Levantó la vista hacia el anaranjado cielo, donde el sol de Hastg luchaba con fuerza para lograr enviarles unos tibios rayos de luz que solo alcanzaban para iluminar bastante menos de la mitad de su mundo, convirtiendo la parte habitable del planeta en una superficie de tierra escasa y siempre amenazada por una población que llevaba en su código la idea de crecer y extenderse. Sin embargo, eso no podía ser, simplemente porque ya apenas cabían allí donde era posible la supervivencia. Ocupaban casi todo el espacio posible, salvo las cimas más altas, donde las bajas temperaturas hacían imposible la supervivencia, y los desiertos, donde la radiación de Hastg fundía hasta las piedras. También había que mantener intactos algunos rincones de los bosques donde no estaba permitido habitar para que la caza pudiera conservarse y no quedaran todos condenados por el hambre.

Era así de simple, solo había sitio para mantener un limitado número de habitantes que, a pesar de todo, tendía al crecimiento.

Era por eso que nadie podía contravenir las reglas, que nadie podía tener más de un hijo, y eso solo después de demostrar que se era digno de crear una estirpe propia.

Por eso existía el laberinto que sus antepasados diseñaron para filtrar la especie, para que solo los más fuertes tuvieran el privilegio de poder escoger una mujer que les proporcionara un descendiente, que a su vez debería volver a luchar para perpetuar la saga. Pocas eran las familias que se mantenían más allá de tres o cuatro generaciones. Solo unas cuantas se remontaban a los tiempos de Rondo y sus guerreros.

Una de ellas era la familia de Piedra.

La otra era la de Lea.

No podía permitir que ambas familias se uniesen, eran una amenaza demasiado grande para él, pero sobre todo para el propio Gronjor y sus habitantes.

Trató de quitarse de la cabeza los malos augurios que le rondaban desde que empezara la selección en esa nueva generación. Las cosas no iban como debían ir, y él tenía buena parte de la culpa.

Pensó en el mundo oscuro, esa parte del planeta que jamás recibía ni luz ni calor. Era una tierra muerta, donde no crecía vida alguna, salvo unos extraños helechos blancos cuyas grandes raíces penetraban muy profundamente en la tierra en busca de la escasa humedad que pudieran encontrar. Sobrevivían porque habían desarrollado la capacidad de cazar los insectos sin nombre que cambiaban de forma cada dos o tres generaciones para adaptarse también a las condiciones de vida de aquel lugar. Igualmente, habitaban aquella parte de Gronjor miles de pequeños ratones, que vivían en túneles que formaban galerías casi infinitas, y los muntgars, mitad pájaro, mitad serpiente, cuyo veneno era capaz de matar a cualquier criatura en muy poco tiempo.

45

Naturalmente, estaban los ritenhuts, casi los auténticos reyes de la tierra oscura, capaces de comer cualquier cosa

viva o muerta que encontraran. Eran seres de apariencia repugnante, pero mortales si decidían clasificarte como presa. Sus casi inútiles ojos habían perdido la visión más allá
de unos pasos, lo cual les impedía acercarse a la zona iluminada del planeta, ya que no soportaban la luz. Sin embargo,
tenían un olfato de una sensibilidad tal que eran capaces
de detectar a mucha distancia la presencia de una posible
presa. También su oído era especialmente fino, lo que les
proporcionaba una gran capacidad de caza en una zona
amplísima de territorio. Poseían, además, una increíble te-
nacidad y resistencia, lo cual los convertían en los mejores
cazadores de la zona oscura. También había una considerable población de lagartos gigantes capaces de tragarse a
una persona entera sin masticar. Aunque normalmente no
eran especialmente agresivos y tendían a agruparse en las
zonas más remotas y desconocidas de Gronjor, se volvían
terribles cuando el hambre apretaba.

Finalmente, estaba el dogarth, el auténtico rey del mundo sin luz. Un monstruoso depredador del que muy pocos
conocían su aspecto, pues difícilmente nada ni nadie escapaba a su presencia.

Milosh lo había visto solo una vez, cuando su padre lo
llevó a conocer el laberinto como parte de su aprendiza-
je como hechicero. Se habían adentrado por los pasajes
secretos que solo conocían quienes estaban destinados a
gobernar, hasta que penetraron en el núcleo y llegaron allí
donde el dogarth había establecido su hogar en el principio de los tiempos. Gracias a una gran provisión de antorchas que cargaban los esclavos, el dogarth no los atacó,
pues lo único a lo que temía era a la luz.

Milosh recordaba muy bien su aspecto, su ferocidad cuando, enrabiado por su presencia cercana, atacó su propio nido y casi devora a su cría, que se salvó por muy poco. Descontrolado, destrozó las rocas cercanas con uno de sus mortales golpes de cola.

A esa furia deberían enfrentarse Piedra y su grupo, a eso y a las otras trampas del laberinto, pensadas y perfeccionadas a lo largo de las generaciones de cazadores y hechiceros que habían pasado por la gran selección para escoger a los mejores, a aquellos que deberían perpetuar la estirpe de su tribu.

Tal vez Piedra consiguiera ser uno de los que llegara al final, de los que pudiera completar su iniciación y demostrar que era digno para formar una familia.

Si eso sucedía, si él era uno de los que llegaban al núcleo, Milosh todavía debería impedir que escogiera a quien no debía como compañera y madre de su descendiente.

La imagen de Lea cruzó un segundo por su mente.

Esas dos familias no iban a cruzarse, estaba escrito que eso no debía suceder, y no sucedería.

Pero tal vez no hiciera falta preocuparse, tal vez Piedra no superaría las pruebas a las que iba a enfrentarse en breve. A lo mejor ni siquiera escogería a Lea si llegaba hasta el final. Tal vez el grupo de cazadores acabaría por romperse, no iba a ser fácil que algunos de ellos, como el orgulloso Viento del Norte, aceptaran unir su suerte a la de otros cazadores menos hábiles. Demasiados cabos sueltos...

Pero Milosh no iba a dejar el destino de su pueblo en manos de la suerte o de los caprichos de aquel grupo indisciplinado y desafiante.

Un estruendo a sus espaldas lo saco de su ensimismamiento. Uno de los esclavos de la última generación había dejado caer una de las tinajas de agua, y todo el mundo lo rodeaba gritándole y amenazándolo. Los primeros ciclos eran los más difíciles para todo el mundo, hasta que cada uno aceptaba su lugar en el mundo y las cosas fluían de nuevo.

Ese era el secreto: aceptación, resignación.

Nadie iba a cambiar el rumbo de su pueblo solo por no aceptar que todo debía seguir como estaba.

Él no iba a quedarse esperando a que actuara la suerte. Las medidas estaban tomadas para que todo continuara sin cambios peligrosos.

Ni Piedra ni Lea iban a ser fuente de problemas, no iba a permitirlo.

Solo le preocupaba Tilam... y sus propios sentimientos hacia aquella chica de ojos ambarinos.

3

—¡Eres peor que un ritenhut!

—¡No te atrevas a decirme eso otra vez o...!

—¡¿O qué?! ¡¿Vas a pegarme?! ¿O es que esperas que alguno de esos chicos se fije en ti cuando llegue y te defienda? Lo veo difícil con esa nariz que has heredado.

—¡Eres, eres...!

—¡Basta ya! —intervino Lea, interponiéndose entre las dos chicas que discutían por una tontería, algo relacionado con un colgante que cada una reclamaba como propio.

Ninguna de ellas dijo nada, pues Lea imponía, pero se separaron sin dejar de cruzarse miradas cargadas de amenazas y de odio.

Lea permaneció unos instantes inmóvil, dando a entender que seguiría allí, dispuesta a volver a intervenir ante cualquier disputa. Estaba harta de tener que hacer aquel papel, pero la alternativa era mucho peor. Dejar que las riñas constantes acabaran en enfrentamientos mucho más

49

contundentes era la peor manera de aguantar el tiempo que les tocara permanecer allí.

La espera, la tensión, la incertidumbre... Toda aquella situación provocaba que saliera lo peor de cada una de ellas. A pesar de que llevaban toda la vida preparándose para esa etapa en el núcleo, ahora les tocaba vivirla de verdad, y nadie estaba preparado para experimentar aquello sin revolverse de alguna manera.

—No sé si aguantaremos sin acabar sacándonos los ojos entre nosotras. A lo mejor cuando ellos lleguen ya no encontrarán a nadie esperándolos —le dijo Tilam.

Lea sonrió con cierta amargura ante aquella expresión de pesimismo tan poco común en ella. Era una chica dulce y encantadora con la que enseguida había congeniado, hasta el punto de que casi se habían vuelto inseparables en las pocas jornadas que llevaban allí. Apenas la conocía de antes, aunque sabía de su familia porque aquel era un planeta pequeño. Sin embargo, ellas no habían intercambiado más que algunas palabras en los actos colectivos que se organizaban de tanto en tanto. También coincidieron en un par de salidas a recolectar frutos y semillas, aunque siempre bajo la vigilancia de los esclavos de pañuelo amarillo, cuya misión era precisamente el control de las chicas todavía sin pareja.

—No seas tan negativa —le respondió, aunque con una sonrisa.

Lea no era del todo consciente de cómo se le iluminaba el rostro cuando sonreía. De facciones algo duras, sus pómulos parecían mantenerse casi siempre en tensión, enmarcando unos ojos oscuros, casi negros, en los que resultaba muy difícil distinguir la pupila. Eso confería a su mirada una especial profundidad que acobardaba a muchas chicas y a la mayoría de los chicos. Algunos de ellos se habían acercado, tímidamente y siempre bajo supervisión, a conocerla en el último ciclo antes del período de selección, el único en el que estaba permitido mantener contacto directo entre los chicos y chicas de la misma generación, pero la mayoría no volvía a aparecer.

También en las jornadas inmediatas al inicio del encierro en el núcleo, los aspirantes a cazadores podían visitarlas en una gran cabaña habilitada para ello en el mismo poblado de Milosh. Lea sabía que producía ese efecto intimidatorio en casi todos los chicos... salvo en dos de los que ahora luchaban por sus propias vidas en el laberinto. En la última visita común, ambos la habían mirado a los ojos sin pestañear, sin apartar la mirada en ningún instante, aunque le trasmitieron sensaciones muy diferentes.

–Tienes razón –le respondió Tilam difuminando con su voz esos recuerdos–. Es que no soporto esta espera... como el resto de nosotras supongo.

–Bueno, no nos han educado para que nos sintamos a gusto estando juntas, ¿no?

–Sí, es cierto.

Por unos segundos ninguna de ellas habló, perdidas en algún momento de su todavía cercana infancia, no en vano apenas contaban catorce ciclos y ya hacía tiempo que sus padres les advertían que no debían mantener amistad con otras chicas. En Gronjor se fomentaba el individualismo como medida de control, pues siempre era más fácil dominar a personas que a grupos compactos. Precisamente por eso, a ambas les resultaba algo extraña esa recién estrenada complicidad.

–Dime una cosa, Lea –intervino Tilam para romper el incómodo silencio–. ¿Cuánto tiempo crees que tardarán en llegar aquí los primeros?

–No lo sé. Lo único que mi madre me explicó antes de que vinieran a buscarme fue que tenía que estar tranquila, que, mientras estuviera aquí en el núcleo, no correría ningún peligro. En cambio, mi padre me dijo que el tiempo dependía de la suerte, la destreza y el valor de cada cazador, pero que no acostumbraban a pasar más de cuatro o cinco jornadas.

Recordaba algunas de sus palabras cuando le explicó su propia experiencia en ese período de la selección:

«Nunca se sabe lo que uno puede tardar en atravesar el laberinto. Yo estuve una jornada entera atrapado en uno de los desfiladeros de la tercera etapa por culpa de dos ritenhuts, que parecían haberse encaprichado de mi carne. Me mantuvieron acorralado allí hasta que conseguí escabullirme en un momento en que estalló una pelea entre ellos. Cuando llegué al núcleo, después de atravesar el territorio del dogarth sin que este apareciera, cuatro de mis compañeros ya habían llegado y escogido a su pareja. Tuve la suerte de encontrar a tu madre esperándome... Ambos lo supimos en cuanto cruzamos nuestras miradas, mientras las esclavas del pañuelo blanco me daban de comer y curaban mis heridas. Debes pues prepararte para una larga y difícil espera, hija...».

–Mi padre ni siquiera me dijo eso, apenas habla conmigo porque siempre había querido tener un chico en lugar de una hija. Creo que, desde que me vio en el momento de nacer, he sido una constante decepción para él –respondió Tilam–. Mi madre dice que, a su manera, me quiere, pero... jamás me lo ha demostrado.

Tilam era siempre crudamente sincera, y esa era una de las cosas que más le gustaban de ella. Lea le sonrió para transmitirle una comprensión que no sentía en realidad. Ella siempre se había sentido aceptada y querida por su propio padre, quien a menudo se mostraba públicamente orgulloso de tener una hija.

–No te preocupes por eso, ahora debes estar preparada para formar tu propia familia y para hacer que tu hijo o tu hija se sientan bien desde muy pequeños y...

–Eso si alguien decide escogerme... –la interrumpió Tilam, bajando la mirada.

Lea observó su turbación y supo que realmente ella no era consciente de su belleza y su dulzura, algo que casi le garantizaba no pasar a ser una esclava de Milosh. La miró con detenimiento mientras Tilam permanecía unos segundos con la vista fija en la piedra cruda que cubría el recinto, donde ellas pasaban las jornadas esperando acontecimientos. Tenía unos cabellos rojizos muy brillantes que mantenía muy cortos, como mandaba la tradición para las chicas que todavía no habían pasado por su propia selección. Sus ojos rasgados señalaban su pertenencia a una de las tribus de las llanuras del norte; eran de un intenso color ambarino cuando resultaban visibles. Era algo bajita, una clara característica ligada a su origen, y más delgada que la mayoría, lo que le confería un aspecto de fragilidad que resultaba muy atrayente para los chicos. No tenía duda alguna de que sería una de las primeras escogidas si varios de ellos conseguían llegar hasta allí. Sin embargo, no estaba tan segura de que ella corriera la misma suerte... aunque confiaba en Piedra. Lo malo era que si él no superaba el laberinto, debería enfrentarse a la elección de los otros aspirantes o pasar a ser esclava de Milosh. Ninguna de las dos cosas la atraía en absoluto, pero, si tenía que escoger, nunca sería esclava.

En el período de contacto antes de la selección, solo uno de los cazadores, además del propio Piedra, se había interesado en ella. La mayoría se mostraban intimidados por su presencia, aunque ella trataba de dominar su mal carácter y ofrecer su cara más amable. Su madre ya se lo había advertido muchas veces, no debía mostrar su acostumbrada actitud hostil antes de ser escogida.

La imagen de Piedra le vino un segundo a la mente. Él la amaba, de eso estaba segura. Siempre la miraba con serenidad, sin bajar la mirada ni hacerla sentir extraña cuando hablaban en sus breves encuentros secretos. Era un chico muy seguro de sí mismo, a quien no asustaba estar con alguien como ella.

Después estaba ese cazador feroz del que algunas de las chicas hablaban constantemente: Viento del Norte. En el período de contacto, él no había llegado a hablar con ella directamente... Ni con ella ni con ninguna otra. Esa jornada, se había limitado a sentarse en un rincón apartado y mirar sin moverse a todas las que se paseaban por delante contoneándose como los pájaros multicolor de los bosques cuando trataban de impresionar a sus machos. Lea no se había ni acercado, pues no era muy dada a pavonearse ante los chicos, pero sus miradas se habían cruzado en algunas ocasiones. El joven cazador transmitía fuego, intensidad, valor, vitalidad... Algo salvaje que la trastornó en aquel momento y que seguía manteniéndola inquieta desde entonces.

–¿En cuál de ellos piensas?

Lea ni se había dado cuenta de que Tilam seguía allí, frente a ella, observándola mientras soñaba despierta, mientras trataba de no hacerse ilusiones, aunque sin poder evitar desear con todas sus fuerzas que Piedra llegara hasta allí el primero y la rescatara.

–Yo... no... –dijo, reaccionando con rapidez–. No pienso en nadie, no tengo ningún favorito.

–Mientes bastante mal –le respondió sonriendo y ocultando todavía más sus ojos rasgados.

–No me conoces –intervino Lea ofendida.

Tendía a sentirse herida con facilidad en el resbaladizo mundo de las relaciones con los chicos. Se trataba de un terreno que no dominaba, aunque se suponía que era donde las mujeres de su pueblo desplegaban sus mejores aptitudes. Ella, en cambio, prefería otros territorios...

–Yo tampoco tengo favoritos –continuó hablando Tilam para que su amiga se relajara–. Cualquiera que decida que seré la madre de sus hijos será bueno para mí.

Al acabar de decir estas palabras, Tilam pareció quedarse ensimismada unos instantes, con la vista perdida en algún lugar a las espaldas de Lea, soñando con algo que solo ella veía... o con alguien.

–Tampoco tú mientes muy bien.

Ambas se miraron y sonrieron. No iban a decirse nada más porque no era necesario. Lea seguiría esperando al que llamaban Piedra, y Tilam seguiría pensando en...

Solo ella sabía que sus pensamientos eran tan secretos, tan inconfesables, que ninguna de las chicas podía llegar a sospechar en quién se centraban. Ni siquiera Lea podía imaginarse con quién soñaba su amiga desde que era una niña. Ni su propia madre podía figurarse que ella había quedado absolutamente enamorada, con apenas doce ciclos, de alguien que estaba mucho más allá de sus posibilidades, de alguien que no formaba parte de su mundo.

Recordaba perfectamente cada uno de los detalles de ese día, del momento exacto en el que su vida iba a cambiar para siempre, convirtiéndola en alguien diferente, impura, retorcida... y peligrosa. Si alguien llegaba a sospechar por quién soñaba despierta desde aquel lejano momento en que lo vio por vez primera, su familia entera podía quedar señalada y proscrita, condenada a servir en el laberinto o al destierro.

Aquel día hacía calor, pues la estación segunda estaba en su apogeo y Hastg lanzaba con furia sus tentáculos sobre la parte viva del planeta. Ella había salido con su madre a buscar unas semillas especiales que solo germinaban en ese período y que debían ser recolectadas y plantadas durante unas pocas jornadas si se quería obtener un delicioso fruto verde que todos llamaban Qugar, con el que podían hacerse unas tortas dulces que volvían loco a su padre. Para obtener las codiciadas semillas, debían adentrarse mucho en el bosque, pues los arbustos que las producían solo crecían en algunas pequeñas zonas de la parte más frondosa.

Caminaron durante mucho rato por lugares que ella nunca antes había visitado. Su madre parecía saber a dónde iban, aunque de tanto en tanto se detenía y volvían sobre sus pasos. Al final consiguieron distinguir un lugar despejado donde los inmensos árboles parecían haber decidido no crecer. Tilam iba siguiendo a su madre muy de cerca, pues temía perderse en medio de aquella espesura, de manera que, cuando esta se detuvo de repente, no pudo evitar chocar con ella. Iba a protestar cuando notó que su madre le cubría enérgicamente la boca con la mano mientras le hacía gestos para que se estuviera quieta y sin hacer el menor ruido.

Al principio no lo vio.

Un movimiento en el claro captó su atención. Cerca de un árbol gigantesco, que debió empezar a crecer en el principio de los tiempos, medio escondido entre la inmensa sombra que proyectaban sus altas ramas, un hombre realizaba movimientos con sus brazos como si estuviera en trance. Ambas mujeres se mantenían paralizadas en su escondite tras unos arbustos de ramas bajas. No se atrevían a moverse para no llamar la atención del hombre que se cubría con una larga capa blanca que arrastraba hojas secas con sus movimientos. Lo reconocieron al instante, era Milosh, que realizaba algún conjuro secreto basado en los conocimientos que su familia, hechiceros de su mismo pueblo desde hacía varias generaciones, habían ido transmitiendo de padres a hijos. Las hijas de los hechiceros eran sacrificadas tras su nacimiento, pues una mujer no podía ocupar ese cargo. Antes era justamente al contrario, pero la saga de antepasados de Milosh impuso esa ley.

Su madre se debatía entre volver silenciosamente hacia atrás, con el riesgo de ser descubiertas y despertar la cólera del hechicero si pensaba que ellas espiaban los rituales secretos, o esperar a que Milosh finalizara su ceremonia y se fuera. Tilam, por su parte, observaba sus fluidos movimientos, lanzando sus brazos y su propio cuerpo hacia los altos árboles y hacia el cielo azul del mediodía, como si quisiera ponerse en comunicación con seres que solo él podía detectar. Una y otra vez se encogía hasta quedar hecho un ovillo, manteniéndose unos instantes en absoluto recogimiento, como mostrándose sumiso ante fuerzas superiores. De repente, se desplegaba en un ejercicio armonioso y bellísimo, creciendo desde la nada, como una insignificante semilla, desenvolviendo su propio cuerpo y estirándose en busca de la luz y del infinito que los contemplaba más allá de Hastg.

Tilam quedó sin respiración, completamente hipnotizada por aquella danza que ella interpretaba como la danza de la vida, de la celebración y del nacimiento. Era una ofrenda y una oración, una comunicación con los seres vivos y con los dioses que velaban por ese pequeño planeta semi a oscuras y por sus frágiles habitantes. El rostro del hechicero reflejaba esa conexión mágica, sus ojos brillaban, sus manos se movían con una fluidez sorprendente, su cuerpo mostraba la tensión de ese momento en cada uno de sus fibrosos músculos...

Era una conexión total con las fuerzas ocultas.

Cuando Milosh terminó su extraño ritual, se alejó lentamente, como agotado por el esfuerzo, hacia la zona más profunda del otro lado del claro, momento que su madre aprovechó para darle un tirón tan fuerte en el brazo que casi se lo separa del resto del cuerpo.

Mientras regresaban apresuradamente al poblado, le hizo jurar que olvidaría aquello.

–No te preocupes, madre. Jamás saldrá de mi boca lo que hemos visto hoy. En cuanto lleguemos a casa lo habré olvidado.

Pero no fue así. No lo olvidó y, aunque jamás había hablado de ello con nadie, recordaba aquel momento mágico todas las mañanas, todas las noches. Recordaría para siempre el momento en el que se había enamorado.

Pero no podía contárselo a nadie, ni siquiera a aquella chica que había conocido en el núcleo y con quien, en muy poco tiempo, había llegado a un nivel de complicidad que la sorprendía y casi asustaba. Pero ni siquiera a ella podía decirle nada.

Lea seguía observándola sin dejar de sonreír de esa forma algo enigmática que mostraba su rostro de tanto en tanto. Tilam pensó que, cuando dejaba de estar en tensión, era posible entrever que, bajo la capa de autocontrol y dureza que revelaba a los demás, esperaba una chica tan asustada como las otras, tan necesitada de ser escogida como cualquiera de ellas. Alguien que reclamaba ser aceptada, respetada, amada; alguien que temía tanto el rechazo como cualquiera de las que estaban allí, solo que no lo parecía si no la conocías, ya que actuaba siempre con una gran seguridad y confianza en ella misma.

Esa era su fuerza.

Lea también era consciente de esa fuerza que mostraba hacia afuera, aunque a menudo pensaba que también era una condena. Ser descendiente de Rondo, el cazador legendario, era una carga nada fácil de llevar, y menos para una chica.

–¿Y si nos dejamos de soñar y vemos si hoy podemos hacer algo para mejorar este asco de sitio? –intervino Quang acercándose a ellas.

Por un instante Tilam y Lea se miraron a los ojos y ambas vieron que guardaban secretos peligrosos para ellas mismas y para los que las rodeaban. Eso hizo que se sintieran todavía más unidas.

–Sí –dijo Tilam volviéndose hacia la recién llegada–. No estaría mal que tratáramos de limpiar estas paredes y apartáramos los víveres hacia una de las esquinas del fondo. Si dejamos todos estos alimentos por aquí tirados, al final hasta el propio dogarth vendrá a cenar en cualquier momento.

Las tres rieron y se dirigieron hacia donde las otras chicas trataban de poner algo de orden en la gran sala de piedra, donde ya llevaban recluidas un par de jornadas y donde iban a pasar un tiempo indefinido hasta que las cosas no tomaran un rumbo u otro.

Lea se unió a ellas sin demasiado interés, ya que, al contrario que a muchas de sus compañeras, le traía bastante sin cuidado el aspecto doméstico de la vida, algo que le había provocado no pocos enfrentamientos con su madre. Ella también había sido educada en la creencia que el papel de las mujeres en aquel mundo se limitaba a cuidar de la familia en todos sus aspectos: la comida, el orden en las cabañas, el alimento, los hijos... Pero eso era algo que no atraía para nada a Lea, mucho más concentrada en cosas como la caza, la competición, los secretos del bosque, los animales.

Sin embargo, participó sin quejarse en la ardua tarea de tratar de mejorar aquel húmedo y lóbrego espacio donde se encontraban. Era una gran sala medio a oscuras, como toda aquella parte del planeta, donde unas antorchas que debían mantener permanentemente ardiendo, apenas conseguían iluminar el espacio central, dejando muchos rincones totalmente cubiertos de sombras. Las paredes de piedra rezumaban infiltraciones de agua hasta el punto de que en algunos lugares se formaban pequeños charcos en el suelo. Apenas medía dos brazos más que ellas de alto, con lo que la sensación de estar encerradas se incrementaba. Lea sufría especialmente por verse allí metida, ya que amaba los espacios abiertos. Pero no iban a poder salir de allí hasta que alguno de los guerreros llegará y las señalara para ser su pareja, o hasta que se anunciara que ningún cazador más iba a venir, con lo que saldrían en dirección al poblado como esclavas del hechicero.

La superficie del suelo también era de roca negra y porosa, la mayoritaria en aquella zona, aunque estaba desgastada después de muchas generaciones de mujeres que habían pasado allí largas jornadas. Toda la superficie se inclinaba levemente hacia la parte más profunda, allí donde las mujeres habían decidido organizar un dormitorio acolchando el duro suelo con los retales que les habían permitido cargar desde sus casas. Estaban acostumbradas a dormir sobre roca, ya que buena parte del piso del planeta era roca desnuda.

La febril actividad doméstica parecía amortiguar la ansiedad por la espera de la mayoría de ellas, que movían objetos, barrían con sus propias manos o se juntaban en grupo para comentar su aspecto, algo que parecía realmente importante en aquellos momentos en los que esperaban ser escogidas por los cazadores para fundar una familia. Lea contemplaba en silencio cómo se observaban unas a otras o discutían sobre la forma de sus peinados. Se pasó la mano por su propio pelo, comprobando una vez más que la falta de cuidados lo había vuelto áspero y algo descolorido. Normalmente eso le traía bastante sin cuidado y no desentonaba para nada con su manera de vestir, muy similar a la de los cazadores, aunque con algún toque diferente, como una cinta o un adorno. Ahora, sin embargo, esa despreocupación destacaba de forma mucho más evidente, ya que, en la época de la selección, las chicas debían estar muy pendientes de su aspecto. Todas ellas debían llevar vestidos que les confeccionaban sus propias madres, y hacían lo posible por mostrarse atractivas para que tuvieran más oportunidades de ser escogidas para formar una familia. Desde el momento en que Milosh decidió que ella debía formar parte del proceso, el atuendo de caza dio paso a prendas mucho más «femeninas» según las costumbres de la tribu. Lea odiaba esa manera de mostrarse como si fuera un trofeo, pero poco podía hacer al respecto.

Lo único bueno era que aquello no iba a durar mucho. En cuanto algún cazador la reclamara, volvería a su manera de vestir cómoda y útil... o le proporcionarían el vestuario de esclava si eso no sucedía.

Lea observó de reojo cómo muchas de sus compañeras desbordaban feminidad, con unos vestidos cortos y ajustados que desafiaban las miradas de los cazadores. En el período previo al encierro, existía un tiempo de contacto con los aspirantes, en el que muchas de las chicas hacían lo posible para llamar la atención de los candidatos para que así estos las recordaran en el momento, siempre difícil y confuso, en que llegaran al núcleo, después de la traumática experiencia de atravesar el laberinto. Ellas intentaban que se llevaran una imagen que se mantuviera indeleble en sus cabezas, y algunas lo conseguían. Todas ellas sabían que las más atractivas acostumbraban a salir las primeras de aquella oscura sala.

Por eso, en aquel período de espera, se aplicaban masajes con extracto de colim, la planta que solo crecía en el centro de algunos riachuelos del sur y que supuestamente servía para mantener el pelo brillante. Incluso su propia madre le había proporcionado un recipiente con una crema de la misma planta que Lea guardaba entre sus pocas pertenencias.

Después de mucho dudarlo, y en contra de sus propios instintos, decidió aplicarse a escondidas pequeñas cantidades del ungüento... No soportaba la idea de someterse a ese papel pasivo de «cosa bonita» que trataba desesperadamente de llamar la atención de alguno de los chicos, pero todavía le repugnaba más la idea de pasar a ser una esclava y anudarse un pañuelo de colores en la cabeza para dedicar su vida a servir a Milosh.

Solo esperaba que existiera una alternativa a esas dos opciones, algo que le permitiera volver a sentirse libre y plena, como cuando salía a escondidas de caza con su padre. El aire limpio y frío en su cara, la visión del amanecer rojo de Hastg, la emoción de seguir una pista, el acecho a la presa, el olor de la sangre fresca...

Esos tiempos parecían haberse acabado para ella, obligada a esperar que algún cazador, al que seguramente ella podría derrotar en cualquier partida de rastreo, no se fijara demasiado en sus anchos y fuertes hombros.

Suspiró con irritación. Nada podía hacer para cambiar su destino.

4

Nadie esperaba aquel ataque, ni Piedra, que seguía manteniendo el liderazgo del grupo, ni Viento del Norte, que se había mostrado nervioso anteriormente, pero que, justo en el momento de la primera embestida, parecía haber recuperado la calma y la indiferencia con que marchaba por donde le apetecía en cada momento.

No esperaban una embestida en aquella parte estrecha del pasillo, donde solo podían marchar de dos en dos y con espacio apenas justo para ir tirando sin rozarse con los cortantes muros de piedra negra y sus aristas afiladas. Fueron sorprendidos por aquella acometida porque no conocían la existencia de su agresor. Ninguno de ellos había visto nunca a esas pequeñas criaturas que reptaban pegadas al suelo o a las paredes a tal velocidad que resultaba muy difícil repeler sus agresiones. Ni siquiera veían de dónde salían esos afiladísimos dientes que se clavaban en la carne y arrancaban pequeños pedazos, dejando feas heridas sangrantes.

Piedra pensó que debía tratarse de eso que su padre había definido como «gusanos invisibles» cuando trató de explicarle a qué peligrosas criaturas debería enfrentarse en su travesía del laberinto:

–No sé explicarte su forma porque no pude verlos. Se mueven pegados a las paredes y son de su mismo color negro. No los ves, no los oyes, solo notas los desgarros en tu cuerpo cuando ya se han retirado con un trozo de ti entre sus dientes.

Tenía dos de esas heridas abiertas y notaba como la sangre corría por su piel sudorosa y ennegrecida. Una de esas criaturas reptantes le había mordido la pierna derecha, cerca de la rodilla, y, aunque no había afectado a ningún músculo vital para el movimiento, el dolor era intenso. La otra mordedura, más pequeña, había seccionado limpiamente un trozo de carne del tamaño de una uña en la zona de su pómulo izquierdo, muy cerca del ojo... Demasiado cerca. ¡Y ni siquiera entonces había logrado ver a su atacante! ¡Menuda velocidad!

Oyó gritos procedentes de todos los flancos del grupo, salvo de la parte delantera, donde se suponía que iban abriendo paso los dos rastreadores. Estaban siendo sometidos a un ataque masivo. Por encima del hombro vio como uno de sus compañeros caía al suelo mientras que otro trataba de salir corriendo hacia delante de forma descontrolada, presa del pánico.

¡Los estaban masacrando!

–¡Maldito gusano baboso! ¡Muerde esto si puedes!

Era la voz de Viento del Norte, que había conseguido abrirse paso hasta una zona del laberinto algo más ancha y contraatacada con una afilada arma de corte. Piedra enseguida se dio cuenta de que ese era el camino a seguir.

–¡Hacia delante! ¡Maldita sea, seguid andando hasta donde se hace más ancho! –les gritó con fuerza.

Notó una nueva mordedura en algún lugar de su espalda, pero hizo caso omiso al dolor. Sabía que, para cuando se volviese a repeler la agresión, la criatura reptante habría desaparecido y él ofrecería una zona más descubierta para un nuevo ataque. Decidió empujar al cazador que tenía delante de él y que lanzaba golpes ciegos hacia las paredes, con el peligro de que acabara hiriendo a alguno del grupo.

–¡Muévete! ¡Sigue andando o seré yo quien te atraviese el pecho!

Empujando a todo el que encontraba a su paso, Piedra logró que el grupo avanzara hasta donde el pasillo se ensanchaba. Allí encontró a Viento del Norte lanzando precisos golpes contra las criaturas que trataban de morderle. En aquella zona era posible moverse algo mejor, de manera que el grupo adoptó instintivamente una formación defensiva circular que les permitió repeler la mayoría de los ataques.

Las criaturas reptantes parecían algo más indecisas y lanzaban sus cuerpos con mayores precauciones, ya que habían recibido varios golpes de las afiladas armas de corte y unas cuantas aparecían muertas a los pies del grupo. Durante un corto pero intenso rato, continuaron las escaramuzas, hasta que, tan rápidamente como habían aparecido, aquellos feroces gusanos se fundieron con las paredes y cesaron los ataques.

El grupo siguió en guardia hasta que la cortante voz de Viento del Norte dio por finalizado el ataque.

–No volverán, podéis dejar de jugar a los guerreros.

Alguien soltó a un lado sus armas y los demás lo imitaron. En unos instantes, la adrenalina dejó paso a las lamentaciones y un gemido casi continuo recorrió el grupo. Algunos caían de rodillas, y otros simplemente trataban de tapar con sus manos los agujeros en su propia carne para evitar que siguieran manando sangre. El suelo se volvió resbaladizo y rojo.

Piedra siguió allí en pie, negándose a dejar que el dolor lo dominara y le hiciera bajar la guardia. Esa retirada podía ser una estrategia para pillarlos desprevenidos en una segunda oleada... Y no era el único que lo pensaba, ya que, a pesar de lo que acababa de decir, Viento del Norte no había bajado su arma.

Ambos se miraron desafiantes unos instantes, reconociéndose como cazadores... y como rivales.

Pasado un rato, quedó claro que aquel episodio había terminado. Los doce habían sobrevivido, a pesar de que algunos sufrían múltiples heridas abiertas que dificultarían su marcha por el laberinto. Seguramente esas criaturas tenían como objetivo precisamente eso, causar daño. No como los ritenhuts, que iban directamente a provocar víctimas a las que poder devorar, aunque hasta el momento no habían conseguido alcanzar vivo a ninguno de los componentes del grupo. Sin embargo, se habían alimentado de los restos de los que habían caído, con lo que ya no iban a dejar de perseguirlos en busca de una nueva comida.

–¿Todo el mundo puede caminar? –preguntó Piedra casi gritando para hacerse oír por encima del coro de lamentos.

Algunos contestaron, pero la mayoría seguía tratando de contener las pequeñas hemorragias producidas por los mordiscos de esos reptantes tan agresivos.

Árbol se le acercó por la espalda y le habló en voz baja para que los demás no lo oyeran, pues no quería cuestionar su autoridad en un grupo tan poco cohesionado como aquel.

–No los aprietes tanto, debemos detenernos unos momentos y atender a los heridos. Uno de los chicos de las montañas creo que entiende de sanaciones.

Piedra dudó unos instantes. Por una parte, tenía la sensación de que ese ataque respondía a un patrón que empezaba a percibir. Desde que habían entrado en el laberinto, además del permanente hostigamiento de los ritenhuts, de tanto en tanto eran sometidos a escaramuzas como aquellas. En algunos casos, se trataba de maniobras de distracción para detener su marcha o reducir la cohesión del grupo, ya débil de por sí, pues nada afectaba tanto a un colectivo como la sensación de estar mal liderados. Era como si alguien los observara y decidiera en cada momento la táctica que mejor conviniera para atacarlos. Por eso quería seguir avanzando, para no responder de una manera demasiado previsible. Si se volvían previsibles, estarían perdidos.

Por otra parte, el grupo estaba exhausto, pues no habían dejado de avanzar desde hacía mucho rato. Allí dentro no tenían manera de medir el paso del tiempo, pues no existía ningún referente externo que les permitiera hacer cálculos. En la parte del planeta donde reinaba Hastg, medían las jornadas por el nivel de brillo de su sol, ya que, aunque nunca llegaba la noche, sí que descendía regularmente el nivel de luz y radiación, con lo que se controlaba el paso de cada período y se uniformizaba la actividad.

–Bien, vamos a tratar de reponernos un poco antes de continuar –dijo finalmente.

Árbol le dio una suave palmada en el hombro, pero Piedra ni la notó. Miraba a Viento del Norte, que se acercaba con una media sonrisa extraña en la cara.

–Sabía que eras demasiado blando para llevarnos hacia delante. No debemos pararnos, así que, si no los pones en pie ahora mismo, yo me voy por mi cuenta.

Piedra lo miró sin pestañear.

–Están demasiado cansados para continuar, y muchos de ellos tienen heridas abiertas que dejarán un río de sangre a nuestro paso. Los ritenhuts solo tendrán que seguirlo para encontrarnos.

–¿Crees que no lo sé? Yo también estoy sangrando por los mordiscos de esas malditas bestias babeantes, pero me aguantaré y me curaré los cortes mientras sigo caminando.

Piedra sabía que él tenía razón. Apenas habían superado la primera etapa y les quedaba todavía lo peor del laberinto. Si hubiera estado solo, no habría dudado en hacer lo mismo que proponía Viento del Norte, pero no podía permitírselo, había apostado a que seguirían juntos hasta el final, y eso iba a hacer.

Iba a contestar cuando llegaron corriendo los rastreadores. Al parecer, a ellos nadie les había atacado.

Río les informó de que, unos cientos de pasos más adelante, el camino se bifurcaba en tres ramales. Llegaba el momento de elegir itinerario, y eso hizo que todo el mundo prestara atención. La disputa por la pausa quedó aplazada, ya que todos eran conscientes de que se acercaban al corazón del laberinto.

Semilla, el chico que conocía cómo tratar las heridas, aplicaba curas basadas en plantas que llevaba ocultas en su bolsa de corteza de tarbist, uno de los árboles gigantescos que rodeaban el lago Humshart. Poco a poco cesaron los lamentos y se prestó atención a la descripción de los rastreadores. Río estaba haciendo un trabajo muy bueno, a pesar de saber perfectamente que contaba con muy pocas posibilidades de llegar hasta el final.

Piedra escuchó las explicaciones, aunque ya sabía lo que los rastreadores habían encontrado. Lo había oído unas cuantas veces de boca de su propio padre. Las leyes prohibían a los padres explicar lo que iban a encontrar sus descendientes en el laberinto, pero muchos de ellos hacían caso omiso de esa norma y trataban de describir sus recuerdos de cuando les había tocado a ellos pasar por su propia selección. La gran mayoría ignoraba que el laberinto sufría cambios constantes, ya que los esclavos de Milosh trabajaban asiduamente en él, modificando rutas, cerrando pasillos y abriendo otros nuevos, cambiando las pistas e incluso introduciendo nuevas criaturas feroces que capturaban en recónditos parajes todavía inexplorados de la zona oscura del planeta. Sin embargo, el padre de Piedra tenía una gran capacidad para recordar exactamente algunas localizaciones y pequeños detalles que esperaba que ayudaran a su hijo a salir de aquel infierno. Por eso Piedra no escuchaba a los rastreadores y sí a su voz interior, a la voz de sus recuerdos:

«La primera etapa solo es de prueba, una especie de preparación para las siguientes dos etapas, las que te llevaran al centro del laberinto. Cuando llegues al primer desvío del que parten tres caminos, habrás superado la primera parte. Antes de lanzarte hacia cualquiera de los tres pasillos, hazte una pregunta: ¿Qué haría una presa temerosa y desesperada? ¿Cuál de los tres escogería? Piensa como una presa y así podrás convertirte en cazador».

Cuando alguna vez le había pedido que le explicara las cosas de un modo más claro, su padre le acariciaba la cabeza y siempre le decía:

—Las cosas cambian, hijo mío, pero no las ideas. Si eres esclavo de una idea, no dejaras que tu cabeza analice y busque nuevas respuestas.

Con el tiempo, esa perspectiva le había servido de mucho en sus partidas de caza, pues era cierto que, aunque hubiera recorrido un territorio más de cien veces, siempre había matices diferentes, pequeños cambios a los que había que prestar atención si se quería volver a casa con una presa para mantener viva a la familia. Eso lo había convertido en un gran cazador, y también le serviría allí dentro.

—Tenemos que ir por el de la derecha. Es el que se aleja

más de la tierra oscura —opinaba Río.

—No digas bobadas —intervino Hierba, a quien su papel en la retaguardia del grupo parecía haberle insuflado algo de valor–. En realidad podemos meternos por cualquiera de los tres, no tenemos manera de saber cuál es el bueno. Mi padre me dijo que...

Se hizo un profundo silencio en el grupo. Todo el mundo incumplía las leyes del silencio, pero nadie lo decía.

–Es el momento de dejar las cosas claras –dijo Viento del Norte pasados unos segundos–. Ir en grupo como mujeres que recogen semillas solo tiene sentido si aprovechamos las ventajas.

Nadie dijo nada. Piedra mantuvo el silencio, esperando ver si aquel extraordinario cazador decidía por fin participar en la dinámica del grupo.

–Todos sabemos que nuestros padres nos han explicado cosas del laberinto, cosas que recordaban de su paso por aquí. Seguramente la mayoría serán estupideces repetidas una y otra vez, pero a lo mejor alguno de ellos prestó realmente atención cuando arrastraron los pies por este maldito lugar y eso nos sirve de algo ahora.

El silencio seguía siendo espeso, solo roto por el gemido que el viento provocaba al pasar por los estrechos pasillos de laberinto. Era un sonido que no ayudaba a aumentar el valor de los que tenían que pasar por allí.

Viento del Norte hizo un gesto despectivo con la mano y empezó a alejarse de aquel corrillo de aspirantes a cazadores que trataban de tomar una decisión que tal vez salvara sus vidas. Piedra decidió intervenir.

–Es una idea muy buena –dijo mientras comprobaba que Viento del Norte se detenía y también prestaba atención–. Si ponemos en común todo aquello que sabemos, seguro que tendremos muchas más respuestas de las que cada uno de nosotros, por su parte, jamás llegaría a tener. Tendremos más oportunidades de las que tuvieron nuestros padres aquí dentro. Todos estuvieron de acuerdo. Eso era precisamente lo que Piedra quería del grupo, conocimiento conjunto, capacidades que se multiplicaran, corajes sumados y miedos restados.

–Eres un tío listo –le dijo con una sonrisa en el rostro Viento del Norte, que se había vuelto a unir al grupo.

Decidieron alternativas conjuntamente después de escuchar los relatos de cada uno. Algunos sabían bastantes cosas y otros casi ninguna. Unas cuantas de las cosas que explicaron eran comunes, y otras solo producto de experiencias particulares. Algunas situaciones ya vividas por sus padres resultaron muy útiles y otras no, unas eran objetivas y las otras pura fantasía.

Al final, Piedra les contó lo que su padre le había dicho de los tres caminos y todo el mundo dedicó unos instantes a reflexionar sobre la pregunta. Viento del Norte, que no había contado casi nada, fue el primero en responder.

–Una presa que llegara aquí cansada y muerta de miedo por los ataques que hubiera recibido por el camino, seguro que escogería el camino de la derecha.

–¿Ah, sí? –respondió de inmediato Árbol, que no soportaba la soberbia con que los trataba Viento del Norte.

–Sí, ya sé que tú no sabes la razón y ni siquiera puedes imaginarla, pero creedme, es así.

Viento del Norte había respondido sin tan siquiera girarse a mirar si se producía alguna reacción negativa en el grupo, pues realmente le traía sin cuidado.

Por unos instantes nadie dijo nada, hasta que Río intervino:

–Yo creo que dices eso porque así todos pensamos que sabes muchas cosas y que eres un gran cazador, pero no nos impresionas con tus palabras tan... tan... –pareció no encontrar la expresión que buscaba, de manera que lo dejo ahí.

Cuando el grupo parecía sumido en las dudas, se oyó la voz de Pájaro Azul. Todo el mundo prestó atención, pues no acostumbraba a decir nada.

–Yo también creo que iría por la derecha.

Antes de que aquello desembocara en una nueva discusión, Piedra decidió intervenir.

–Por la derecha.

Árbol lo miró con esa cara de sentirse traicionado que a veces ponía cuando Piedra le llevaba la contraria. Era su manera de ser, pero él no iba a condenar al grupo por hacerle sentirse mejor.

–¿Y cómo lo sabéis?

Piedra iba a contestar, pero Pájaro Azul lo hizo primero.

–Una presa asustada tiende a escoger la solución más fácil, ya que su miedo le impide reflexionar con calma. Si os fijáis, el pasillo de la derecha es algo más ancho que los otros dos... –dijo señalando con la mano hacia esa dirección–. De manera que, instintivamente, la presa escogería esa huida sin pensar en si es o no la mejor opción.

Mientras algunos asentían con la cabeza al darse cuenta de la lógica de la explicación, muchos se daban cuenta por vez primera de que, efectivamente, el pasillo de la derecha era el más ancho de los tres, no por mucha diferencia, pero suficientemente clara si uno se fijaba con cierto detenimiento.

Sin embargo, Árbol seguía enfadado y no daba su brazo a torcer.

—Menuda teoría.

«Es como un niño pequeño», pensó Piedra, notando como una irritación creciente se desenvolvía en su interior. Iba a darle una lección cuando oyó que Viento del Norte se le adelantaba.

—Seguramente es el camino que habrías escogido tú si hubieras llegado solo hasta aquí. Tienes el cerebro de una presa y no el de un cazador.

Eran palabras muy duras que un guerrero no podía admitir. Todo el mundo guardó silencio y esperó a la reacción del aludido.

Árbol dio un paso adelante cerrando los puños. Viento del Norte se limitó a mirarlo con indiferencia, sin moverse ni ponerse en guardia. Por un instante, ninguno de los dos se movió, hasta que Árbol se agachó como intentando recoger su palo de caza. Una sonrisa ligera cubrió el rostro de su oponente y un brillo extraño surgió en algún lugar de sus ojos grises.

Piedra dio un paso adelante y pisó el palo de caza, impidiendo que Árbol lo cogiera. Este lo miró extrañado y cegado de rabia, pero ni siquiera obtuvo una mirada de respuesta. Sin dejar de apretar los dientes, renunció al palo y se lanzó sobre su adversario, gritando como un animal herido.

Viento del Norte lo esperó sin moverse y sin cambiar de expresión. Cuando lo tuvo encima, se limitó a apartarse y darle un empujón por la espalda, lo que hizo que su atacante perdiera el equilibrio y fuera a estrellarse contra una de las paredes del laberinto. Por suerte para él, acertó a poner las manos por delante, con lo que fueron estas las que recibieron el impacto contra las aristas cortantes de la roca. Unas gotas de sangre quedaron atrapadas entre los miles de pequeños agujeritos de la piedra, mientras algunos hilos rojos manchaban el suelo. Si se hubiera dado de cara, como parecía que iba a suceder, seguramente hubiera quedado desfigurado y malherido.

La lucha había terminado en apenas un instante. Hierba y algunos otros acudieron a ayudar a Árbol, que miraba con odio tanto a Piedra como a Viento del Norte.

Pájaro Azul se acercó a ver cómo estaba y le dijo:

–Si Piedra no llega a impedirte coger el palo de caza, ahora estarías muerto. Tienes un buen amigo.

Por unos instantes, Árbol no entendió sus palabras, hasta que recordó que las leyes de su pueblo establecían que las peleas con armas debían acabar con el derramamiento de sangre de uno de los oponentes.

Mientras todo el grupo se preparaba para ponerse en marcha, Piedra se acercó a Viento del Norte.

–¿Por el del centro?

–Sí, eso haría yo, aunque solo es por intuición.

–Bien, entonces eso haremos.

Los rastreadores, siguiendo sus indicaciones, se apresuraron a adelantarse por el pasillo central que inmediatamente doblaba a la derecha, después a la izquierda y así en lo que parecía un sinfín de giros y contragiros que en nada animaban a seguir por ese camino. Precisamente por eso ambos cazadores habían coincidido en escogerlo.

Ellos dos fueron los últimos en penetrar. Justo cuando Viento del Norte pasó por su lado, Piedra le puso una mano en el hombro y le dijo:

–Si buscas un desafío a muerte, tal vez antes de que acabe este viaje lo encontrarás.

El cazador se limitó a mirar el sitio exacto donde la mano de Piedra se había posado en su piel y después levantó la vista para enfrentarse con la fija mirada que este le lanzaba.

–¿Debo tomarlo como una amenaza?

–Solo como un aviso.

Por unos instantes, Pájaro Azul, que había vuelto sobre sus pasos para esperarlos, observó como ambos sostenían sus miradas en un peligroso diálogo sin palabras. Pasaron por su lado y se introdujeron en el pasillo central de aquel laberinto que pronto pondría a prueba el valor y la destreza en la lucha de ambos cazadores.

Miró unos segundos atrás antes de seguirlos y, por un momento, sus entrenados ojos captaron un ligero movimiento tras uno de los últimos giros que habían dejado atrás cuando les atacaron los gusanos rabiosos. No había sido más que una muy leve percepción, apenas un ínfimo cambio en aquel paisaje cargado de sombras que daban lugar a muchas apreciaciones equivocadas.

Aun así, cuando se dio la vuelta y enfocó con el resto del grupo el inicio de la segunda etapa del laberinto, lo hizo con el convencimiento de que alguien o algo los estaba siguiendo... muy de cerca.

5

Milosh estaba todavía más preocupado después de escuchar los últimos informes del controlador y del rastreador. El primero confirmaba que el grupo continuaba la marcha, aunque más lentamente que antes, por el pasillo central. Esa era una buena noticia, pues si se hubieran dirigido al de la derecha, como hacían muchos cazadores que llegaban a aquel punto aterrorizados y exhaustos, las posibilidades de que alguno llegara al final serían mínimas. Ese pasillo estaba pensado para servir de filtro para eliminar a los menos aptos, al fin y al cabo, para eso exactamente se hacía la selección, para asegurar que los que se ganaban el derecho a perpetuar su descendencia fueran los mejores, los más fuertes, los más hábiles. Más adelante, un cenagal del mismo color de la piedra se tragaba normalmente a los que pasaban por esa zona descuidadamente.

Sin embargo, el hecho de que avanzaran en grupo significaba que los débiles quedaban amparados por los recursos de los más dotados, como Piedra o Viento de Norte, y eso era contraproducente e iba contra las leyes de la tribu. Además, los fuertes podían quedar expuestos a las incompetencias de los menos hábiles, con lo que todos se pondrían en serio peligro. Y si una cosa no podía suceder, era que nadie llegara al núcleo. Eso implicaría una generación enteramente perdida y, aunque en el fondo sería un respiro para el planeta, no podía permitir que sucediera. Él era el guardián de las leyes y no estaba allí para improvisar nuevas medidas que no sabía qué consecuencias traerían. El orden establecido era uno y debía respetarse.

En cuanto al rastreador, había hecho llegar su informe a través de uno de sus ayudantes, un chico de ojos tristes cuyos padres habían intentado mantenerlo oculto cuando ya contaban con una hija.

–El rastreador los está siguiendo a muy poca distancia y está convencido de que no lo han detectado. Los que están liderando la marcha son Viento del Norte y Piedra, aunque también Pájaro Azul parece participar en las decisiones. Han colocado delante, a unos cien pasos, un grupo de dos rastreadores, pero no han sido lo suficientemente buenos como para detectar el peligro y han sufrido el ataque de unos extraños gusanos salvajes que...

–Los pnumorgs –intervino Milosh.

El ayudante del rastreador se encogió de hombros, pues nunca había oído hablar de esas criaturas. Siguió hablando.

–Esos bichos los han atacado justo antes de los tres caminos, y muchos han recibido multitud de pequeñas heridas que los harán ir más despacio. Si no marcharan en grupo, por los menos tres de ellos serían alcanzados por los ritenhuts en menos de media jornada. Al ir en grupo no podemos saber cuánto duraran. Parece que por lo menos uno de los aspirantes sabe de curaciones y mira de atender a los demás...

Ese era Semilla, el espigado muchacho del desierto cuya familia luchaba todos los días por impedir el avance de las ardientes arenas cerca de las cuales vivían. Su madre era Préndola, la sanadora, y había enseñado a su hijo parte de sus conocimientos sobre las propiedades de las plantas. Tiempo atrás, esa mujer había llegado a formar parte del Consejo de Cazadores por sus avanzadas y novedosas preparaciones de extractos de plantas curativas que ayudaban a los hombres cuando salían de caza. Llegó a tener una gran influencia sobre las decisiones del Consejo, cosa que a Milosh no le gustaba nada. Sospechaba que, de alguna manera, estaba relacionada con las antiguas hechiceras, aunque nunca pudo probarlo, ya que la mujer se cuidaba mucho de no hacer manifestación de poder alguno, pues eso estaba penado con la muerte. Sin embargo, en cuanto pudo, la desterró junto con su familia a las tierras desérticas, cuando se negó a transmitir algunas de sus técnicas secretas a las esclavas designadas para esa función por el propio hechicero. Fue un desafío que él aprovechó para eliminar su ascendencia sobre la tribu.

–... acabaremos con ellos y...

–¿Qué has dicho? –le cortó Milosh, que había perdido el hilo.

–¡Eh...! El rastreador dice que podemos llegar hasta ellos en muy poco tiempo a través de alguno de los pasillos laterales del laberinto. En cuanto la orden sea dada, podemos atacarlos y...

–¡¿Atacarlos?! ¡¿Quién ha dicho nada de atacar?!

–Yo... bueno, el rastreador considera que en esta situación de incumplimiento de las leyes pues...

–¡¿Considera?! –gritó Milosh–. ¡Aquí el único que puede considerar nada soy yo!

Por unos segundos, se hizo el silencio. Milosh recuperó el control mientras que el ayudante no sabía cómo hacerse invisible para evitar que la cólera del hechicero recayera sobre él. Cuando vio que le hablaba con voz nuevamente baja, no estuvo seguro de si eso era una buena noticia, pues la tensión se notaba en cada sílaba.

–Las cosas serán como deben ser. No os acercaréis al grupo bajo ningún concepto, salvo para extraer información. Nunca, repito, nunca se planteara una acción de ataque sin mi permiso, a menos que queráis pasar el resto de vuestros días encerrados en la zona muerta.

–Sí, hechicero.

–Ahora vete y dile al rastreador que me avise cuando lleguen al remolino, o si sufren algún ataque o pasa algo grave.

Antes incluso de que el asustado mensajero saliera de la cabaña, una de las ayudantes de pañuelo rojo entró en la sala por si Milosh necesitaba de sus servicios.

–Preparadme mi troncat y cuatro más con esclavos armados. Que carguen provisiones para dos jornadas y estén preparados tan rápido como puedan. Da instrucciones a Longon para que asuma el mando del poblado hasta mi vuelta.

Mientras sus órdenes se cumplían a toda prisa, Milosh se preparó para la marcha. No lo tenía planificado, pero un hormigueo en el estómago lo empujaba a salir a ver qué estaba pasando. Las etapas de la selección siempre suponían momentos delicados para la tribu, no en vano algunos no volverían a ver a sus hijos, pero, esta vez, algún elemento extraño que no acababa de comprender lo mantenía más agitado y preocupado de lo normal. Algo se estaba preparando, algún peligro que él todavía no alcanzaba a distinguir en su totalidad, pero que presentía con mucha fuerza. Desde la parte más remota de su cerebro, aquella que conectaba con las fuerzas ocultas de sus antepasados, notaba que algo estaba creciendo, una amenaza que le afectaba directamente. Solo sabía que necesitaba acercarse al laberinto, porque allí dentro era donde estaban sucediendo las cosas.

Y, además, también era allí donde estaba Tilam.

Iniciaron la marcha a lomos de los rápidos troncats, animales de largas y poderosas patas capaces de recorrer grandes distancias sin descansar. Hacía muchas generaciones que los últimos ejemplares salvajes habían sido cazados y domesticados para la carga y el transporte. En cautividad no quedaban más que unas decenas de aquellos enormes animales cubiertos por una gruesa masa de pelo de color tierra y duro como el espino con el que la tribu fabricaba su ropa de abrigo hasta que tuvieron que sustituirla por la piel más fina y más abundante de los trasgur. Comían grandes cantidades de hierba, por lo que habían sido diezmados por la pérdida de llanuras de pasto. Con el paso del tiempo, la continua ocupación de espacios para nuevos asentamientos los condenó a la extinción. Sin embargo, resultaban muy útiles para acarrear pesos que movían sin esfuerzo. Podían ser domados y montados sin grandes problemas, por lo que eran muy apreciados para el transporte. Aunque por su aspecto, demasiado ancho, no lo pareciera, eran capaces de alcanzar unas velocidades mantenidas muy considerables. No había muchas monturas disponibles, de manera que solo Milosh y algunos miembros del Consejo disponían del privilegio de tener alguno asignado en exclusiva.

–Escuchadme bien –dijo refiriéndose a sus cuatro acompañantes de pañuelo blanco–. Nos dirigiremos al laberinto por la ruta habitual, bordeando el mar de Okam. Mantendremos una marcha rápida, pero sin agotar a los troncats, por si acaso...

Dudó unos instantes sobre si debía explicárselo todo, pero decidió que sí. Aunque aquellos esclavos eran buenos cazadores, no estaba de más mantenerlos informados.

–Cuando estemos cerca del mar, estad atentos a los límites de los bosques.

Esperó de nuevo para dejar que la información calara en sus cabezas. Nadie dijo nada, pues ninguno de ellos sabía que algunos ritenhuts merodeaban fuera de la zona oscura. Los ataques que se habían producido últimamente eran silenciados bajo amenaza de destierro. Nadie debía saber que aquellas bestias estaban cambiando las reglas. En teoría, no podían soportar la luz, y por eso jamás se habían movido de la zona oscura. Como mucho, en períodos de máxima escasez, se les había visto merodear por los límites de la penumbra, pero nunca a plena luz. La zona del mar de Okam estaba situada a no mucha distancia de donde empezaban las primeras sombras, pero era sin duda territorio iluminado.

Solo una hambruna desesperada podía empujarlos a aguantar las pequeñas quemaduras que les provocaba la radiación de Hastg. En la zona oscura habían ido creciendo en número por no tener enemigos que los diezmaran, y ahora empezaban a ser tantos que no encontraban comida suficiente. Si esas bestias depredadoras cruzaban los límites, pronto habría que tomar medidas.

–Si alguna criatura nos ataca, recordad que nuestros troncats son muy rápidos, de manera que bastará con correr un poco ¡Nada de estupideces! Mantened la calma y seguid hacia delante.

Los cuatro esclavos asintieron sin decir nada, a pesar de las muchas preguntas que seguro que tenían. Milosh no iba a decirles nada de los ritenhuts, porque aquella era una situación muy delicada. El equilibrio en el planeta se basaba en la absoluta incomunicación entre las zonas. Cada uno de los seres que poblaban las dos partes debían mantenerse aislados o todo podía desmoronarse definitivamente.

Pensó en las profecías que auguraban un cambio de etapa. Pensó en las dos líneas de vida que se cruzaban justo en esa generación. Pensó en Lea y en Piedra. Eso no iba a pasar, no mientras él tuviera fuerzas para evitarlo.

–¡En marcha!

Los esclavos tomaron posiciones al frente y a ambos lados y Milosh dejó de preocuparse por ese viaje. Los cuatro que formaban su guardia personal eran algunos de los mejores cazadores de sus respectivas generaciones. Simplemente no habían conseguido atravesar el laberinto en el tiempo estipulado o habían tenido mala suerte al quedar atrapados en alguna vía cerrada de los desfiladeros. Por eso habían pasado a formar parte de los esclavos guerreros, tal y como manifestaba el pañuelo blanco que todos lucían. Bien adiestrados, componían una fuerza de choque impresionante a su servicio, y no iba a dudar en utilizarlos si era necesario.

Dejaron atrás el poblado principal y atravesaron los promontorios que lo rodeaban. Allí se establecían los esclavos recién llegados, y por eso el color predominante era el negro de sus pañuelos. También se veían algunos pañuelos violeta de los esclavos de bajo nivel, y rojos de los responsables de adiestrarlos. En uno de los lados, formando un círculo cerrado, estaban las cabañas de las mujeres, muchas de las cuales pasarían a formar parte del grupo de ayudantes del hechicero. En el promontorio más elevado estaba el grupo de cabañas de los hombres, cuyo destino estaría ligado al laberinto, ya fuera como controladores, formando parte del equipo del rastreador, o como cazadores y guerreros de pañuelo blanco.

Finalmente, dejaron atrás las últimas cabañas y alcanzaron la velocidad de marcha adecuada para las llanuras que se extendían en una suave pendiente hacia las tierras bajas cercanas al mar de Okam. En realidad, ese mar hirviente, que no albergaba vida alguna por las altísimas temperaturas y la acidez de sus aguas, era una enorme extensión cerrada. Debía su nombre a que los antepasados creían que seguía mucho más allá de los límites de la luz. Con el tiempo, se descubrió que no era así y que una de sus orillas más lejanas moría cerca de la frontera con la zona oscura. Sus aguas grises y muertas marcaban el límite de la zona iluminada del planeta.

El viaje hasta allí fue tranquilo y rápido. Los troncats mantenían un ritmo de trote más que aceptable, y Milosh solo se puso tenso cuando se acercaron a los bosques donde se habían producido los ataques de los ritenhuts. El nerviosismo se trasladó a todo el grupo, y los cuatro escoltas rodearon al hechicero a la vez que imprimían mayor velocidad a sus monturas. Sin embargo, no se produjo ningún incidente, por lo que llegaron al límite oscuro en menos de una jornada.

Hicieron un descanso en la zona de penumbra, en parte para que sus ojos tuvieran tiempo de irse aclimatando a la falta de luz, y en parte para dar tiempo a uno de los esclavos a adelantarse y avisar a todo el mundo de la llegada de Milosh. Entre los controladores, los desterrados y los que formaban el equipo del rastreador en las épocas de selección, no menos de treinta personas vivían permanentemente cerca del laberinto, en campamentos más o menos estables instalados en la parte inicial o en cabañas aisladas cerca de puntos conflictivos del recorrido.

Mientras esperaban, llegaron caminando hasta ellos varios hombres con pañuelo verde, por lo que enseguida quedó claro que era el controlador quien venía a darle la bienvenida. Seguramente también aprovecharía para quejarse del rastreador, pensó Milosh. En una selección normal, el controlador era el principal informador del hechicero, ya que su labor era precisamente esa, establecer una permanente observación sobre lo que pasara en el laberinto y enviar informes periódicos. Solo si había problemas serios se mandaba actuar al rastreador, el único autorizado a penetrar en el laberinto mientras los cazadores estuvieran dentro. En esas circunstancias, asumía el mando absoluto.

Y ahora se estaban dando muchas circunstancias problemáticas.

–Vengo a informarte de la grave situación, Milosh.

Hizo un gesto con la mano para animarle a continuar mientras reponía fuerzas comiendo pequeños trozos de carne secada de un ave llamada hujam, acompañada de pequeños huevos de esa misma criatura huidiza y escasa.

Mientras masticaba lentamente, saboreando el amargo y salado sabor de aquella carne fibrosa, Milosh escuchaba un largo rosario de quejas sobre la actuación y modos del rastreador. Era evidente que aquel actuaba sin dar ninguna explicación a nadie, y eso irritaba a los que consideraban que parte de su labor era estar al tanto de todo lo que ocurría en el laberinto.

–Basta, no sigas aburriéndome con tus quejas.

–Pero Milosh, yo... Mi obligación...

–He dicho basta –le cortó de nuevo sin alterar la voz, pero mostrando la amenaza en una de aquellas miradas que hacían temblar a sus enemigos.

No había oído nada nuevo en el informe del controlador, de manera que lo despidió.

–Vuelve a tu sitio y comprueba que todo lo demás que no se refiera a los que están dentro del laberinto esté bien coordinado. Quiero al dogarth sin comida desde este momento. Si ellos han decidido formar un grupo a pesar de la prohibición, nosotros les prepararemos un enfrentamiento final del que jamás se olvidarán. En cuanto a las aspirantes que están en el núcleo...

Dudó unos instantes antes de explicar la decisión que había tomado.

–Diles que las iré a visitar esta misma jornada. Deseo que se cubran durante mi presencia allí.

Las miradas de perplejidad corrieron entre los presentes más rápido que el legendario troncat de Rondo. Nunca un hechicero había acudido a ver a las chicas que esperaban en el núcleo durante una selección. Ni siquiera antes de empezar ese proceso que las convertiría en madres o en esclavas hablaba con ellas. Eran sus propias madres, sus familias, quienes las preparaban para lo que las esperaba. Él simplemente dictaba normas o reprimía comportamientos rebeldes, pero jamás establecía contacto una vez trasladadas al núcleo. Lo que no resultó extraño fue esa petición de cubrirse totalmente el cuerpo mientras él estuviera presente. Milosh era conocido por su aversión a las muestras de feminidad.

–Que el rastreador esté preparado cuando llegue a la entrada del laberinto. Quiero que me informe con detalle de lo que están haciendo esos... esos...

–¿Traidores? –se atrevió a intervenir el controlador.

Milosh lo miró con tal furia que el afectado dio un paso atrás.

–No eres nadie para calificar a los cazadores. Al menos ellos tienen la oportunidad de convertirse en hombres útiles para la tribu, cosa que no puede decirse de ti.

Fue un duro golpe que el controlador acusó. Pareció encogerse dos palmos antes de dar la vuelta y retirarse con la cabeza agachada y los hombros hundidos. Le habían abierto una herida que tardaría en cicatrizar.

Milosh lo sabía, conocía la historia de aquel esclavo menudo y casi calvo, a pesar de ser todavía joven, ya que no pasaba de los veinte ciclos. Hijo de una familia de grandes cazadores, no había heredado ninguna de las virtudes de sus antepasados. Era débil físicamente y todavía más en lo que se refería a cualidades relacionadas con la voluntad y la perseverancia que necesitaban los cazadores para atrapar las pocas presas que el planeta les proporcionaba. Cuando llegó el momento de su selección, apenas concluyó la primera de las etapas del laberinto, se perdió varias veces y acabo pidiendo a gritos que alguien lo sacara de allí. Su vida como esclavo le sentaba mucho mejor.

Al rato de terminar su comida, y después de un breve descanso, el grupo volvió a montar en sus troncats y avanzó a ritmo más lento por las sombras, cada vez más densas, en dirección a la zona de entrada del laberinto. Las monturas también se mostraban nerviosas ante la falta de luz, y el avance se hizo cada vez más pesado mientras la vegetación desaparecía por completo y el terreno aparecía monótono y oscuro, cubierto de la roca porosa y negra propia de la zona.

Al llegar a una gran montaña que parecía haber crecido allí por puro capricho de las descomunales fuerzas de la naturaleza, el grupo se dirigió a una grieta de grandes dimensiones que partía la elevación casi por la mitad, permitiendo el acceso hacia el corazón de aquella gran masa de pura roca. Aunque la entrada al desfiladero era bastante ancha, poco a poco el camino se estrechaba conforme penetraban más en el interior. Aquella gran masa de roca de varios cientos de metros de altura había surgido de las profundidades del planeta mucho antes de que los primeros antepasados decidieran bautizarla como el Puño Negro. Era un fenómeno extraño en aquella zona del planeta, donde apenas algunas pequeñas colinas se elevaban sobre una llanura que se extendía más allá del terreno conocido. Solo las lejanas e inexploradas cadenas montañosas del centro de la zona oscura eran más altas, o eso se creía, porque nadie había vuelto jamás de allí para explicarlo. En aquella parte del planeta, la oscuridad era tan densa que no resultaba posible adentrarse. Las leyendas hablaban de precipicios sin fin, cuevas insondables pobladas por seres terroríficos y todo tipo de males infestando aquella parte del mundo muerto.

–No os separéis y prestad atención. En esta zona siempre puede haber un ritenhut que se haya escapado del laberinto y decida que somos su comida del día. Dos de vosotros poneos a retaguardia, a esas bestias les gusta atacar por la espalda.

No creía que eso fuera a ocurrir, pero con los ritenhuts nunca se sabía. En algún momento, cuando pasara esa selección, iba a tener que tomar medidas con ellos. Habían proliferado demasiado, y el dogarth, a pesar de que los cazaba con asiduidad, era su único enemigo en aquella zona. Iba a tener que organizar una partida de exterminio que dejara a esas criaturas en un número más razonable.

El grupo cruzó la parte estrecha del desfiladero sin incidentes, más allá de la presencia de algunos escorpiones negros que morían aplastados bajo las patas de los troncats. Podía distinguirse perfectamente la parte final que había sido excavada por obra de los antepasados. Cuando la montaña se partió por culpa de las extraordinarias fuerzas que ejercían presión desde el subsuelo, se creó una gran fractura que la dividía casi por el punto medio. Esa cicatriz, en forma de desfiladero, no atravesaba por completo la montaña, sino que originariamente moría a unos cientos de metros del otro lado. Esa fue la superficie que los antepasados tuvieron que excavar y picar hasta conseguir salir por la cara sur, justo donde ahora avanzaba la caravana encabezada por el hechicero.

Cuando las paredes empezaron a ensancharse, Milosh se preparó. A pesar de que había estado allí muchas veces, nunca dejaba de impresionarle la primera visión del laberinto.

–Hemos llegado.

Tras una larga curva a la derecha, apareció de pronto una alta muralla de más de veinte hombres de alto. Era evidente que se trataba de una construcción artificial, e incluso se apreciaban las diferentes fases que se habían llevado a cabo a lo largo de muchos ciclos de trabajo, pues la roca tenía diferentes tonalidades según el período de su excavación. En aquella zona, la anchura de la parte final del desfiladero no era muy grande, de manera que la muralla apenas ocupaba veinte pasos. En el centro, una enorme puerta de madera vieja y muy robusta llevaba grabados los estandartes de cientos de cazadores que habían penetrado allí buscando convertirse en hombres. Antes de traspasar la puerta, Milosh observó que la actividad en el interior era frenética, como correspondía a una época de plena ebullición de una selección. Esclavos de pañuelo amarillo y violeta se afanaban, cargando alimentos para las chicas que esperaban en el núcleo o todo tipo de herramientas de construcción para efectuar cambios de última hora en el recorrido. También los esclavos de pañuelo azul, los degradados por traición o rebelión, arrastraban los pies con sacos a la espalda, probablemente con comida para el dogarth o el lagarto. Se les veía en la cara que no esperaban sobrevivir mucho tiempo allí.

La comitiva atravesó la puerta y se dirigió al pasillo central de la explanada que presidía la entrada del laberinto.

A ambos lados, una gran variedad de cabañas bullían de actividad. Almacenes de comida o plantas curativas, depósitos de armas o de ungüentos, dormitorios para esclavos o para los cazadores del rastreador. Todas ellas, a diferencia de las de los poblados, estaban juntas, pegadas las unas a las otras para aprovechar el espacio lateral, muy cerca de las altas paredes. La luz allí era muy tenue, aunque las enormes antorchas, situadas en una especie de argollas de madera colgadas de las paredes, iluminaban como podían aquella zona. También el pasillo central por donde Milosh conducía a su troncat lentamente estaba iluminado por filas de antorchas situadas regularmente a ambos lados del trayecto.

Un poco más adelante, un pequeño grupo de hombres los esperaba pacientemente. Entre ellos se distinguía el sombrío rostro del rastreador, y hacia él se dirigió el hechicero esperando que le informara de por qué las cosas se estaban torciendo de forma tan comprometida.

Todos observaban cómo se acercaba Milosh y temían por si su llegada allí les supondría alguna descalificación o represalia.

En realidad, no era muy común que el hechicero se desplazara en persona hasta el laberinto en plena fase de selección, a menos que hubiera algún grave problema. Los que contemplaban la comitiva esperaban que ese problema no tuviera que ver con ellos.

Ninguno de aquellos esclavos sospechaba que Milosh tenía otro motivo para acercarse al laberinto.

Un motivo poderoso.

Un motivo secreto y de ojos ambarinos.

6

Después de caminar durante mucho rato, Árbol expresó lo que nadie se atrevía a decir en voz alta.

–Estamos perdidos.

Durante un eterno instante, el silencio recorrió el grupo. Los dos rastreadores avanzados regresaron como si hubieran recibido una señal invisible para que lo hicieran.

–Sí –dijo Piedra, finalmente–. Llevamos mucho tiempo sin avanzar.

–¿Cómo sabes eso? –preguntó Lluvia.

La respuesta se la dio Pájaro Azul.

–Ya hemos pasado dos veces por aquí.

–Descasemos un momento –aprovechó Hierba para decir casi sin aliento.

Todos se volvieron hacia Viento del Norte, esperando su opinión. Piedra estaba seguro que no iba a reconocer que no lograban encontrar la salida al intrincado bosque de bloques de piedra que trataban de atravesar desde que escogieran el sendero del centro para seguir su avance. Tras pasar en grupo una serie de pasillos que giraban caprichosamente a derecha e izquierda, desembocaron en una explanada cubierta por esos monolitos negros que parecían surgir del suelo sin orden alguno. Avanzaron entre ellos durante largo rato, aunque la falta de referencias y de luz dificultaba cualquier intento de orientación. En la parte iluminada de Gronjor, el resplandor de Hastg servía a los cazadores para establecer su posición, así como elementos del paisaje como ríos, árboles o rocas. En esa oscuridad, y con un cielo casi totalmente negro, resultaba del todo imposible establecer referencias de cualquier tipo.

–Ahora entiendo por qué llegan tan pocos hasta el final –dijo Viento del Norte.

Eso era lo máximo que podían esperar de él.

Decidieron que lo mejor era seguir adelante, pero cambiando de táctica. Hasta ese momento habían avanzado en grupo, siguiendo las indicaciones de los que andaban en cabeza o de Viento del Norte, quien a veces decidía por su cuenta tomar otro camino, forzando al grupo a seguirle o a seguir sin él. Pronto se dieron cuenta de que aquella parte era en sí misma un laberinto dentro del propio laberinto. Los bloques parecían sólidamente plantados sobre el suelo, aunque no se veían fisuras en los lugares en que las piedras se unían a la roca sobre la que caminaban. Era como si formaran parte de ella, como si hubieran sido tallados en la propia piedra. La dispersión cambiaba según el camino que tomaran, en unos lugares podían andar sin dificultad varios hombres juntos, mientras que, en otros, apenas cabían en fila de a uno.

Al poco rato de cruzar bloques, uno perdía la orientación, sus sentidos quedaban saturados por la monotonía de ese paisaje absurdo, y solo una concentración máxima permitía intuir hacia donde era correcto dirigirse. A pesar de que Piedra, Pájaro Azul y Viento del Norte trataron de no despistarse en ningún momento, pronto se dieron cuenta de que estaban trazando círculos irregulares. Tenían el convencimiento de estar pasando por lugares que ya habían atravesado anteriormente, aunque no podían asegurarlo porque había diferencias en el excéntrico paisaje, pequeños matices que podían hacerles creer que eran lugares nuevos. Sin embargo, el entrenado instinto de esos tres cazadores les avisaba de que aquello era un engaño. Un enorme bloque ligeramente girado, una piedra rayada que aparecía en un rincón diferente, una muesca en el suelo que desaparecía debajo de uno de los monolitos.

–Algo va cambiando conforme avanzamos –dijo Pájaro Azul tratando de explicar lo que le decía su instinto.

–Sí, yo también lo he notado –confirmó Piedra señalando un enorme bloque de piedra que se alzaba justo ante ellos–. Esa roca de ahí delante apuntaba hacia la derecha cuando hemos pasado hace un buen rato. Ahora en cambio está de frente a nosotros. No tiene sentido, pero estoy seguro de lo que digo. La roca tiene una marca en forma de cruz en la parte superior en la que me fijé antes.

Sin embargo, en el suelo no se apreciaba ninguna grieta que hiciera sospechar que esa enorme roca pudiera ser movida hacia uno u otro lado.

–Nos están engañando –intervino Viento del Norte dando unos golpecitos con su palo de caza en la piedra donde se había recostado.

–¿Cómo? –quiso saber Árbol.

–Esas piedras enormes no se pueden mover sin hacer ruido y sin dejar ningún rastro –intervino Río, que descansaba con la espalda apoyada en una pequeña protuberancia de la pared.

–¡No sé cómo lo hacen, pero lo hacen! –le contestó bruscamente Viento del Norte.

Un aullido cercano cortó cualquier intento de debate. Los ritenhuts se estaban acercando, ya que ellos apenas habían avanzado. En cambio, esas criaturas se guiaban por su fino olfato, y su objetivo no era atravesar el laberinto, sino dar caza al grupo. Todos se pusieron en pie de inmediato, dispuestos a reanudar la marcha.

Piedra reflexionaba sobre la mejor estrategia, pero no conseguía formularla. Pájaro Azul vino a suplir sus vacilaciones.

–Tenemos que separarnos.

–Sí, debemos cubrir tanto espacio como nos sea posible. Es nuestra única ventaja como grupo. Así conseguiremos encontrar los caminos más fácilmente –le respondió Piedra, ya repuesto de su momento de duda.

–De dos en dos –ordenó Viento del Norte sin esperar a escuchar más opiniones–. Tú ven conmigo –le dijo a Semilla.

Piedra observó la maniobra con cierta rabia y algo de admiración. Viento del Norte nunca parecía tener dudas de nada. Además, su cerebro de cazador funcionaba siempre a máxima velocidad. Había escogido para ser su pareja al sanador. Si las cosas se ponían feas, él contaba con una ventaja extra llevando consigo al que podía curar sus heridas.

Piedra se encontró con Hierba a su lado. No lo había escogido para la marcha, pero tampoco lo había rechazado cuando este se acercó a él con la cabeza baja. Ambos entendieron que iban a seguir juntos. Pájaro Azul y Árbol también se encontraron con naturalidad. En poco tiempo, todas las parejas estaban formadas y se dispersaron para iniciar la marcha.

–Tratad de manteneros algo alejados unos de otros para cubrir el máximo terreno que podamos. Si alguien encuentra una salida, que grite o golpee las piedras para que los demás tratemos de encontrarlos. Si aparecen los ritenhuts, intentemos agruparnos para la lucha. Los que estén más cerca que sean los primeros en dar apoyo contra esas malditas bestias, los demás llegaremos tan pronto como podamos, ¿de acuerdo?

Todo el mundo asintió, menos Viento del Norte y su pareja, que ya habían tomado uno de los caminos que serpenteaba entre los bloques de roca.

Piedra decidió que cualquier dirección era buena, siempre y cuando no dieran vueltas. Tanto él como Pájaro Azul habían comentado que el suelo parecía dirigirse en una muy leve inclinación hacia uno de los lados. Sin haberlo hablado, ambos decidieron que tratarían de seguir el trazado de esa ligera cuesta para tener por lo menos una referencia. Hierba ni siquiera se dio cuenta de eso, limitándose a seguir los pasos de su amigo y protector.

La oscuridad se intensificaba conforme avanzaban entre los bloques, ya que allí apenas llegaba la tenue luz de unas cuantas antorchas que ardían en las paredes laterales. Los aullidos seguían sonando cada vez más cerca. Sin duda, los ritenhuts habían olido a sus presas y estaban muy excitados.

–Van a lanzarse sobre nosotros, ¿verdad?

Piedra ni siquiera contestó. A veces le resultaba difícil soportar el miedo de su compañero.

–Colócate a mi izquierda –le dijo, ya que él era diestro y prefería tener el campo libre para manejar su palo de caza.

Avanzaron un rato, aparentemente sin sentido, esquivando los bloques de piedra que se encontraban en diferentes ángulos de inclinación, dificultando la marcha y aumentando la desorientación. De tanto en tanto vislumbraban entre los bloques a otra pareja de cazadores que caminaban en paralelo a ellos. No pudieron identificarlos, pero a Piedra le pareció que uno de ellos era Árbol por la larga cabellera que lucía.

–El suelo va hacia abajo... –indicó Hierba pasado un rato, y cuando ya era más que evidente la inclinación.

–Sí –les respondió–. Creo que por allí encontraremos una salida a este maldito...

Un rugido muy cercano acalló el resto de sus palabras. Piedra se volvió enarbolando su palo de caza acabado en una punta afilada que se dividía en multitud de pequeñas cuchillas a los lados.

Oyó un grito claramente humano y trató de identificar su procedencia. Mientras buscaba a su atacante, vio llegar corriendo a Pájaro Azul, lo que le confirmó que la pareja más cercana a ellos eran él y Árbol.

–¡¿Dónde está Hierba?! –le preguntó este en cuanto se situó a su lado y en guardia.

Árbol apareció en unos instantes y también se situó cerrando un triángulo defensivo.

—¡¿Dónde está Hierba?! —repitió la misma pregunta.

En ese momento, Piedra reaccionó y lo supo. El grito había sido de su compañero, atrapado por una de esas criaturas maléficas. Él ni siquiera se había dado cuenta de lo que había sucedido y se maldijo por ello.

—¿Qué ha pasado? —quiso saber Árbol.

Piedra no contestó. Seguía en estado de *shock*.

Un nuevo grito, más flojo pero más estremecedor, lo sacó de ese trance.

—Tenemos que ir ayudarle —dijo poniéndose en movimiento hacia donde había sonado lo que parecía un quejido suplicante.

Pájaro Azul trató de detenerlo poniéndose delante.

—Ya no podemos hacer nada por él.

Piedra lo apartó con firmeza mientras arrancó en un suave trote hacia donde podían oírse los rugidos de los ritenhuts.

Se estaban disputando la comida.

Pájaro Azul volvió a ponerse en medio. No iba a permitir que Piedra se suicidara enfrentándose solo a una jauría de aquellas bestias.

—Quítate de en medio —le dijo con una frialdad en la mirada que hizo que hasta un cazador tan experimentado como Pájaro Azul sintiera un escalofrío en su nuca.

Sin embargo, no se movió.

Piedra hizo ademán de golpearle, pero Árbol se interpuso, desviando la embestida.

—¡Hierba está muerto! ¡No es culpa tuya!

Por unos instantes, solo se oyeron los crecientes gritos salvajes de las criaturas y los crujidos de algo duro que se rompía y que ninguno de los tres quiso tratar de identificar.

–Cálmate Piedra, yo lo he visto todo... La bestia os ha atacado por la espalda. Era una hembra enorme y se movía con una rapidez que daba miedo. Nosotros la hemos visto aparecer por detrás de vosotros y veníamos corriendo a avisaros. Tú estabas cubriendo el frente y Hierba ha dejado de mirar hacia su lado para decirte algo. La hembra lo ha aprovechado para lanzarse sobre él. Lo ha cogido por una pierna, con su boca enorme cargada de dientes, y lo ha arrastrado detrás de ese bloque grande en un abrir y cerrar de ojos. Cuando tú te has girado, Hierba ya no estaba.

Piedra siguió con la mirada fija en el lugar de donde procedían los rugidos que ahora parecían descender hasta convertirse en una especie de murmullo sordo o una vibración.

–Hierba no pudo hacer nada, y nosotros tampoco –concluyó Árbol.

–Debemos irnos –intervino Pájaro Azul con suavidad–. Esas criaturas pronto volverán a salir de caza. Debemos alejarnos cuanto podamos.

Piedra dedicó unos breves instantes a despedirse del que había sido su compañero en los días felices en que vivían a plena luz. Desde el momento en que entraron en el laberinto, sabía que Hierba tenía pocas posibilidades de sobrevivir a todo aquello.

–Llama a todo el mundo, el terreno hace bajada y creo que nos llevará a una salida –dijo finalmente recuperando su cara más inexpresiva.

Corrieron tanto como pudieron, tratando de no resbalar en aquel suelo de piedra lisa y pulida por las generaciones de cazadores que habían encontrado allí su suerte o su muerte.

Sin aflojar el ritmo, Árbol hizo sonar un cuerno de tripcop vaciado que servía para comunicar señales en momentos de caza colectiva.

Mientras las demás parejas iban añadiéndose a la marcha acelerada, Piedra trató de quitarse de la cabeza la imagen de Hierba arrastrado por esa bestia. Más adelante tendría tiempo para lamentarse por su propia actuación, por la indefensión en que había dejado a un amigo que confiaba en sus cualidades como cazador, por la dureza con que lo había tratado desde que entraran en el laberinto... Pero eso sería más adelante, si es que conseguía llegar hasta el final y salir de allí como un auténtico cazador, a la espera de que su padre le eligiera un nombre de hombre.

—¡¿Está todo el mundo aquí?! —preguntó sin ni siquiera girarse.

Los bloques de piedra parecían ahora menos densos, como cuando el bosque se acaba para dar paso a la llanura. Cada vez estaba más seguro de que esa era la dirección correcta.

—Falta Viento del Norte —le dijo Árbol, que corría a su lado.

—Y ese chico de las plantas —añadió Lluvia, que seguía sus pasos.

—¿Quieres que vuelva a hacer sonar el cuerno?

—No, sigamos, ya nos encontraran —decidió de inmediato.

A Piedra no le preocupaba Viento del Norte, sino el hecho de que hacía ya un rato que habían dejado de oír aullidos. O ellos se estaban alejando muy rápido o los ritenhuts habían abandonado la persecución. Pero ¿por qué razón iban a hacer eso? Aquellas hambrientas y feroces criaturas no podían haber quedado saciadas con el cuerpo de Hierba.

Algo no acababa de ir bien, pensó. Pero ahora no podía pensar, solo trataba de salir de aquel maldito bosque de piedra.

De repente, sin previo aviso, el suelo se estabilizó y los bloques desaparecieron, dando paso a un enorme círculo de tierra vacío, salvo por unos largos y gruesos palos que surgían del suelo hasta una altura de dos hombres. El grupo se detuvo instintivamente, sin atreverse a adentrarse en ese nuevo terreno que aparecía ante ellos.

–Es el remolino... –dijo finalmente Estrella, que se mantenía pegado a Río–. Mi padre me ha hablado de este lugar.

–A mí también –intervino Lluvia.

–Y a mí... –respondió Árbol.

–También me contó lo del remolino –confirmó Pájaro Azul.

Todos y cada uno de ellos informaron de que sus padres, contraviniendo las leyes, les habían explicado lo que les esperaba en aquella zona del laberinto. Mientras los cazadores intercambiaron las informaciones que tenían, Piedra hizo un repaso de sus propios recuerdos.

Su padre era un cazador muy hábil, aunque algo dado a precipitarse frente a las presas, lo que hacía que a veces se le escaparan. Sin embargo, compensaba ese fallo con una perseverancia interminable. Cuando ponía sus ojos en una presa, era capaz de perseguirla por jornadas y jornadas hasta que daba con ella y la capturaba. Una de esas persecuciones los llevó una vez a la cima de un cerro escarpado cercano ya a las cordilleras del norte. Cuando llegaron hasta donde les esperaba el trasgur, ya resignado a su muerte, un vendaval helado los obligó a refugiarse en una especie de cueva que encontraron. Allí, mientras el viento soplaba entre las piedras sin cesar, su padre le habló por vez primera del remolino.

–Si crees que este viento es fuerte, es porque todavía no has tenido que enfrentarte al remolino. En el centro del laberinto, hay una zona circular con unos altos palos clavados en el suelo. Allí soplan, de tanto en tanto, unas ráfagas de viento hirviente, llegado de las mismas profundidades de la tierra, que te quema la piel mientras trata de hacerte salir volando hasta estrellarte contra las paredes laterales del laberinto, de donde surgen piedras afiladas como cuchillas...

La carne del trasgur se doraba en la hoguera mientras su padre retomaba el relato.

–Nunca sabes cuándo va a venir ese maldito viento. Algunos cazadores han cruzado ese terreno sin que nada se lo impidiera. Otros han tenido que esperar varias jornadas a que cesaran las rachas. En cuanto a los que ha pillado en medio...

Piedra recordaba que su padre no quiso seguir hablando, pues quería comer tranquilo. Solo una vez más, aquella jornada de caza, hizo referencia a esa zona del laberinto.

–Si llega el viento, te coges con fuerza a uno de los postes mientras contemplas como tus pies de despegan del suelo hasta ponerse a la altura de tu cabeza. Notas el calor y cómo tu piel se pone roja y empieza a quemarse en algunos lugares. La rugosidad de la madera te destroza las manos mientras sientes que las entrañas de Gronjor se rebelan contra tu presencia y vomitan ese maldito viento que todo lo arrasa...

Nunca más volvieron a hablar del tema, y ahora lo tenía allí delante, ante sus ojos... el remolino.

–¿Vamos a pasarnos aquí todo el día?

Viento del Norte había aparecido de repente, sin hacer ruido. Pasados unos segundos, llegó también Semilla sacando la lengua y resoplando hasta dejarse caer sin fuerzas.

–Estábamos poniendo en común lo que sabemos de este sitio –le respondió Lluvia.

–Pues es muy fácil. Si tenemos suerte y pasamos sin que llegue una de esas endiabladas rachas de viento, estaremos al otro lado en poco tiempo y podremos continuar. Si no, nos quedaremos aquí a merced de los ritenhuts, que ya veo que se han alimentado con uno de vosotros...

Piedra lo miró con tal rabia que muchos del grupo pensaron que iba a saltarle al cuello. Sin embargo, el cazador solitario pareció no darse cuenta y continuó hablando en ese tono de menosprecio que irritaba a sus compañeros.

–Si las cosas van muy mal, el viento nos atrapará cuando crucemos, de manera que algunos acabaran clavados en la pared del laberinto como si fueran insectos. ¿Os parece un buen resumen?

Nadie dijo nada, salvo Pájaro Azul.

–Los ritenhuts no nos están siguiendo.

–¿Y eso qué significa? –quiso saber Lluvia.

–No lo sé, yo solo digo que no han dejado de perseguirnos desde que empezamos el laberinto, pero ahora parece que han perdido el interés.

–Esas bestias jamás pierden el hambre –dijo Piedra tratando de adivinar si aquella situación tenía algún significado que pudiera resultarles útil.

–En cualquier caso, tenemos que cruzar, así que hagámoslo cuanto antes. Si el viento se desata y nos deja aquí atrapados, esas bestias se darán un festín –insistió Viento del Norte.

–Lo haremos por parejas –le respondió Piedra.

–Tu afición a las parejas empieza a preocuparme un poco. ¿Estás seguro que quieres llegar hasta el final para conseguir una hembra?

Piedra dio un paso hacia él, pero se vio frenado por Lluvia.

–Ahora no, os necesitamos a ambos.

Se formaron rápidamente las mismas parejas que anteriormente, salvo Piedra, que quedó solo.

–Saldremos a intervalos regulares. Los primeros en llegar al otro lado harán sonar el cuerno, y entonces saldrán los siguientes. Si el viento coge a alguien a la mitad, no debéis seguir corriendo. Por lo que sabemos, ese viento no avisa, y a la primera racha ya puede enviar a alguien contra la pared. Si os da tiempo, corred hacia uno de los palos y aferraos a él con brazos y piernas... y aguantad...

–Tendremos que dejar aquí las piedras –dijo Viento del Norte, refiriéndose a las que habían afilado para hacerlas servir de armas–. Pesan demasiado.

–Podemos intentar cargarlas –respondió Árbol.

–No, eso sería una estupidez. Dejémoslas, si hace falta, buscaremos otras más adelante.

–De acuerdo –respondió Piedra, ahora centrémonos en atravesar esto.

–Iremos primeros –se ofrecieron Río y Estrella–. No nos ha ido tan mal marchando en cabeza hasta ahora.

Todo el mundo lo aceptó y ambos cazadores, después de intercambiar una mirada de complicidad, salieron corriendo con todas sus fuerzas. En apenas cuarenta pasos ya habían cubierto la mitad del recorrido. El grupo los observaba conteniendo la respiración. Los perdieron de vista y esperaron, hasta que, al cabo de no mucho tiempo, escucharon con alegría el resonar del cuerno. Habían llegado.

La siguiente pareja en lanzarse era la compuesta por Lluvia y un chico llamado Sombra que Piedra conocía de su mismo poblado.

También llegaron sin novedad al otro lado, lo que levantó algunos gritos de alegría entre los que esperaban su turno.

–Vamos chico, pégate a mi culo y no dejes de correr. Si te caes, no te esperaré.

Viento del Norte y Semilla siguieron los pasos de sus antecesores. Al perderse de vista, pasada la mitad del recorrido, Piedra percibió una ligera lluvia caliente en la mejilla. Antes de que pudiera decir nada, Pájaro Azul se le adelantó.

–Yo también la he notado.

–Vamos a acelerar esto –dijo Piedra a los cuatro que quedaban además de él–. Parece que tendremos suerte, de manera que vamos a pasar todos a la vez, ¿de acuerdo?

Manantial y Niebla asintieron. Pájaro Azul lo miró algo perplejo, pero no dijo nada. Árbol sí que intervino.

–Pero... ¿y si sopla?

–Pues quédate aquí si quieres. Puedes salir cuando nosotros lleguemos si lo prefieres.

De nuevo la dureza en sus palabras sorprendió a los demás. Sin embargo, nadie se opuso, pues no iban a quedarse allí a esperar.

–¡Vamos! –gritó Piedra.

Todos salieron corriendo con sus palos de caza fuertemente atados a la espalda, encabezados por un chico llamado Manantial, que parecía muy dotado para la carrera. La sensación de volver a pisar la tierra blanda les insufló ánimos y apretaron el ritmo. Llegaron al primer palo sin aviso alguno de problemas. Atravesaron el primer cuarto del círculo sin que se produjeran cambios que auguraran la aparición del viento.

–¡Esto marcha! –gritó Árbol, que era un gran corredor y mantenía la velocidad sin esfuerzo.

Piedra sonrió por primera vez en mucho tiempo. Parecía que iban a conseguirlo.

Entonces lo vio...

Uno de los cazadores surgió ante él, volando literalmente a una altura considerable. Su cuerpo daba vueltas en el aire rápidamente, como una hoja seca de kramder en manos de un huracán. Manantial pasó por su lado a gran velocidad y salió disparado hacia los límites del círculo de tierra.

–¡¡¡Agarraos a los postes!!!

7

Lea estaba harta de esperar, y todavía más harta del encierro. Su recién descubierta amistad con Tilam la ayudaba a mantenerse más o menos tranquila, pero en realidad su corazón bullía por salir a recorrer los bosques y acechar a las presas. Además, seguía sintiéndose ridícula vestida solo con una especie de vestido corto de piel de trasgur y unas sandalias abiertas, y, aunque trataba de acostumbrarse, no dejaba de pensar que era absurdo e incómodo. Con él sería imposible perseguir a cualquier presa.

–Son manías tuyas, estás preciosa. Si alguno de los cazadores llega hasta aquí y te ve así, tendremos que retenerlo para que no se te lleve a cuestas.

Tilam tenía una sonrisa capaz de calmar a cualquiera. Su expresión cambiada y sus ojos casi desaparecían, de manera que toda ella se volvía alegría de vivir. El efecto era sedante para Lea.

Las esclavas de pañuelo amarillo iban y venían constantemente con agua, comida o perfumes elaborados con las flores de los bosques cercanos al poblado donde normalmente vivían. Para que su piel estuviera brillante, les untaban el cuerpo con una especie de crema hecha de leche de drifdor y arcilla rojiza de los ríos que bajaban de las montañas. Precisamente en esos mismos ríos vivían esos grandes roedores de los que se aprovechaba la carne, dura pero muy sabrosa, y sobre todo su leche en época de cría, espesa y muy nutritiva.

–Parezco un trozo de carne en salsa roja –protestaba Lea cuando acababa de someterse a ese tratamiento.

En realidad podía negarse, pero no se atrevía. Seguía pensando que su cintura era demasiado estrecha y sus brazos demasiado musculosos para atraer a algún cazador que quisiera formar una familia, incluido Piedra, que bien podía decidir en el último momento que prefería a otra de aquellas chicas y no a ella. No era que desconfiara de sus sentimientos, pero la atacaba la inseguridad, algo con lo que no estaba acostumbrada a luchar.

Por eso se sometía a las «torturas» tradicionales con las que las dieciocho aspirantes que esperaban en el núcleo intentarían atraer a los cazadores. También ella quería ser elegida, no tanto para formar una familia como para no ser una esclava. La imagen de Piedra permanecía indeleble en su cabeza, pero también aparecía la de aquel cazador que llamaban Viento del Norte. Sus ojos oscuros clavados en ella... ¿Qué ocurriría si llegaba antes que Piedra y la escogía? Las leyes establecían que no podía negarse salvo que prefiriera pasar directamente a ser esclava, y eso seguro que no iba a escogerlo por propia voluntad.

La cosa no iba a ser fácil, pues en esa generación habían nacido bastantes más chicas que chicos. Contando con que todos ellos llegaran al núcleo, cosa que jamás había sucedido, aún sobrarían tres de ellas, que irían a parar directamente al servicio de Milosh. Los cazadores que habían iniciado el recorrido eran quince, y ella los conocía a todos. No soportaba esa situación en la que su papel se reducía a esperar a ver quién se decidía por ella.

–Odio a ese hechicero y sus malditas leyes –dijo mientras trataba de mantenerse inmóvil para que la argamasa no se cuarteara sobre su piel.

Una vez se secaba, la mezcla se endurecía, así que debían permanecer quietas esperando a que ese ungüento aspirara las impurezas y les dejara la piel lisa y luminosa.

Tilam estaba sentada a su lado, pero no dijo nada. También estaba con ellas Quang, con la que ambas congeniaban y que iba de grupo en grupo sin que eso fuera un problema para nadie. Era la única que podía hacerlo, ya que el resto de las chicas acostumbraba a mantenerse cerca de su círculo y a hablar poco con las demás. Por un lado estaban las chicas que aceptaban las reglas y miraban de participar en las tradiciones con la esperanza de poder convertirse en madres, haciendo lo posible para resultar atractivas a los cazadores, pues habían sido educadas para ello desde pequeñas. Sus madres no les permitían permanecer mucho bajo la luz de Hastg porque pensaban que eso estropeaba su piel, y siempre iban tapadas con esos ridículos sombreros hechos con tallos secos de grumponera, una planta de tallo alto que crecía por todas partes y con la que se hacían muchos utensilios para las cabañas. Incluso la mayoría de los tejados estaban hechos con sus tallos fibrosos e impermeables a la poca lluvia que caía en Gronjor.

También estaba el grupo de las que no vivían en los poblados centrales, cuyo único interés parecía consistir en despreciar a todo el mundo. Finalmente, las que no pertenecían originariamente a la tribu formaban el grupo más cerrado de todos, e incluso Quang sufría su rechazo de tanto en tanto.

No había nadie como Lea... ni tampoco como Tilam.

Pero sobre todo como Lea.

Ninguna de ellas debía cargar con la responsabilidad de haber nacido niña en una estirpe de grandes cazadores descendientes de Rondo. Ninguna de ellas cazaba a escondidas o rastreaba para su padre durante largas jornadas. Ninguna de ellas se sentía extraña en todas partes. Ninguna de ellas tenía una relación secreta...

–Milosh no es tan malo como parece –respondió Tilam finalmente.

–Es guapo –dijo Quang sin poder reprimir una sonrisa que partió la crema seca a la altura de sus carnosos labios.

Lea ni siquiera contestó a eso. Nunca se había planteado la visión del hechicero como un hombre.

–¿Que no es malo? Es el responsable de que los chicos estén tratando de no ser devorados por esas bestias de ritenhuts en el maldito laberinto y...

–Él no inventó las leyes –insistió Tilam.

–Lo sé, pero se encarga de hacerlas cumplir, aunque eso cueste unas cuantas vidas en cada generación.

–Pero no parece que... –trató de intervenir Quang sin que la dejaran.

Era una discusión entre Lea y Tilam. La tenían desde bien temprano aquella jornada, justo después de que Milosh las visitara.

—Es un monstruo —concluyó Lea una vez más.

Tilam prefirió no decir nada, pues empezaba a temer que se notara demasiado que siempre acudía en defensa del hechicero. No podía evitarlo, su enamoramiento había recibido una importante ración de alimento cuando él se había presentado esa misma jornada en la zona del núcleo para explicarles a todas ellas que esperaba que entendieran la necesidad de la selección.

—Nuestro mundo es pequeño, nuestra zona del mundo es todavía más pequeña y cada vez somos más. No podemos aceptar que todos puedan establecerse y criar a sus familias o pereceremos de hambre, o, todavía peor, nos mataremos unos a otros por el poco alimento que quede...

Durante un rato habló con ellas, o mejor dicho, se dirigió a ellas, que lo escuchaban sentadas en el duro suelo y cubiertas con una especie de basto manto hecho de tallos trenzados de plantas secas que las esclavas les habían proporcionado a toda prisa cuando anunciaron la llegada del hechicero. Nunca antes ninguno de sus antecesores había ido a ver a las chicas que esperaban en el núcleo en el momento de la selección. Su imprevista llegada generó muchos nervios y tensiones. Las agruparon casi a la carrera, ordenándoles que se cubrieran con esas telas vegetales teñidas de color gris, pues Milosh no permitía que se mostraran en su presencia.

«Un mundo pequeño...», pensó Lea mientras trataba de que la rabia no la hiciera mover y romper la costra del ungüento. Un mundo lleno de esclavitud y dolor por culpa de gente como él.

«Un mundo pequeño...», pensó Tilam mientras recordaba cómo sus miradas se habían cruzado en dos ocasiones. Fugazmente, de forma que nadie que no fuera ellos dos se diera cuenta, pero con mucha intensidad. Fue entonces cuando ella estuvo segura de que Milosh conocía su secreto, sabía de su amor por él.

Suspiró profundamente pensando que un mundo en el que estuvieran juntos era todo lo que ella necesitaba.

–¡Vamos chicas, es hora de bañarse!

Las dos amigas acometieron juntas, pero en silencio, la tarea de arrancarse esa capa sólida de sus cuerpos. A pesar de que el agua ayudaba a que se disolviera, tenían que rascar fuertemente para que los trozos se desprendieran y acabaran cayendo. Cuando terminaron, su piel estaba tan roja por la irritación que ambas rieron al verse como dos injros, el fruto rojo del arbusto enano que solo florecía una vez cada dos ciclos.

Tras una comida escasa a base de semillas de luthor mezcladas con una carne grasienta que no supieron identificar, las dejaron pasear por el exterior todavía cubiertas con los mantos grises. El núcleo estaba formado por una gran sala cerrada, donde hacían vida las chicas, y un pequeño patio, donde salían a respirar el caluroso aire de las entrañas del laberinto.

Lea miró el oscuro cielo y suspiró por esos días interminables en la zona donde la luz todo lo bañaba, donde jamás se hacía de noche.

–Esto acabará pronto, ya lo verás –le dijo Tilam situándose a su lado mientras caminaban en círculos por el patio.

Los otros grupos permanecían cada uno en su rincón, sin dejar de cuchichear y de lanzar miradas cargadas de dureza hacia las otras, las que consideraban sus rivales. De no ser porque cualquier agresión se castigaba con el inmediato traslado como esclavas al poblado del hechicero, la sangre hubiera cubierto el terroso suelo del patio en más de una ocasión.

–Me da miedo que esto dure, y también que esto pase –confesó Lea sin dejar de caminar.

–¿Miedo...? ¿Tú? –preguntó extrañada Tilam, que conocía de la destreza de Lea como cazadora–. Si tú no temes ni a los ritenhuts.

–Hay cosas peores que esas apestosas criaturas.

–Cuéntamelo, Lea. ¿Qué criatura terrible es capaz de hacerte sentir miedo a ti, a una descendiente directa de Rondo?

–No es una criatura a la que temo...

Tilam esperó con paciencia a que ella estuviera dispuesta a seguir hablando. Para alguien como su amiga, no era nada fácil confesar sus debilidades.

–Lo que me da miedo es perder mi libertad, y eso es algo que seguro que va a pasar. Puede ser que acabe formando una familia con alguno de esos pobres chicos que tratan de llegar hasta aquí... si es que alguno decide escogerme.

Tilam hizo una mueca dándole a entender que eso estaba de más.

–Sí claro, para ti es fácil pensar que alguien te reclamará. Eres preciosa, dulce y desbordas una alegría que contagia

montañas. Ellas no le devolvieron el gesto para evitar que se animara a acompañarlas.

Había llegado el momento de arriesgarse y hablar.

—Bueno, verás... hace tiempo que alguien me gusta, y sé que yo le gusto a él... pero no estoy segura de si quiero formar una familia y dedicarme a recolectar semillas, y a cocer raíces, y todo eso que hacéis todas, y... no te ofendas...

—No me ofendo, a mí me encanta, aunque no es lo único que hago.

—Bueno, verás, no es que no quiera tener un hijo o una familia, pero no estoy muy segura de cuál es mi papel en este planeta. Soy cazadora, disfruto siguiendo una pista, acechando una presa, lanzando contra ella e incluso cuando consigo abatirla. En esos momentos me siento libre, dueña de mi destino... Sin embargo, ahora tengo que escoger entre servir de esclava a ese hechicero loco o servir de esclava a mi pareja. No sé si puedo escoger entre esas dos alternativas.

—Tener compañero no implica ser su esclava, pero es cierto, no tienes muchas más opciones.

—Pues a eso me refiero, a que me rebelo ante la idea de que esa sea la única vida que puedo vivir, una vida que los antiguos decidieron por mí y que no puede cambiarse porque Milosh está dispuesto a matar a cualquiera que se oponga y...

—Eso no es del todo así —la cortó Tilam.

—Eso es así, y tú lo sabes, pero no...

De repente Lea se calló y miró a su amiga con los ojos muy abiertos.

—¡¿Por qué lo defiendes tanto?!

–¡No, yo no!

–Llevas toda la jornada defendiéndolo y...

De nuevo se quedó muda.

–¡Tú... y Milosh!

–¡¿Qué estás diciendo?! ¡¿Te has vuelto loca?! –Tus ojos cambian de color cuando piensas en él, lo he visto antes, cuando lo mirabas. ¡Y ahora otra vez!

–¡Estás loca! –trató de desmentir Tilam, quien, sin embargo, no estaba poniendo todo su empeño en ello. En el fondo, necesitaba poder comentarlo con alguien, llevaba ese peso encima desde hacía demasiado tiempo.

–¡Venga, Tilam!

–De acuerdo –dijo finalmente–. Te lo contaré, pero primero hablemos de ti y de algo que has tratado de pasar por alto muy deprisa en tu explicación... sobre alguien que al parecer te gusta. Entremos en eso y después yo te contaré.

–Pero ¿qué dices? ¿Tú y Milosh? No vamos a esperar a que yo...

–Eso o callo para siempre.

Lea la miró detenidamente y entendió que su amiga le estaba pidiendo un respiro, un momento para pensar en cómo contarle algo que seguro que llevaba escondiendo desde hacía... ¿cuánto?

–Está bien –dijo finalmente Lea–. Pero prométeme que no...

–No diré nada –la interrumpió–. Además, ¿a quién quieres que se lo cuente?

Lea sonrió porque su amiga tenía razón, no había nadie a quien contárselo.

Había llegado el momento.

—Bueno, verás, lo mío es un poco complicado y... bueno, qué te voy a contar a ti, que estás liada con el hechicero, nada menos.

—No estoy liada con él, Lea.

—Vale, pero a lo mejor... En fin, a lo que iba. Pertenezco a una familia que desciende de Rondo y... bueno, eso ya lo sabes, así que no te voy a contar todo el rollo. Lo cierto es que la pasada estación salí a cazar con mi padre como ya había hecho muchas veces. Ya sabes que cada vez cuesta más encontrar algo que cazar, así que estuvimos siguiendo pistas que se perdían o desaparecían. Lo único que conseguimos abatir fue un par de hulams que apenas nos dieron carne para nosotros dos. Pasamos varias jornadas siguiendo a un rebaño de trasgurs bastante numeroso. Su rastro nos llevó hasta los pies de una de las montañas rocosas que cubren toda la zona alta de nuestro valle. A esa en concreto la llaman Yorghtr. ¿La conoces?

—Ni idea.

—Bueno, la cuestión es que, cuando por fin localizamos a la manada y conseguimos aislar a un ejemplar grande que nos hubiera permitido alimentarnos durante muchas jornadas, apareció un cazador solitario que abatió a nuestra pieza de un solo lanzamiento de su palo de caza. Al parecer también llevaba tiempo siguiendo su pista y no quería cedérnosla sin más. Discutimos con él, pero mi padre, siguiendo el código de honor de los cazadores, dijo que quien la mata es el dueño de la presa. Sin embargo, a mí no me pareció bien aquel trato, y le dije que no pensaba irme con las manos vacías. No se enfadó, y me dijo que estaba de acuerdo en darnos la mitad de aquel enorme animal.

Se detuvo unos instantes, hasta que Tilam la animó a continuar.

–¿Y?

–Cenamos los tres juntos. Resultó ser un chico que vivía no muy lejos de nuestra cabaña, cerca de la pequeña depresión que lleva hasta el río. Estuvo muy atento con mi padre, al que mostró el respeto debido en todo momento. Se quedó a dormir en nuestro campamento y a la mañana siguiente había desaparecido, dejándonos un montón de carne para nosotros.

–¿Lo volviste a ver?

–Sí, claro... nos hemos visto algunas veces, aunque no en lugares donde la gente pueda murmurar. Ya sabes que está prohibido relacionarse hasta el momento de la selección.

–¿Vas a decirme quién es?

Lea dudaba, pero en realidad tenía ganas de contarlo, de aliviar esa presión que siempre sentía dentro.

–Es Piedra.

Tilam sintió un escalofrío recorriendo su columna y una gran sensación de ahogo. Aun así, consiguió responder.

–Sé quién es.

Lea quedó extrañada de esa concisa reacción. Acababa de contarle su más íntimo secreto y esperaba una risa, un abrazo o incluso una expresión de escándalo. Cualquier cosa en lugar de lo que oyó a continuación.

–Tengo que ir un momento a recordarle una cosa a una de las esclavas, luego seguimos hablando –dijo Tilam poniéndose en pie con el rostro algo desencajado.

–Pero... pero... Tilam.

Sin hacerle el menor caso, Tilam se dirigió hacia el interior de la zona que servía de dormitorio sin volverse a mirar atrás. Suponía que Lea la observaba con esa expresión de incredulidad que le había quedado en la cara al descubrir que su amiga no daba ninguna importancia a lo que acababa de contarle, a la confesión íntima que acababa de hacerle.

Pero ella no podía explicarle nada, no por el momento. Por eso había huido, para que su amiga no viera cómo cambiaba la expresión de su cara, para no tener que mentirle. Lea le había confesado que se sentía atraída por el cazador que llamaban Piedra.

Esa misma mañana había oído ese mismo nombre de labios de otro hombre, de uno al que ella también amaba.

Al acabar el discurso que les había dado a todas, Milosh la mandó llamar en privado. Ella había acompañado, llena de aprensión y temor, a una esclava de pañuelo rojo que la condujo a una pequeña habitación donde se guardaban los utensilios de limpieza. Allí esperó durante mucho rato hasta que apareció el hechicero.

Hablaron, aunque ella sobre todo escuchó el infierno interior que se desataba en la persona que tenía delante, muy diferente del hechicero soberbio y distante que todos conocían.

Allí oyó cosas que jamás olvidaría.

Entre otras muchas cosas, Milosh le habló de Piedra.

Le dijo que acababa de ordenar su muerte en el laberinto.

8

Milosh hizo el viaje de vuelta a su poblado en el más absoluto silencio. Los cuatro guerreros que lo acompañaban se miraban unos a otros algo desconcertados, ya que, aunque el hechicero no era muy hablador normalmente, no dejaba pasar ocasión de hacer notar un fallo cuando se cometía. En esta ocasión, sin embargo, no había dicho nada cuando tuvo que esperar en el patio porque su troncat no estaba preparado, ni cuando uno de los escoltas se asustó por la presencia de un ritenhut que salía del bosque en una zona con bastante irradiación y quedó paralizado hasta que otro de sus compañeros tiró de su montura para que corrieran y dejaran atrás a la criatura.

Ellos no podían saber que no había dicho nada porque su mente no estaba viajando con él de vuelta a su poblado. Los recuerdos de su encuentro con Tilam volvían una y otra vez para atormentarlo por su torpeza y su debilidad, pero también para estimularlo con las imágenes de esa chica que, aun cubierta con ese desgastado manto gris, despertaba en él sentimientos y sensaciones hasta entonces desconocidos y peligrosos... Muy, muy peligrosos. Si alguien lo sabía con certeza, era él.

Llegaron a su cabaña e inmediatamente se dirigió al bosque a realizar una de las ceremonias de confluencia con sus ancestros, tratando así de recuperar el camino que ahora se torcía.

Sin más compañía que un guerrero de pañuelo blanco y una esclava de pañuelo rojo, se adentró en el bosque. Cuando se acercaban al lugar que siempre escogía para el ceremonial, un pequeño claro rodeado de unos árboles gigantescos llamados tarbist, que normalmente solo crecían en los alrededores del lago Humshart, ordenó a sus acompañantes que esperaran allí y siguió en solitario su camino hasta el centro del claro.

Allí se quitó una parte de la ropa para poder desenvolverse mejor y realizó los movimientos rituales que le permitirían conectar con el pasado, con los grandes hechiceros que, antes que él, gobernaron el planeta sin dejarse arrastrar por tentaciones como...

–¡No puedo ! –dijo en voz alta.

Un pequeño pájaro yhorma fue el único que pareció darse cuenta de su presencia allí. Revoloteo unos instantes a su alrededor y después se perdió entre las ramas de un árbol cercano.

A pesar del silencio y del aire puro que penetraba en sus pulmones, imponiéndole la calma, a pesar de la luz que se filtraba suavemente por las altas ramas, dotando de color a todo ser vivo, en contraste con la penumbra que acababa de visitar, a pesar de necesitar esa conexión mucho más que nunca, no conseguía alcanzar el nivel de concentración necesarios.

Algo turbaba sus pensamientos.

Alguien.

–¡Estúpido! –se dijo a sí mismo.

¿Cómo había podido dejar que sus instintos de hombre lo dominaran así?

Rememoraba su llegada al laberinto, los informes del rastreador sobre cómo el grupo había sufrido una baja en el laberinto de los bloques de roca y otra más en el remolino, donde tal vez todavía se encontraban algunos cazadores, enfrentados al hirviente viento que surgía de las entrañas de Gronjor. Recordaba cómo el rastreador le había dado su alarmante informe.

–El líder es ese que llaman Piedra. Es él quien mantiene al grupo unido, ya que Viento del Norte solo aguanta por su propio interés, pero marchará en solitario en cuanto el grupo flojee. Los demás siguen a Piedra y esperan sus indicaciones. Si él falla o cae, cada uno tirará por su lado.

Milosh se detuvo a pensar unos instantes y tomó una decisión drástica.

–Haz que caiga –ordenó finalmente.

Con esa iniciativa, esperaba liquidar dos problemas a la vez: la disolución de los cazadores como grupo, de lo cual deberían responder cuando se acabara la selección, y evitar que Piedra y Lea acabaran uniendo sus destinos.

Sus razones para seguir en la tierra oscura acababan allí. Después, debía irse sin más.

Pero no fue así, impulsado por una fuerza interior que lo dominaba, insistió en ver a las chicas que esperaban en el núcleo para dirigirles unas palabras. Era absurdo, innecesario y ponía en cuestión su mando, pero lo hizo igualmente. Necesitaba verla a ella, a la chica de ojos ambarinos que había descubierto un día, hacía algunas estaciones, espiándolo mientras realizaba sus ceremonias en el bosque profundo. La buscó después para reprenderla a ella y a su madre, pero no pudo hacerlo. En cuanto la vio en su cabaña, removiendo las semillas para seleccionar las mejores para la cosecha, algo se incendió en su interior.

La espió en días sucesivos, siguiendo furtivamente sus movimientos por el poblado mientras fingía interesarse en las quejas que le hacían llegar algunas madres sobre el comportamiento de un cazador. La observó durante muchos ciclos, viendo como crecía hasta convertirse en una dulce y atractiva mujer, como pudo comprobar más de cerca cuando las mujeres y sus hijas acudían a escuchar cómo debían afrontar el período de selección que se acercaba. La tuvo presente en sus sueños, en sus visiones, en sus momentos ceremoniales, en cada momento de su vida. La odió por no ser capaz de expulsarla de su mente.

—¡Estúpido! —se repitió mientras se dejaba caer en el suave piso de hierba y trataba de recordar cuántas imprudencias había cometido esa jornada.

Después de dirigir unas palabras de elogio a las chicas, que lo miraban con una mezcla de miedo y menosprecio, se sintió algo más ligero. Por lo menos la había visto, mirándolo a través de esos ojos que constantemente lo visitaban en sus sueños.

Ignoró las miradas de desconcierto de los esclavos y de las propias chicas, que no esperaban esa charla ni nada por el estilo.

Preparó su marcha para esa misma jornada y, justo cuando creía que había conseguido mitigar a sus fantasmas, se descubrió a sí mismo conspirando con una de sus esclavas para llevar a Tilam a su presencia. Tuvo que tragarse la humillación que significó que su propia esclava le indicara que tal vez no sería correcto que se viera con una chica de la selección a solas en sus aposentos.

Aceptó comportarse como un traidor furtivo, deslizándose a escondidas por los pasillos del núcleo hasta una habitación oscura llena de utensilios de limpieza.

Se odió a sí mismo y estuvo a punto de escapar de allí... Pero entonces la vio venir, cubierta con el mismo manto gris que antes, pero mucho más cerca, mucho más bella, muchísimo más peligrosa.

Al principio ninguno de los dos dijo nada. Milosh la miraba mientras ella apenas levantaba la vista que mantenía fija en el suelo. Luego, el torrente se desató en su interior y habló durante mucho rato, dando vueltas como un depredador que no se atreve a lanzar el ataque final sobre una presa acorralada.

Esquivando la verdad.

Al final, cuando ya no podía sentirse más ridículo y avergonzado, fue ella la que lanzó la flecha que destruyó sus últimas defensas.

—Te amo, Milosh, desde el momento en que te vi en el bosque, hace dos ciclos. Te amo sin que pueda amarte.

Los diques cedieron y las aguas de su pasión se desbordaron.

–Yo también te amo, Tilam. Te amo sin poder amarte.

Ni siquiera se acercaron el uno al otro, pero sus miradas se fundieron en una sola y ambos supieron que esa sensación perduraría por el resto de sus vidas.

–No debes hablar de esto con nadie, Tilam. No debes ni volver a pensar en ello. Lo que hacemos está mal. Las leyes de nuestros antepasados se hicieron para mantener la vida en este pequeño planeta que nos da muy pocas oportunidades. Yo desciendo de aquellos que impusieron las leyes que todos debemos defender si queremos sobrevivir, y no podemos permitir que nadie las incumpla... y menos nosotros mismos. Esas mismas leyes que veneramos impiden que el hechicero tome pareja para siempre, solo puede llegar a tener un hijo con una esclava cuando llegue el momento, y por eso debemos jurar que jamás repetiremos algo como esto. La más grave de las sanciones recaerá sobre cualquiera de nosotros si consentimos este amor imposible y prohibido. Créeme, sé de lo que hablo.

–Pero yo no puedo dejar de amarte...

–Debes hacerlo, te pido que lo hagas, te ordeno como tu hechicero que lo hagas. Pronto, alguno de los cazadores que luchan por sus vidas en el laberinto conseguirá llegar hasta el núcleo y te escogerá. Te deberás a él y crearéis una familia que...

–¿Y si nadie me escoge?

–Sabes bien que eso no sucederá, eres hermosa y...

–¿Qué ocurrirá si nadie me escoge?

–Conoces las normas de la selección. Las que no sean escogidas serán llevadas a mi poblado, donde pasarán a ser esclavas al servicio del hechicero y de toda la tribu.

–Entonces seré tu esclava, no permitiré que ninguno me escoja.

–No puedes hacer nada para evitarlo.

–Puedo rechazar a quien me lo proponga.

–No puedes hacer eso, Tilam, las leyes son claras.

–Seré tu pareja o seré tu esclava.

La determinación de su mirada dejó sin palabras a Milosh. Aquello no estaba bien, él lo sabía y lo sabían los espíritus de algunos hechiceros que, como ahora hacía él, habían tratado de saltarse las leyes, provocando desgracias y peligros a su alrededor.

No era el primero que soñaba con desafiar las leyes antiguas, pero tal vez sería el último.

Un rugido lejano lo devolvió a la realidad. Ni siquiera recordaba cómo había terminado la conversación. Ni siquiera recordaba el momento en que, perturbado por su proximidad, había confesado a Tilam que Piedra no llegaría al final, que había ordenado su muerte precisamente por desafiar las mismas leyes que también ahogaban su propio amor.

Se dispuso a regresar donde le esperaban sus esclavos. Ni siquiera había dado un paso cuando un crujido atrajo su atención hacia un grupo de matorrales bajos que cerraba el claro por su izquierda. Sintió una presencia, unos ojos clavados en él, un espíritu maligno.

Permaneció inmóvil mientras trataba de recordar dónde había dejado su palo defensivo. Una imagen del esclavo dejándolo en el troncat le recordó que estaba desarmado e indefenso. Por el rabillo del ojo trató de calcular si tendría tiempo de alcanzar uno de aquellos enormes árboles para intentar trepar, pero comprobó que estaban demasiado lejos y que no presentaban protuberancias o ramas en las zonas bajas que le permitieran asirse.

Decidió esperar.

No tuvo que hacerlo mucho tiempo, pues un rugido espantoso precedió al ataque de dos ritenhuts, que se lanzaron hacia él con la firme decisión de convertirlo en su comida. Eran una hembra joven y su cría, y ambas mostraban su absoluta determinación de terminar bien esa caza. La cría era bastante pequeña, de apenas dos o tres semanas, pero no vacilaba ni un instante en su carrera hacia él. La madre mostraba sus colmillos mientras lanzaba el cuerpo a gran velocidad hacia el centro del claro, donde Milosh seguía sin moverse.

Sabía que, si se dejaba dominar por el pánico, iba a morir.

Aquellas criaturas estaban lejos de los límites de la zona oscura, y eso significaba que apenas veían, ya que sus ojos estaban casi inutilizados para funcionar a plena luz.

Esa era su única ventaja, pensó.

Mientras las bestias reducían muy rápidamente el espacio que las separaba de su comida, ansiosas por conseguir clavar sus afilados dientes en la carne fresca, Milosh siguió sin mover ni un músculo, esperando confundir con su falta de reacción a esos depredadores, acostumbrados a perseguir a unas presas que siempre trataban de huir de ellos.

La madre ritenhut redujo un poco el ritmo de su carrera, y lo mismo hizo su cría. Levantó el rugoso hocico para olisquear el aire y asegurarse de que «eso» que no se movía era realmente una presa viva. Su piel rosada estaba llena de manchas rugosas y parecía irritada en algunas zonas, seguramente por los efectos de la radiación solar a la que no estaba aclimatada. Sus robustas patas golpeaban el suelo levantando la tierra al clavar las pezuñas que acababan en una especie de gancho afilado que le servía para capturar presas sobre la marcha.

Redujo el ritmo de su carrera hasta convertirlo en una marcha rápida.

Poco después se limitó a acercarse andando a su presa inmóvil.

Dudaba.

Milosh aprovechó la ocasión y salió disparado hacia uno de los bordes del claro. Sabía que los ritenhuts eran criaturas pesadas y poco ágiles que basaban su ataque mortífero en el empuje y la potencia. Podían llegar a velocidades considerables, pero les costaba alcanzarlas.

En los pocos instantes que ambas bestias tardaron en detectar visualmente el movimiento y reaccionar, el hechicero les había sacado un buen espacio de ventaja. Las duras pezuñas golpeaban el suelo con fiereza, tratando de conseguir el agarre suficiente para arrastrar sus pesados cuerpos y ganar velocidad. Pero Milosh era mucho más ágil y ligero, y enseguida penetró entre los árboles esperando poder esquivarlas.

Las ramas bajas le golpeaban la cara, desgarrándole la piel, pero él no ralentizó su carrera. Podía oír a sus espaldas los bufidos que producían los dos ejemplares que lo perseguían, así como las ramas quebradas a su paso. Enseguida se dio cuenta de que ganaban velocidad y no tardarían en atraparlo.

Llegó a un pequeño cruce de senderos y aguantó hasta el último momento en uno de ellos, hasta que saltó literalmente al otro cuando una enorme piedra marcaba ya el límite del cruce. Pudo escuchar como la madre no cayó en el engaño y se lanzó a seguirlo. Sin embargo, la cría no giró a tiempo y tuvo que frenar y retroceder hasta ese punto para reprender la persecución. El instinto materno jugó a favor de Milosh, ya que la hembra frenó su ritmo para poder girarse y comprobar que la cría volvía a estar detrás de ella. Eso le dio un pequeño respiro.

Sin embargo, el tiempo se acababa y ya volvía a sentir el fétido aliento muy cerca de sus piernas. Si alcanzaban a derribarlo, estaba perdido.

Un zumbido pasó muy cerca de su cabeza, y Milosh casi no tuvo tiempo de ver el objeto que lo había causado. Emergiendo de detrás de un gran matorral de frutos rojos, un cazador que él conocía le hizo señas para que siguiera corriendo mientras él se preparaba para lanzar de nuevo, de manera que pasó por su lado sin aflojar el ritmo. Un gruñido terrorífico a sus espaldas hizo que se detuviera por fin y mirara atrás, sabiendo que se había salvado por muy poco.

La hembra estaba en el suelo, con un profundo corte en el cuello del que manaba abundante sangre. También sobresalía de su cabeza un palo de caza clavado entre ambos ojos. Muy cerca, la cría se había detenido y mostraba amenazante sus colmillos al cazador, que permanecía inmóvil y en guardia con una afilada cuchilla en la mano. Durante unos instantes, ninguno de los adversarios se movió.

La cría, inexperta y vencida por una situación que nunca había vivido, lanzó un ataque rabioso. El cazador se limitó a apartarse en el último momento mientras degollaba al ritenhut con un rápido movimiento de su cuchilla de caza. Antes de dar con el morro en el suelo, la sangre brotó como un manantial de su garganta. Mientras pateaba en el suelo, gruñendo y tratando de adivinar qué les había sucedido a ella y a su madre, el cazador se acercó y volvió a clavar su cuchilla, esta vez a la altura del pecho de la cría. Nuevamente un surtidor de líquido espeso y rojo roció el terreno y salpicó el vestido y las manos de su verdugo. Finalmente, la cría dejó de convulsionarse y quedo inmóvil.

–Gracias Derthom –le dijo Milosh mientras contemplaba como el suelo absorbía la sangre de las criaturas como si se alimentara de ella–. Si no llegas a estar aquí...

–Ahora estarías siendo devorado por estos dos ritenhuts.

–Sí, me han cogido por sorpresa mientras paseaba por el bosque

–Ya lo veo... –dijo mientras observaba que no iba armado y que llevaba poca ropa–. El bosque es un lugar peligroso. Toma... –le dijo mientras le lanzaba un manto para cubrirse–. Últimamente algunos de estos se atreven a adentrarse en nuestro mundo. Cada vez son más los que buscan aquí su comida y nos la quitan a nosotros.

–Pronto habrá que preparar alguna batida importante para eliminar a unos cuantos. Creo que ya son demasiados para el planeta, incluso para la parte oscura. ¿Cuento contigo para ir a cazarlos?

Derthom no contestó, era un hombre de pocas palabras y sabía que, cuando llegara el momento, el hechicero no lo invitaría a ir a cazar ritenhuts. Ya tenía suficientes cazadores esclavos y no se sentía cómodo con su presencia. Tenían demasiadas cuentas pendientes.

–¿Cómo está Piedra?

«Directo como siempre», pensó Milosh mientras observaba como el cazador destripaba al animal más joven. La carne de ritenhut era dura y tendía a pudrirse con rapidez, pero no vivían en un mundo que les permitiera ser muy selectivos con la comida.

–Tu hijo está bien –mintió Milosh.

El cazador levantó la mirada un instante y ambos mantuvieron los ojos fijos en los del otro.

–Mientes... como siempre.

Milosh no dijo nada, aquel hombre acababa de salvarle la vida y no era el lugar ni el momento de saldar deudas.

Mientras contemplaba hipnotizado como Derthom manejaba la cuchilla para despedazar a la hembra, una sucesión de imágenes le recordaba lo que acababa de pasar: los ritenhuts, el padre de Piedra apareciendo de la nada en medio del bosque, justo cuando él acababa de ordenar que dieran muerte a su hijo para evitar que todo saliera al descubierto.

Tantas cosas relacionadas... ¿Era cosa del caos o una sucesión planificada que los conduciría finalmente al desastre?

Lea, Tilam, Piedra... los factores incontrolables se multiplicaban y escapaban a su entendimiento. ¿Era un aviso? ¿Un castigo que se precipitaba sobre él por su comportamiento irresponsable?

Derthom seguía descartando órganos y cortando anchas lonchas de carne que depositaba en una enorme hoja de krander que luego enrollaría para transportarla a su cabaña. Observó su expresión concretada en un rostro lleno de arrugas y salpicado de gotas de sangre. Había envejecido bastante desde que fuera a verlo a su cabaña en compañía de su propio padre, el hechicero Junjork, uno de los peores que había tenido ese planeta.

Recordaba perfectamente que su padre y el cazador estuvieron hablando durante mucho rato. Él era un niño, entonces, y esperaba en los alrededores de la cabaña, jugando con los insectos que trataban de comerse la escasa cosecha que mantenían Derthom y su pareja. El hechicero, a quien Milosh, entonces, idolatraba como padre y como maestro, llevaba un bulto en los brazos que no paraba de moverse. Primero Milosh pensó que sería alguna cría de animal, pero cuando oyó el primer llanto, supo que era un niño muy pequeño. No supo cómo había llegado hasta los brazos de su padre, pero entonces apareció la compañera del cazador y se lo arrebató con fuerza al hechicero.

Recordaba los gestos bruscos de los dos hombres, gritando y gesticulando como si fueran a enfrentarse allí mismo. Al final su padre recibió un empujón y cayó al suelo. Milosh quedó muy impresionado de que alguien se atreviera a agredir a un hechicero, pero no dijo nada. Su padre se limitó a levantarse y a marcharse, llevándoselo con él. Milosh volvió la vista atrás y observó como Derthom cogía su palo de caza y les apuntaba. A esa distancia era imposible que fallara, pero nada sucedió, pues, justo en ese momento, la compañera del cazador, una mujer alta y esbelta llamada Malanda, lo sujetó del brazo, impidiéndole que lanzara el palo mortalmente contra ellos.

Hubo un forcejeo hasta que el niño que acababa de quedarse en la cabaña lloró a pleno pulmón, reclamando su atención y salvando la vida del hechicero y probablemente del propio Milosh. El cazador dejó caer el palo al suelo y se acercó a contemplar aquel bulto que metía tanto ruido.

Milosh y su padre alcanzaron el bosque y quedaron a salvo.

Mientras pasaba lista a sus recuerdos, el cazador había acabado de seleccionar la carne que quería llevarse y la colocaba en una sucia bolsa que cargó a su espalda. Inmediatamente, unos surcos de sangre corrieron por su piel hasta gotear en el suelo. Sin decir una palabra, se giró e inició su camino de vuelta a las profundidades del bosque.

–Gracias Derthom... por haberme salvado.

El aludido ni siquiera se dio la vuelta, limitándose a decir en un susurro.

–Si algo le pasa a Piedra, nadie te salvará la próxima vez.

–No me amenaces, soy el hechicero.

–También lo era tu padre.

Enseguida quedó ocultó por las sombras y Milosh observó cómo su silueta se difuminaba poco a poco hasta desaparecer por completo.

Su vista se volvió hacia los restos sanguinolentos de los dos ritenhuts. Mientras contemplaba aquella matanza, pensó en Piedra.

Por un momento, creyó volver a oír el llanto de aquel niño.

Esa fue la primera vez que oyó su voz.

Ahora, mientras regresaba en busca de sus esclavos, Milosh trató de imaginar si también estaría gritando en el remolino.

9

¡No podía ni gritar! El dolor se hacía insoportable. Todo su cerebro repetía un único mensaje: «¡Suéltate!». Sin embargo, Piedra mantenía brazos y piernas aferrados al poste que lo anclaba a la vida. Su voluntad era lo único que le impedía hacer caso a lo que quería su cuerpo, que cesara el sufrimiento. El viento los había pillado a medio recorrido, sin aviso previo, de golpe. Él había reaccionado lanzándose al primer poste que encontró, y allí trató de aguantar la primera embestida. Una ráfaga de aire, tan caliente que quemaba los pulmones, lo había golpeado cuando todavía estaba tratando de aferrarse a la rugosa madera. Casi lo arranca de allí para hacerlo volar hasta morir atravesado por las afiladas aristas de las paredes, como le había sucedido a Manantial. Su cuerpo se puso horizontal, arrastrado por el viento, huracanado. Trató de sujetarse con las manos mientras el resto de él se movía a capricho del viento, como si no tuviera vida. Haciendo un esfuerzo fuera de límites, consiguió acercarse poco a poco al poste hasta que pudo rodearlo con una pierna y después con las dos.

Desde entonces había pasado un buen rato, y el viento no amainaba ni se enfriaba. Si seguía así, no podría aguantar mucho tiempo ya. Toda su piel irritada protestaba por la temperatura que tenía que soportar.

No tenía ni idea de lo que les podía haber sucedido a los que lo acompañaban en el intento de cruzar ese espacio de tierra que llamaban el remolino. Había intentado llamarlos, pero ni siquiera él pudo oír su propia voz pues el ensordecedor rugido del viento lo silenciaba todo.

Solo podía esperar; esperar y resistir.

Cerró los ojos, pues resultaba imposible mantenerlos abiertos. Apretó los dientes para que el aire caliente no le abriera la boca y penetrara hasta sus pulmones quemándole la tráquea y cuanto encontrara a su paso.

Era consciente de que solo aislándose de aquel infierno podría dominar el instinto que lo incitaba a dejarse ir.

Pensó en Lea, en la primera vez que la vio, enfadada, dirigiéndole miradas de odio por haberles arrebatado el trasgur que perseguían con su padre desde hacía jornadas. Desafiándolo, sin arrugarse a pesar de ser una chica. Dispuesta a luchar con él si hacía falta. Esa era una de las «Leas» que conocía.

La otra era simpática, atenta y muy femenina, a pesar de que no hacía nada por parecerlo. Llevaba el pelo corto, estaba tintada por los rayos de Hastg y vestía de cazador, con un manto de piel de trasgur solo algo más ajustado de lo normal. Sin embargo, sus movimientos eran fluidos, suaves, hipnóticos. Su sonrisa iluminaba sus rasgos como ninguna antorcha pudiera hacerlo. Esa era otra Lea.

Finalmente, estaba la Lea soñadora y misteriosa, la que no se conformaba con el papel que le había tocado vivir en esa sociedad y se rebelaba ante la idea de no tener elección. Esa Lea actuaba movida por una gran seguridad en sí misma y por la convicción de que las cosas no tenían por qué ser siempre como eran entonces. A esa Lea la había descubierto en las profundidades de los bosques, cuando quedaban a escondidas de todo el mundo y trepaban muy alto en los árboles para sentirse solos y a gusto.

Sospechaba que existía todavía otra Lea escondida, mucho más frágil de lo que parecía. Una chica que quería sentirse integrada, aceptada y querida por todo el mundo. Una Lea que sufría el rechazo de las otras chicas y el de muchos chicos con los que competía en la caza.

Sus manos resbalaron y casi se soltaron, de manera que Piedra trató de enlazarlas con más fuerza, pero estaban entumecidas y no obedecerían sus órdenes mucho rato más. Volvió a sus recuerdos, a pesar de que le costaba mantenerse cuerdo por el ruido del propio viento y el dolor de sus articulaciones y de las ampollas que empezaban a aparecer en algunas zonas de su piel.

Nunca llegaron a intimar, pues era algo prohibido y no podían olvidar que vivían rodeados de leyes que les inculcaban el miedo desde pequeños, y no se atrevían a dar un paso más allá. Ya estaban contraviniendo muchas normas al encontrarse a solas.

Las piernas se desligaban de nuevo y, esta vez, no tenía fuerzas suficientes para volver a enlazarlas.

Se acababa el tiempo...

Lea le sonrió y él pensó que era un gesto de despedida.

El golpe con el suelo le pilló desprevenido, de manera que tardó unos instantes en reaccionar. El viento había desaparecido tan rápida y bruscamente como había llegado. Intentó levantarse, pero su cuerpo no respondía, de manera que optó por darle un pequeño respiro y esperar.

Un rápido examen a su estado le hizo darse cuenta de multitud de pequeñas molestias que trataban de llamar su atención compitiendo con otras no tan pequeñas. Le escocían los ojos, tenía la boca tan seca que apenas notaba sus agrietados labios, los dedos de sus manos no le respondían, agotados después de haber luchado para no desengancharse de la madera. Las ampollas en sus hombros, que habían quedado descubiertos cuando las primeras ráfagas le arrancaron parte de la ropa, quemaban y dolían al mismo tiempo. Parecía que toda la sangre de su cuerpo había hervido y pasaba por esos puntos dolorosos. El golpe contra el suelo le había provocado una herida en la pierna derecha...

Trató nuevamente de gritar para saber cómo estaban los otros que habían quedado atrapados igual que él, pero su voz se negaba a salir. Como pudo se puso en pie y trató de caminar. Vomitó los pocos restos que todavía conservaba en su cuerpo de la última comida que les dieron antes de entrar en el laberinto. Desde entonces solo había bebido agua y mascado un par de raíces para recuperar energías.

Volvió a intentarlo y, a pesar de notar que todo se movía a su alrededor, consiguió avanzar hasta que encontró al primero de sus compañeros.

Era Árbol, lo reconoció de inmediato por su larga melena, y parecía estar bien, aunque algo desorientado. Le puso una mano en el hombro para que entendiera que venía en su ayuda y lo sujetó mientras trataba de ponerse en pie. Piedra señaló con su mano temblorosa hacía el final del círculo. Tenían que salir de allí antes de que el viento volviera, pues, si eso sucedía, ninguno de ellos lograría mantenerse vivo.

Lo puso en camino y se dirigió hasta donde Niebla trataba de ayudar a Pájaro Azul a levantarse, sin demasiado éxito.

–No... –intentó decir sin conseguir articular correctamente.

Niebla presentaba el mismo aspecto lamentable que el propio Piedra, pero parecía mantener sus facultades para hablar.

–Lo sé, debemos irnos ya. Si vuelve el remolino...

Piedra trató de preguntar con gestos sobre Pájaro Azul, que parecía inconsciente.

–No sé qué le pasa. Llegamos juntos al único poste que teníamos cerca, de manera que tuvimos que compartirlo. En el fondo no nos fue tan mal al principio, porque podíamos cogernos el uno al otro. Pero Pájaro Azul empezó a flaquear y se me escurría cada vez un poco más... Lo aguanté cuanto pude, pero al final tuve que soltarlo o hubiéramos caído los dos. Salió volando de inmediato y pensé que iba a seguir los pasos de Manantial.

Piedra miraba nervioso por si el viento volvía, pero Niebla tenía que terminar su explicación, ya que, al parecer, se sentía culpable por haberlo soltado.

–El viento cesó de pronto, cuando apenas había comenzado a volar, pero había subido bastante alto, de manera que cayó como una roca y se estrelló contra el suelo. Cuando he llegado hasta él, ya no reaccionaba.

Piedra forzó y consiguió articular alguna palabra ronca.

–¡Vamos... allí!

Cargaron con su compañero y avanzaron tan rápidamente como se lo permitían sus maltrechas piernas. Permanecían atentos por si detectaban alguna señal del viento, aunque ambos sabían que no tendrían fuerza ni tiempo de alcanzar otro poste.

Árbol ya había llegado al final y les hacía señas para que se apresuraran. Ninguno de los del grupo se atrevía a meterse de nuevo allí dentro, pues habían podido comprobar que el viento aparecía de repente, sin enviar ninguna señal previa. También habían visto estrellarse contra una pared el cuerpo de Manantial y cómo seguía allí colgado, atravesado por una arista a la altura del pecho.

Un paso y después otro. Los dos cazadores no se miraban y no hablaban.

Solo avanzaban.

Tropezaron y cayeron, pero volvieron a levantarse, cargando el cuerpo inmóvil de Pájaro Azul.

Un soplo ligero les llegó hasta la mejilla. De forma instintiva, Niebla dejó caer la carga que arrastraba y salió corriendo hacia donde los otros les esperaban. Árbol y los demás le hacían señales para que dejara caer el cuerpo de su compañero y se pusiera a salvo también, pero Piedra siguió cargando con él, a pesar de que temía verse volando en cualquier momento.

Cuando apenas les quedaban unos pasos para llegar hasta donde estarían a salvo, oyeron el ruido.

Era como una especie de rumor seco que surgía de algún lugar en las alturas, oculto por la falta de luz. Avanzó otro paso.

Después vino la vibración y todo el suelo se sacudió como si fuera un tambor gigantesco golpeado por una criatura de dimensiones colosales. Un nuevo paso, y ya solo le quedaban dos o tres para ponerse a cubierto.

Veía los rostros congestionados de Árbol, de Niebla, de Lluvia, haciéndole gestos que no entendía. Un paso más.

Sintió que perdía contacto con el suelo, pero no soltó a Pájaro Azul. Si iban a morir, lo harían juntos.

Unas manos tiraron de él con fuerza, pero el viento lo arrastraba con más fuerza todavía. Siguió sujetando el cuerpo inerte que llevaba consigo.

Sus piernas estaban ya horizontales, a la altura de su cabeza, pero no tuvo miedo, su destino no dependía de él.

Un último tirón se lo arrebató al viento e hizo que se estrellara contra algo blando.

Abrió los ojos y vio que acababa de aterrizar sobre Árbol.

A su lado, Pájaro Azul lo había hecho sobre Río.

Perdió el conocimiento.

Cuando despertó, no tenía ni idea de si todo había sido un sueño o estaba muerto. Lo último que recordaba era **143** ver sus piernas volando por los aires y la sensación de que iba a estrellarse contra las paredes mortales que rodeaban aquel siniestro círculo de tierra. Ahora, en cambio, había bastante luz y ya no se oía el rugido del remolino.

–Parece que regresa con nosotros.

–Mejor, así no tendremos que cargar con él.

Esa era la voz de Viento del Norte. Hizo que se despejara de golpe.

–¿Qué ha pasado? –preguntó tratando de ponerse de pie.

–Calma, no te levantes todavía.

Piedra no hizo caso y se puso en pie, aunque casi vuelve a caer de tanto que le rodaba la cabeza. Enseguida se vio rodeado por todo el grupo, que empezaba a sentirse como tal. Árbol se le acercó y chocó su antebrazo a modo de saludo con él.

–Gracias por no soltarme –le dijo Piedra con auténtico sentimiento.

–Gracias a ti por no abandonarme –le respondió una voz a sus espaldas.

En cuanto se giró, se encontró con Pájaro Azul, que se acercaba algo renqueante y con la cara roja y quemada.

Piedra iba a chocar su antebrazo, pero el cazador lo apartó y le dio un largo, sincero y silencioso abrazo.

Todos mantuvieron el silencio hasta que Piedra, algo incómodo por ese gesto tan poco habitual, trató de cambiar la situación quitando importancia a lo sucedido.

–Tú hubieras hecho lo mismo.

–No –respondió Pájaro Azul de inmediato–. Seguramente yo hubiera salido corriendo como hizo Niebla... No te culpo, ¿eh? –dijo dirigiéndose al cazador que lo había abandonado a su suerte, quien se limitó a sonreír y a encogerse de hombros–. Yo hubiera dejado que ese viento asesino acabara clavando tu cuerpo en una de las paredes de esta cueva asquerosa. Pero tú decidiste cargar conmigo y salvarme aun arriesgándote a morir, y eso... eso es algo que jamás olvidaré.

Hizo una pausa cargada de sentimiento antes de continuar con la voz entrecortada.

–Considérame tu hermano a partir de este momento.

Le dio un nuevo abrazo, aunque esta vez más corto.

–Bueno, bueno, ya hemos tenido nuestro momento de intensas emociones esta jornada, ¿eh? –intervino Viento del Norte, que había aparecido surgiendo de una grieta enorme en la roca madre de la cueva–. He encontrado la salida a este sitio tan acogedor, así que mejor nos vamos antes de que salte alguna otra sorpresa.

Todos se pusieron en marcha de forma mucho más organizada. Estrella y Río tomaron ventaja para volver a su sitio de rastreadores avanzados. Árbol y Pájaro Azul decidieron cubrir la retaguardia mientras que Sombra y Lluvia se situaban a la derecha y Viento del Norte y Semilla lo hacían por la izquierda. Piedra y Niebla quedaron emparejados sin haberlo hablado, ya que parecía que ese era el nuevo orden de marcha, de dos en dos. Aceptaron su posición central en el grupo y trataron de seguir el ritmo.

Al cabo de un rato de avanzar sin dificultades a través de un ancho pasillo que los llevaba de regreso a la superficie, Viento del Norte se acercó por detrás a Piedra y le susurró algo al oído antes de volver rápidamente a su posición.

Piedra sonrió por primera vez en mucho tiempo, lo que hizo que Árbol se acercara a preguntar el motivo.

–¿Qué te ha dicho ese mal nacido?

Piedra lo miró de arriba abajo y volvió a sonreír abiertamente.

–Me ha dicho que, después de tanto abrazo y tanto cariño, tal vez debería replantearme si quiero acabar este maldito laberinto para escoger pareja.

–Será...

–No te enfades, es lo más amable y divertido que ha salido de su boca desde que empezamos este viaje.

–En serio, Piedra, a veces no te entiendo.

–No te preocupes, no eres el único. Anda, vuelve a tu posición y preparémonos, porque dudo mucho que tardemos en volver a encontrarnos con alguna sorpresa.

–Ya sabes que Pájaro Azul será tu amigo para toda la vida, ¿verdad?

Piedra reflexionó unos instantes antes de contestar.

–Lo sé... Y la verdad es que resulta esperanzador descubrir a alguien con ese sentido de la lealtad. Con cazadores como él, nuestro mundo seguro que tendrá futuro.

–¿Llegaremos hasta el final?

–Lo haremos, no lo dudes. Ahora somos menos... –Enseguida pensó en los cinco hombres que habían caído y, especialmente, en Hierba, a quien lamentaba no haber tratado mejor.– Pero cada vez somos más fuertes, mucho más fuertes.

Desde la distancia, el rastreador observaba aquella marcha sin poder oír lo que se hablaba. Se mantenía siempre lo suficientemente lejos como para que no pudieran detectarlo, pero eso no le impedía saber algunas cosas.

Su teoría con respecto a Piedra se confirmaba conforme se sucedían los acontecimientos. Después del remolino, no quedaba duda alguna de que todo el grupo se cimentaba sobre ese cazador. Él era el responsable de que se mantuvieran unidos a pesar de las bajas sufridas, del hambre que pasaban, del cansancio e incluso del miedo que les infundía el laberinto.

Si acababa con él, los cazadores se dispersarían y los más débiles morirían o abandonarían, pasando entonces a ser esclavos como él mismo. Tal vez cuatro, o incluso cinco, estaban en condiciones de poder llegar al núcleo y acceder así a su nueva vida con una compañera, una familia y una cabaña. Algo que a él le estaba negado de por vida por culpa de esa chica que lo engañó para poder beneficiar al cazador al que en realidad amaba.

Atrapado, solo, muerto de hambre, herido por los ataques de dos ritenhuts que lo hostigaron desde el principio, tuvo que rendirse, tuvo que gritar la consigna que ponía fin a sus sufrimientos:

–¡Renuncio a mi nombre!

Después, la paz, el alimento, los cuidados… y una esclavitud perpetua que resultaba peor que la peor de las muertes.

No iba a permitir que Piedra siguiera adelante y, si podía, impediría que ninguno de ellos alcanzara el núcleo. Él era mil veces mejor cazador que cualquiera de esos niños que trataban de actuar como hombres sin llegar a serlo.

Iba a enseñarles lo que era ser un auténtico cazador en un mundo duro como aquel.

Disponía de algunas ventajas importantes sobre el grupo. Por un lado, estaba seguro de que era mucho mejor que ellos moviéndose sin dejar rastro. Por otra parte, contaba con que no esperaban su aparición en escena, y eso suponía tener a favor el factor sorpresa, al menos en su primera intervención contra Piedra. Finalmente, el equipo del controlador del laberinto le había facilitado, a regañadientes, un dibujo con todos los senderos secretos que existían, lo que le permitía avanzarse al grupo y esperarlos.

Tenía dos opciones: un ataque directo o preparar una trampa. Llevaba pensándolo un buen rato, y al final se decidió por preparar un ataque directo. La trampa tenía sus ventajas, ya que, con un poco de suerte, esos inútiles ni se darían cuenta de lo que había sucedido y seguiría contando con el factor sorpresa para futuras intervenciones. Sin embargo, siempre corría el riesgo de que acabara cayendo en ella una presa que no fuera Piedra.

Además, su honor de cazador le impulsaba a atacar directamente, sin engaños ni estratagemas. En el fondo, deseaba que esos aprendices supieran que se enfrentaban a él, al que había de llamarse Brocdam, igual que su propio padre muerto hacía muchos ciclos en una partida de caza que acabó mal.

Ahora ya nunca iba a recuperar ese nombre, y su estirpe desaparecería en la más abyecta esclavitud. Pero él iba a hacer algo de lo que se hablaría durante generaciones.

Iba a eliminar a toda una generación de cazadores. Conforme más lo pensaba, más se convencía de que esa era su misión, la que le permitiría ganarse un lugar en la historia de Gronjor.

Apresuró su marcha por un pasadizo lateral que avanzaba en paralelo a la vía del laberinto que atravesaban los cazadores. El estrecho pasillo estaba libre de obstáculos, por lo que avanzó rápidamente al grupo que caminaba en formación defensiva. En algún momento, pasó tan cerca de ellos que podía oír el roce de los palos de caza contra el suelo o las agitadas respiraciones de los más débiles, los que no eran capaces de controlar su miedo. Pensó que hacían mucho ruido y que cualquier gartmish sería capaz de detectarlos a gran distancia.

Sabía que, algo más adelante, saldrían nuevamente a la superficie, justo enfrente de la siguiente etapa del laberinto, y que seguramente aprovecharían para descansar en la explanada que había antes de penetrar en el Bosque de las Lágrimas. Eso hacían todos...

Se dispuso, pues, a preparar su ataque para cuando llegaran allí, todavía impactados por la experiencia del remolino y deseando tumbarse en la suave alfombra de hojas muertas y musgo que cubría aquel espacio.

Trepó por la roca desnuda y húmeda tratando de no resbalar, hasta que llegó a situarse justo encima de la salida de la cueva. Buscó una grieta en la que esconderse de los dos exploradores que marchaban por delante del grupo. No los conocía, pero los había visto actuar, y, aunque hacían bien su trabajo, carecían de instinto. Cuando llegaran allí, echarían un vistazo rápido a su alrededor y quedarían atrapados por la visión de ese espacio que parecía invitarlos al descanso.

No tuvo que esperar demasiado, los oyó llegar antes de verlos a través de una pequeña rendija que quedaba entre los dos bloques de piedras que lo escondían de su vista. Si se hubieran entretenido en observar atentamente el espacio que quedaba encima de la boca de la cueva por la que acababan de emerger, habrían podido sospechar de la presencia de algo allí arriba, pero no lo hicieron. Tal como había previsto, estuvieron más pendientes de recorrer esa explanada que parecía el lugar ideal para darles un descanso. Se comportaban como cazadores perezosos, y eso iba a costarle la vida a ese Piedra que tanto respetaban.

Llegó todo el grupo y solo Viento del Norte desconfió inmediatamente de aquel lugar y propuso seguir adelante. Sin embargo, se encontró con la firme oposición de todos los demás. Algunos se dejaron caer inmediatamente en aquel mullido suelo, soltando sus palos de caza y sus otras armas de defensa. El que llamaban Pájaro Azul hizo una inspección ocular de la zona donde él se escondía, pero se notaba que estaba exhausto, de manera que pasó su mirada muy deprisa y superficialmente, sin llegar a descubrirlo.

Piedra parecía tan seguro de sí mismo que ni se molestó en mirar arriba. Seguramente contaba con que los demás lo habían hecho. Otro error, que sería el último para él.

Finalmente, Viento del Norte también aceptó el descanso y se dejó caer sobre una cubierta de fresco musgo que crecía en aquella zona.

Moviéndose con el sigilo propio de una serpiente, el rastreador abandonó su escondite y, cubriéndose detrás de algunas grandes rocas, preparó un palo afilado que pretendía lanzar para atravesar a Piedra. Observó su posición sacando apenas unos centímetros su cara de detrás de un saliente negro. Desde arriba y a aquella distancia, era imposible que fallara. Además, su presa se encontraba inmóvil y sentada en el suelo, donde no podría escapar con rapidez.

No iba a fallar.

Salió del escondite apenas un instante, el tiempo justo para apuntar y lanzar el palo con fuerza.

Antes de que el arma mortal empezara a caer, el rastreador ya había vuelto a desaparecer.

El largo palo llegó al punto más alto de su parábola mortal y empezó a descender, ganando velocidad a medida que caía.

Su punta afilada se alineó perfectamente con el pecho de Piedra.

10

—Tengo que salir de aquí como sea, tengo que avisar a Piedra.

—Lo siento Lea, yo no sabía.

—¡Ese maldito hechicero...! Perdóname, Tilam, ya sé que le amas, pero, si mata a Piedra, el siguiente será él, yo misma le daré caza aunque me cueste también la vida.

Una expresión de absoluta decisión corroboraba que estaba dispuesta a cumplir su amenaza. Por vez primera, Tilam pudo ver la personalidad oculta de su amiga, el rostro de Lea, la cazadora.

Habían estado apartadas del resto durante la comida, pues Lea no quería que nadie las interrumpiera mientras Tilam, muy nerviosa, le había contado su relación virtuosa con Milosh. Había vacilado al principio, pero luego todo fue fácil, necesitaba contárselo a alguien, convertirlo en realidad al expresarlo en palabras. Lea era alguien de quien podía fiarse, su sentido del honor hacía imposible que la traicionara, y, además, tampoco le importaba demasiado. Tal y como estaban las cosas, tal vez eso provocara un terremoto, pero mejor que todo temblara a que permaneciera inmutable.

Le explicó su primer encuentro en el bosque y cómo Milosh la espiaba una y otra vez a lo largo de las estaciones. Ella se daba cuenta enseguida de su presencia, pero no hacía nada que pudiera asustarlo. Le contó también la conversación que habían tenido en la habitación de la limpieza y Lea rio.

–¡Menudo escenario para el hechicero fanfarrón y la loca enamorada!

Eso hizo que Tilam se atreviera a explicarle lo que Milosh le había contado sobre Piedra.

Todo cambió desde ese momento. Lea quedó muda y se dedicó a pasear como una fiera enjaulada por los límites del núcleo, ignorando las palabras que algunas de las chicas le dirigían para tratar de provocarla. No la consideraban rival en la tarea de atraer a alguno de los chicos que alcanzaran el núcleo, pero envidiaban su linaje y su personalidad indómita. Por eso trataban de humillarla cuando no estaba en su terreno... y allí no lo estaba.

–Voy a escaparme y a impedir que lo maten.

Desde que escuchó la amenaza de Milosh por boca de Tilam, algo se había roto en su interior. Piedra era su última oportunidad de conseguir algo de lo que quería en la vida. En realidad no se conocían demasiado, pero confiaba en él, no ciegamente, pero sí de forma clara. Era su única esperanza de no verse sometida de un modo u otro. Las veces que hablaron a solas, él no parecía incómodo por el hecho de que Lea cazara. Tampoco la animó, simplemente no la juzgó, y eso era mucho más de lo que acostumbraban a hacer los demás.

Si lo mataban, todo volvería a reducirse a dos esclavitudes, o con Milosh o con el cazador que la escogiera.

–Yo no pude hacer nada para evitarlo, él me lo dijo cuando ya se iba, y no tengo manera alguna de hablar con Milosh para intentar convencerle de que lo deje estar –le contestó Tilam, a quien aterrorizaba la idea de que Lea matara al único hombre que podía hacerla feliz.

Había visto algo en el fondo de los ojos de la cazadora, una furia incontrolable que la llevaría a hacer lo que había dicho sin dudarlo. Tenía que ayudarla, era su única oportunidad, porque también ella podía perder al único hombre que podía hacerla feliz.

–Vendré contigo, te ayudaré a salir de aquí y a encontrar a Piedra... si sigue vivo.

Lea, que hacía un buen rato que no hablaba, pues estaba concentrada en tratar de encontrar una manera de salir de allí y de penetrar en el laberinto, levantó la vista e hizo una mueca que pretendía ser cariñosa.

–Gracias, Tilam, de verdad que no te culpo de nada. Es este maldito planeta y sus absurdas leyes. Sé que amas a Milosh y que si pudieras impedirías que matara a Piedra, pero...

–¿Pero qué...?

No quería herirla, pero tampoco iba a dejar que la acompañara y se convirtiera en un estorbo. Decidió hablarle claro.

–¿Has ido alguna vez de caza, Tilam? –No esperó la respuesta y continuó.– ¿Has marchado tras una manada durante largas jornadas sin casi descanso? ¿Has lanzado el palo de caza a más de cincuenta pasos? ¿Has bebido la sangre caliente de una presa cuando todavía se movía? Tilam se mantuvo en silencio.

–¡No! ¡No has hecho nada de eso! Así que no me pidas que te lleve conmigo en una huida que va contra nuestras leyes y en la que seré perseguida por los esclavos de Milosh y tendré que esconderme, correr y seguramente luchar.

–¿Has acabado? –dijo Tilam sin inmutarse en apariencia.

–Sí, he terminado.

–De acuerdo, pues mientras yo trato de buscar respuesta a alguna de las muchas preguntas que me has hecho, trata tú de encontrarla a esta única pregunta: ¿Tienes la más remota idea de cómo escapar de aquí y de cómo moverte por el laberinto?

Dicho lo cual, se dio la vuelta y se dirigió a hablar con Quang y con Fringe, una chica de las montañas a la que, al parecer, Tilam conocía.

Lea descartó la pregunta con un gesto, pero volvió a ella enseguida, porque ese era en realidad el primero y principal de sus problemas. ¿Cómo salir de allí? Lo de moverse por el laberinto no había tenido tiempo ni de pensarlo.

Estaban encerradas en un recinto dentro del propio laberinto. Las habían conducido allí a través de un túnel que permanecía vigilado, no tanto para que no saliera ninguna chica, cosa que consideraban imposible, sino para que ningún familiar intentara tener contacto con ellas mientras permanecían allí.

Si Lea intentaba atacar a los guardias y huir, no llegaría muy lejos, pues ese corredor desembocaba en la explanada donde se iniciaba el oscuro mundo del laberinto. Allí residían un buen número de esclavos de pañuelo blanco, el ejército de Milosh. Su padre se lo había contado, como también le había explicado cientos de detalles del laberinto y de sus diferentes etapas. Conocía de la existencia del remolino y del Bosque de las Lágrimas, sabía dónde desembocaban algunos caminos y por dónde se llegaba hasta los dominios del dogarth, pero no conocía los detalles.

No podía plantarse en aquella explanada y esperar que la dejaran atravesar las murallas para entrar en el laberinto... Claro que... nadie esperaría que una fugitiva tratara de colarse de nuevo dentro.

La cabeza le daba vueltas. De repente, algo cruzó por ella con la rapidez de un rayo, algo importante que no consiguió atrapar del todo. Guardó silencio y esperó. Su padre le había enseñado a reprimir sus ganas constantes de lanzarse a la acción.

–La caza consiste en correr, esperar y volver a correr. No puedes dejar de dominar ninguna de esas fases o la caza se pierde. Debes aprender a mantenerte inmóvil, sin realizar ningún movimiento, controlando la respiración, dejando libre tu mente de inquietudes. Si la presa detecta el más mínimo movimiento, huirá y las jornadas de persecución no habrán servido de nada. ¿Lo entiendes, hija?

Siguió esperando cuando la impaciencia trataba de obligarla a abandonar. Respiró profundamente una, dos y hasta diez veces, sin agobiarse, sin obligarse a ver algo que no podía ver.

Y entonces lo supo.

Se levantó y fue en busca de Tilam, que parecía estar esperándola en el patio. Ya había dejado de lado a sus dos amigas y permanecía allí quieta, mirando cómo Lea se acercaba con ese paso felino que tenía.

–¿Qué has querido decir con eso de que no tengo ni idea de cómo salir de aquí? ¿Acaso tú sí?

Tilam se tomó su tiempo antes de sonreír tímidamente, como si le diera vergüenza lo que iba a decir.

–Sí.

Lea la miró estupefacta. Si no la conociera, diría que estaba mintiendo, pero sabía que no era así.

–Cuéntame.

–Vendré contigo o no te contaré nada.

–Pero eso... es absurdo. Yo no puedo estar pendiente de ti y de los demás, y...

–No tendrás que arrastrarme, sino seguirme –la cortó Tilam con esa media sonrisa todavía en su cara.

Lea volvió a guardar silencio. Sabía que iba a arrepentirse, pero al final cedió.

–¡Está bien, está bien! Pero no voy a detenerme a esperarte si surgen los problemas. Cuando surjan los problemas, porque seguro que surgirán.

–Sí lo harás, tú eres así.

–¡Maldita sea!

–No te arrepentirás. Trataré de no ser una carga cuando llegue el momento de pelear, pero el resto del tiempo tú iras por donde yo te diga.

–Vale, no puedo más. Cuéntamelo todo de una vez, ¿quieres?

–Bien, pero antes debes entender que lo que voy a contarte es totalmente secreto, hasta el punto que, si se lo rebelaras a alguien y llegara a según qué oídos, podría costarme la vida y la de toda mi familia... No hace falta que crucemos los antebrazos ni que hagamos juramentos con palabras extrañas, simplemente quiero que lo sepas.

Lea asintió con el rostro bien serio. Estaba claro que todas ellas dejarían de ser niñas a partir de esa experiencia. Los chicos quizás tuvieran que luchar con bestias y atravesar remolinos, pero ellas debían cargar con decisiones que hacían madurar muy rápido el corazón y la mente.

–De acuerdo, pues ahí va mi historia... Bueno, no la mía, sino la de mis antepasados. Estoy segura que ya te han contado muchas veces que los orígenes de nuestra tribu se remontan al principio de los tiempos del planeta Gronjor. Se lo explican a todos los niños desde que nacen, aunque eso no importa, porque nadie sabe nada de cuándo se creó la zona oscura ni de por qué podemos vivir donde hay luz, pero no donde hay oscuridad. Además, eso ahora no importa, no quiero ir tan atrás...

Lea estuvo a punto de interrumpirla para pedirle que intentara llegar rápidamente a la parte importante, pero a Tilam le costaba ser tan directa.

–Según me contó mi padre, la Gran Rebelión llegó porque los pueblos que vivían separados crecieron demasiado y eso puso al planeta al borde del colapso, una palabra que, por otro lado, tuve que pedirle que me explicara porque no la había oído nunca, ¿y tú?

Lea negó con la cabeza.

–Significa que, si hubieran seguido así, habrían agotado todos los alimentos del planeta y nos habríamos extinguido como raza, con lo que ni tú ni yo estaríamos hoy aquí.

Vio la cara de angustia de su amiga.

–Ya nos acercamos. Miraré de ir al grano.

–Te lo agradeceré.

–No es tan fácil, lo que voy a contarte es un secreto que ha pasado de generación en generación a través del único hijo de cada pareja. Solo lo saben los miembros de mi familia, y la idea era que desapareciera cuando nuestra línea desapareciera también.

Una pequeña pausa y parecía que, por fin, iba a revelarle ese gran secreto.

–Después de que los hechiceros tomaran el poder, las tribus más importantes se unificaron y se decidió la construcción del laberinto en la zona oscura para seleccionar a aquellos que tendrían derecho a reproducirse. Para ello, se otorgaron al hechicero de nuestra tribu, un tal Ghrupador, máximos poderes para llevar a cabo esa misión. Hasta entonces, las antiguas hechiceras no intervenían demasiado en la vida de la tribu, pero a partir de ese momento las cosas cambiaron. Se le cedió un ejército de esclavos, básicamente guerreros de otras tribus de las montañas que habían perdido sus guerras con nosotros porque eran menos. Ellos fueron los que excavaron las grutas y plantaron los cimientos sobre los que se fue edificando el laberinto. Estaban divididos en varios equipos que no tenían contacto unos con otros. De esta manera, nadie podía conocer demasiado de su interior. Durante dos generaciones, esos esclavos apenas vieron la luz de Hastg. Vivían y morían aquí, ellos y sus hijos trabajaban toda la jornada para levantar este... este... No sé ni cómo llamarlo. Al final, los que quedaron fueron exterminados por orden del descendiente de Ghrupador, su hijo Lipder.

–¿Y qué tienen que ver tus antepasados con todo esto?

–Iba a añadir: ¿y nos sirve para algo más que para repasar la historia? Pero se contuvo.

–Ya llego a eso, es que a veces me enrollo. Toda esta historia me la han ido contando mis padres a lo largo de muchas noches, mientras cenábamos cerca de nuestro fuego, pero no sigo porque siento tu impaciencia. De todas maneras, si algún día quieres conocer más cosas de nuestro pasado...

–Vendré a veros a la hora de la cena, no lo dudes.

Con un gesto de sus manos, la animó a continuar.

–Bueno, la cuestión es que los equipos de esclavos estaban dirigidos por gente de nuestra tribu que juró guardar el secreto de su intervención en el laberinto. Aun así, muchos de ellos murieron a poco de acabar el trabajo por motivos poco claros. Mi padre dice que Lipder tuvo mucho que ver en esas muertes. En todo caso, uno de esos equipos era, digamos que especial. Nadie que no fuera el propio Ghrupador conocía su existencia o su finalidad...

Una pausa dramática antes de lanzarse al punto decisivo.

–Ese equipo se dedicó a construir toda una galería de pasadizos secretos que enlazaban diferentes partes del laberinto, permitiendo acceder a él para solucionar los problemas que pudieran surgir, o simplemente para recoger los cadáveres de los cazadores que no lo conseguían o sacar a los que se rendían. Trabajaron durante ciclos y ciclos en el más absoluto secreto, sin utilizar nunca dibujos ni saber demasiado bien lo que estaban haciendo. Dormían separados del resto de esclavos, comían aparte y morían silenciosamente. La cuestión es que esos pasadizos existen y se siguen utilizando hoy en día. Seguramente el rastreador pueda hacerlos servir para adelantarse a Piedra y prepararle una trampa, y...

–¡Maldita sea! ¿¡Cómo podemos averiguar quién conoce esos caminos!?

–No he terminado mi historia, Lea. Como ya te he dicho, los equipos de esclavos estaban dirigidos por gente de nuestra tribu, y este no era una excepción.

–¿Y tú sabes todo eso porque...?

Tilam sacó a relucir la mejor de sus sonrisas, una de esas que competía en resplandor con cualquier antorcha.

–Mis antepasados directos dirigieron ese equipo.

–¡Es increíble!

–Sí, aunque la mayoría acabó pagando con su vida ese conocimiento. Sin embargo, algunos consiguieron traspasar una parte de lo que sabían a sus hijos en forma de claves esculpidas en piedras que el propio Ghrupador hizo que se confeccionaran para poder tener ese conocimiento almacenado para siempre. Quiero decir que, aunque muchas de esas piedras quedaron en poder del hechicero, otras fueron robadas por mis antepasados y sacadas del laberinto a escondidas.

–¿Quién tiene esas piedras? ¿Milosh?   **161**

–La mayoría sí, pero no va a dárselas a nadie.

–Tal vez pueda obligarlo.

—Mira, Lea, estoy segura de que eres una gran cazadora, pero no tienes ninguna oportunidad de acercarte a Milosh. Además, el trato conmigo debe incluir tu juramento de no hacerle daño.

—Yo no puedo jurar eso. Si mata a Piedra, iré a por él.

—Las piedras de Milosh no te van a hacer falta. Mi padre tiene escondidas algunas de esas piedras robadas y sabemos algo de las claves antiguas. Quizás nos sirvan para encontrarlos... En cualquier caso, es nuestra mejor oportunidad.

—Supongo que tienes razón, pero eso nos obligaría a escapar, llegar hasta tu cabaña sin ser capturadas y volver hasta la zona oscura para colarnos en el laberinto...

— Si es que conseguimos descifrar la información.

—¿Qué son esas claves? ¿Has visto alguna vez las piedras? —preguntó Lea.

—Sí, las he visto, pero antes de seguir explicándote más secretos, debes jurarme que no matarás a Milosh.

Lea no sabía qué hacer. Una rabia difícil de contener la carcomía por dentro. Podía jurar y después ir igualmente a por el hechicero si Piedra moría, pero ella no iba a faltar a su juramento. Era una cazadora y respetaba los códigos de honor, pero lo primero era salvar a Piedra, y la propuesta de Tilam parecía algo más factible que la de ir a por el hechicero ella sola.

—¡Está bien! —dijo por fin—. No mataré a Milosh, pero más vale que me ayudes a sacar a Piedra a tiempo.

Tilam sonrió.

—Lo conseguiremos.

—No lo sé, eso espero. Explícame cómo lo haremos. Háblame de esas claves.

—Mi padre me dijo que si yo hubiera sido un chico, me lo hubiera explicado todo cuando me tocara pasar por la selección. Como no hizo falta, decidió que me contaría lo que sabía más adelante por si yo acababa teniendo un hijo al que pudieran servirle. Solo me enseñó algunas de las piedras, las que creyó que podían servirme aquí dentro. El resto solo él las conoce...

—¿Y él no las utilizó cuando le tocó entrar en el laberinto?

Tilam guardó silencio.

—¿Las utilizó o no?

—Bueno... el caso es que...

—¡Tilam!

—Nunca consiguió descifrarlas del todo, solo una pequeña parte.

Lea se dejó caer sobre el suelo del patio resoplando y con cara de enfado.

—¡Menudo plan el tuyo! Me has engañado.

Tilam no se desanimó.

—No te he engañado. Tal vez no sea un gran plan, pero es mejor que el tuyo. Además, mi padre no dedicó mucho tiempo a intentar descifrar el contenido de esas claves y no contaba con un factor que juega a nuestro favor.

—¿Cuál es?

—Somos mujeres...

Lea esperó a que continuara, pero como no parecía tener intención de hacerlo, volvió a intervenir.

—¿Y...?

—Mi padre es un gran cazador, pero yo soy más lista que él.

—¡Ja, ja, ja! —explotó Lea después de unos instantes.

Ambas rieron rompiendo la tensión que se había acumulado entre ellas.

—De acuerdo —dijo Lea para retomar el asunto—. Pero seguimos teniendo un problema que solucionar ahora mismo.

—Salir de aquí —intervino Tilam.

—Salir de aquí —repitió Lea.

—No te preocupes por eso, tú solo sígueme sin hacer ruido.

—¿Tú... tú... sabes cómo salir?

—Mi padre no me explicó cosas del laberinto porque no las conocía y no me hacían falta, pero sí lo hizo sobre esta zona, ya que era en la que iba a estar.

—¿Te contó cómo escapar?

—No, la idea no era que yo escapara con una cazadora loca en busca de las claves para volverme a meter en el laberinto... —Tilam sonrió con ironía.— La idea era que conociera una salida por si el cazador que me elegía era peor que la esclavitud con Milosh.

—¿Saben tus padres lo de Milosh?

—¡Claro que no! ¡¿Estás loca?! ¡Mis antepasados fueron masacrados por los antepasados del hechicero!

—¡Vale, vale!

—Ahora, a ver si consigues callarte un rato y seguirme sin hacer ruido. Para ser una cazadora tan hábil como dices, resultas muy poco silenciosa.

Lea movió la cabeza con incredulidad, pero sin dejar de sonreír. Iba a seguirla cuando recordó algo y detuvo a Tilam.

–¡Espera! No podemos salir con esta pinta –le dijo señalando su corto vestido–. Si nos encontramos con un guardia y tengo que luchar, prefiero hacerlo con mi ropa de cazadora.

–Pues no deberías... –respondió Tilam con esa media sonrisa que ya le conocía–. Si el guardia te ve así, contarás con una gran ventaja en la lucha, pues estará pendiente de «otras cosas» que no sean tu palo de caza.

–Estás loca... Espera.

Lea desapareció por la entrada del espacio cerrado y regreso en pocos instantes, escondiendo un bulto de ropa entre sus manos. Nadie se dio cuenta y las dos chicas se alejaron, con Tilam a la cabeza, hacia la zona más alejada del patio, muy cerca de donde las esclavas de pañuelo amarillo preparaban las comidas del día. Llegaron al final del pequeño recinto y se detuvieron pegadas a la roca, todavía a la vista de todo el mundo.

–Haz como si estuviéramos paseando. Habla conmigo y gesticula suavemente. Si alguien nos mira, debe pensar que solo buscamos intimidad para nuestras estúpidas confidencias.

Tilam se movió lentamente hacia una grieta que Lea ya había detectado en la pared norte del patio. Le había llamado la atención porque una de las rocas parecía como incrustada en medio de las otras. Tenía un tono ligeramente más metálico que el resto de la pared, casi como si no perteneciera a la misma beta de rocas que el resto.

–Tenemos que subir.

–¿Qué...? ¿Subir adónde?

Tilam no respondió. Puso un pie justo en la grieta donde Lea observó que encajaba casi como un guante. A simple vista no parecía que allí hubiera espacio, pero lo cierto era que Tilam tomó apoyo en esa grieta y se impulsó hacia el techo de piedra que cubría la zona de cocina donde desapareció. Lea aguardó unos instantes, temiendo que un grito las delatara en cualquier momento. Había pocas chicas en el patio, pues se acercaba la hora de comer y nadie perdonaba ese momento, ya que la alimentación era escasa.

Nadie pareció darse cuenta, de manera que realizó la misma maniobra ágilmente y se encontró con Tilam justo encima de donde las esclavas manejaban tarros y recipientes con toda clase de plantas y algo de carne roja.

Tilam le indicó por gestos que la siguiera, pero no se dirigió como Lea pensaba hacia la parte exterior del recinto, sino que escaló dos o tres metros por encima del techo hasta un saliente en la roca que apenas se distinguía desde allí abajo. No parecía ser lo suficientemente ancho para que una persona pudiera detenerse allí, pero, para su sorpresa, Tilam accedió a la parte superior y desapareció como engullida por la pared.

Cuando Lea consiguió llegar, quedó muy sorprendida al observar que, justo en aquel saliente, había una especie de madriguera no muy grande. Desde abajo era imposible ver la entrada, ya que el propio saliente la ocultaba. Introdujo lentamente medio cuerpo y pronto comprobó que aquel orificio se ensanchaba rápidamente una vez traspasada la abertura inicial.

Sin volver la vista atrás, se metió por entero y desapareció.

11

—¡¿Qué significa que no las encuentran?!

—Yo... Hechicero, solo os transmito lo que el controlador me ha dicho, y...

—¡Llevan desaparecidas desde la hora de la comida! ¡Dos mujeres, dos chicas de catorce ciclos encerradas en un lugar sin salida posible! ¡¿Cómo se supone que han escapado?!

—No lo sabemos todavía...

—¡Tenemos un buen número de esclavos guerreros allí, además de vosotros y algunos rastreadores! ¡Se supone que deberían ser capaces de encontrar alguna pista!

—De momento...

—¡Fuera!

—Seguiremos buscando, y...

—¡Fuera! ¡Fuera! ¡Fuera!

Milosh lanzó una copa con agua de lluvia al esclavo que este esquivó por muy poco. Salió a toda prisa de la cabaña.

Inmediatamente, Milosh trató de controlarse respirando con profundidad. Al poco, su furia disminuyó hasta que casi desapareció. Los malos augurios se cumplían con precisión, pensó. Cada paso, cada incidente, cada nuevo problema dejaba bien claro que existía un camino que se estaba recorriendo, a pesar de sus propios esfuerzos en desviar e impedir las predicciones.

Primero Lea y Piedra, las dos únicas personas a quienes podía temer, habían estado viéndose a escondidas de todos, iniciando una relación que los ponía a todos en peligro. A pesar de sus intentos por mantenerlos separados a lo largo de los ciclos, esa chica había burlado los controles y también se había burlado de él. Con sus inclinaciones de cazadora y sus ansias de salir al aire libre, había aprovechado para contactar con Piedra... Y parecía que estaban enamorados el uno del otro. Y él, un todopoderoso hechicero, sin enterarse hasta que las cosas ya estaban en marcha. Estaba rodeado de inútiles que ponían en peligro la existencia misma de la tribu.

Después, Tilam y sus propias contradicciones con esa chica. Su incapacidad para controlarse y su estupidez al arriesgarse a que todo saliera a la luz. Para acabar de complicar las cosas, Tilam y Lea se hacían amigas en el núcleo.

Las piezas se movían sin que al parecer nada pudiera evitarlo, y algunas iban encajando poco a poco...

La aparición de Derthom, despertando los fantasmas de un pasado que ahora parecía confluir para hacerles pagar a todos sus debilidades de otros tiempos.

La unión de los cazadores en el laberinto actuando como un solo grupo, cuando eso no había sucedido nunca.

Y ahora... Lea y Tilam, que habían desaparecido de un lugar teóricamente pensado para que nadie pudiera escapar de allí.

¿Cómo había podido suceder eso? Era una pregunta que lo encolerizaba cada vez que aparecía.

Pero todavía le preocupaba más una cosa: ¿qué pretendían con esa huida?

Siguiendo sus instrucciones, las esclavas que ayudaban a las chicas que esperaban en el núcleo le pasaban informes regulares sobre las actividades de Lea. No había pedido que también controlaran a Tilam para que nadie pudiera sospechar.

Sabía que se habían hecho amigas, lo cual ya fue motivo de preocupación, pero no parecía que se comportaran de forma diferente al resto. Ningún indicio sospechoso, ninguna pregunta demasiado interesada, ningún intento de acceder a zonas no permitidas.

Y de pronto... ¡Puff! Ambas habían desaparecido sin dejar rastro.

Ni las esclavas del núcleo, ni los guardias, ni los cocineros o esclavos guerreros que vivían allí... Nadie las había visto. Lo último que sabían es que antes de la comida las habían observado charlando en el patio. Y eso era todo.

Milosh, preso de una gran agitación, había amenazado con trasladar a todos los esclavos que estaban en aquel momento en el laberinto a la zona muerta. La movilización fue total. Se registraron todos los posibles escondites del núcleo, de la zona anterior al laberinto e incluso de la primera etapa de este.

Nada.

Estuvo tentado de destinar al rastreador a la búsqueda de las dos chicas, pero eso hubiera significado dejar de intervenir en el laberinto, y no podían permitírselo. La lucha se ampliaba, las cosas se descontrolaban... Milosh sabía que todo estaba relacionado, aún no sabía cómo, pero estaba seguro que las cosas no se estaban produciendo por casualidad. En el fondo de todo aquello, oculta y esquiva, podía adivinarse una cadena de acontecimientos ordenados.

La cuestión era: ¿adónde conducía esa cadena?, ¿cuál sería el último eslabón?

Y lo peor era que las cosas parecían acelerarse sin que él pudiera hacer nada para evitarlo. Esa impotencia lo mantenía tenso e irritable hasta el punto de que sus ayudantes hacían lo posible para no coincidir con su presencia.

Decidió salir en su busca.

Se llevó a sus cuatro esclavos de más confianza y sus respetivas monturas. Salieron de estampida en dirección al laberinto y cabalgaron lanzados a una gran velocidad durante mucho rato. Mientras tanto, el cerebro de Milosh ardía de actividad pensando en muchas cosas a la vez.

No sabía muy bien qué iba a hacer allí, sus esclavos estaban movilizados para encontrar a las dos chicas, hasta los cocineros y los que limpiaban el recinto habían dejado sus trabajos habituales para dedicarse a resolver el enigma que los mantenía en vilo a todos: ¿por dónde habían escapado?

Sin embargo, a él le preocupaba mucho más otra cuestión: ¿por qué?

Podía entender que esa cazadora inadaptada de Lea hubiera tenido un arranque de furia y necesitara salir de allí. Tampoco es que tuviera mucho sentido, en realidad, ya que se suponía que Piedra, ese al que amaba en secreto, iba a ir a por ella. Tal vez temió que Viento del Norte u otro cazador fueran más hábiles y llegaran antes a reclamarla. Dudoso pero posible.

Pero Tilam... Después de lo que había nacido entre ellos en aquel cuartucho de la limpieza. Ella le había prometido amor eterno... «Seré tu compañera o tu esclava», habían sido sus palabras.

–¡Mentira! ¡Todo es una mentira! –gritó en voz tan alta que el grupo se detuvo.

–¿Ordenas algo, Milosh? –preguntó estupefacto el esclavo de pañuelo blanco que encabezaba la comitiva.

–¡¿Quién os ha dicho que nos detengamos?! ¡Maldita sea, sigamos y nada de detenerse otra vez! ¡Bajo ningún pretexto!

Volvieron a ponerse en marcha mientras Milosh se repetía, ahora sin expresarlo en palabras, el mismo pensamiento.

¡Mentiras y más mentiras! Tilam debía formar parte de alguna especie de maquinación contra él y contra las leyes antiguas. Su estómago se lo estaba diciendo desde hacía varias jornadas, desde que las casualidades empezaron a enlazarse tan inoportuna como sospechosamente.

Tilam, Lea, Piedra y su padre adoptivo... Traidores todos ellos, que pretendían cambiar el orden establecido sin darse cuenta de que eso provocaría el caos, el hambre y la extinción de su pueblo.

Todos ellos estaban juntos en esa conspiración.

¡Tenía que detenerlos y cuanto antes mejor!

−¡Basta! −gritó de repente, lo que provocó que su troncat frenara en seco.

El grupo vaciló sobre si debían detenerse. Los de delante, escarmentados por la bronca que acababan de recibir, dudaron entre interrumpir o no la marcha, cosa que al final solo hizo uno de ellos. El otro siguió cabalgando sin mirar atrás. Los dos que iban detrás de Milosh y que habían asistido al altercado anterior, decidieron seguir a toda velocidad, siguiendo las órdenes del hechicero de no volver a parar. Uno de ellos pasó muy cerca de Milosh, consiguiendo esquivarlo en el último instante, lo que desequilibró a su troncat, que tropezó y acabó estrellándole contra un árbol cercano. El otro jinete no pudo impedir la embestida.

Milosh salió disparado de su montura, dándose de cabeza contra el suelo y quedando momentáneamente medio inconsciente, mientras que el esclavo que chocó con él fue embestido por su propia montura y arrastrado durante un buen trecho del camino, hasta que su pie se soltó de donde había quedado enganchado en su montura y cayó inmóvil al suelo. El troncat, asustado, huyó a gran velocidad.

El resultado del incidente fue que el grupo perdió a dos de sus cuatro esclavos y a tres de las monturas.

Milosh se recuperó lo suficiente como para ponerse en pie, pero tardó un poco más en darse cuenta de la situación catastrófica en la que habían quedado. Estaban ya lejos de su poblado y todavía a bastante distancia del laberinto. Dos de sus esclavos estaban malheridos y se había quedado sin su propio troncat, que se había roto una pata en el choque. Cuando consiguió asimilarlo, trató de organizar las cosas para poder continuar con su viaje.

Ni siquiera era capaz de recordar por qué se había producido aquella situación. Su cabeza todavía estaba a medio gas tras la caída y el encontronazo con el duro suelo, y sentía un cierto mareo que no le ayudaba a centrarse. Solo sabía que debía tomar medidas urgentemente.

En ese momento, el esclavo que había seguido la marcha regresaba con cara de incredulidad, al contemplar aquella caótica escena.

Milosh le arrebató su montura.

—Tú te quedarás con los heridos.

—Pero, hechicero, yo no sabía si esa orden era...

—¡Olvídalo! —le cortó—. Te quedas aquí con algo de comida y tu palo de caza. Cuando lleguemos al laberinto enviaremos a alguien a buscarte a ti y a los dos heridos... o sus cadáveres.

—Sí, pero los ritenhuts...

Hacía un buen rato que habían penetrado en la zona oscura, y era peligroso rondar sin protección por aquella franja de terreno.

—Si aparece alguna de esas bestias, tienes tus palos para defenderte o tus piernas para huir. Busca un árbol y súbete a él hasta que lleguen a buscarte.

Se dirigió al otro esclavo que esperaba para conocer su destino.

—Tú serás mi escolta hasta el laberinto. Ponte delante, pero mantente a unos cuantos pasos de mí, no quiero volver a acabar en el suelo por vuestra inutilidad.

—Sí, Milosh.

Sin volver la vista atrás ni un momento, enfilaron de nuevo el camino. Milosh mantenía un trote lento, a pesar de que quería llegar cuanto antes a su destino. Aquellas no eran tierras seguras para llevar un solo hombre como escolta. Sin embargo, no quería correr porque se sentía cada vez más mareado. El impacto había sido fuerte, pues iban bastante deprisa en el momento en que se lo habían llevado por delante. Una cierta confusión de ideas le impedía fijar las causas de lo que había sucedido, solo recordaba que su montura se había detenido bruscamente, pero no lograba retener la razón de esa maniobra. Avanzaron a ese ritmo durante un buen rato. Al malestar en su cabeza se iban uniendo otros dolores que surgían conforme el cerebro les otorgaba espacio suficiente para que se manifestaran.

La muñeca izquierda empezó a llamar poderosamente su atención. Era allí donde había recibido el impacto más fuerte al tratar de protegerse en la caída. Ahora se estaba hinchando y cambiando el color rosado habitual por un azulado preocupante. El hombro de ese mismo lado también le dolía, aunque no tanto como la muñeca. Curiosamente, la rodilla de la derecha parecía haber soportado también parte del golpe, pues la piel estaba cubierta de arañazos que le escocían y una especie de zumbido doloroso y molesto le recorría la zona. Sin embargo, lo peor estaba sucediendo en su cabeza, como si una enorme roca estuviera dando tumbos en su interior, como si algo estuviera a punto de estallar.

Su concentración estaba dispersa y le costaba centrarse en lo fundamental, en algo importante que creía haber descubierto justo antes del accidente y que ahora no conseguía retener.

Miró el cielo oscuro que cubría hasta donde alcanzaba la vista. A pesar de la falta de visión, esa profundidad siempre le había parecido majestuosa. En esa parte del mundo se apreciaba lo insignificantes que eran todos ellos. Los puntos luminosos que cubrían la negra inmensidad de la noche perpetua, a los que la tradición atribuía el carácter de grandes cazadores de la antigüedad que permanecían en activo en otros mundos, se le antojaban demasiado brillantes esa jornada.

Un temblor apareció en su visión, haciendo bailar esos puntos luminosos, desplazándolos caprichosamente, volviéndolos borrosos y de vivos colores.

La noche se hizo más oscura.

Milosh perdió el conocimiento.

En esa sima profunda donde se hundió, nada parecía difícil. No había preocupaciones ni problemas. No existía Piedra, ni Lea, ni Tilam... Ni siquiera su padre Junjork, que había provocado el inicio del fin con su relación contraria a las leyes. Ni Piedra, su propio hermano... ¿lo era? Milosh siempre había sabido que sí, que era fruto de las debilidades de su padre con Malanda, la esposa de Derthom. ¿Lo era? Estaba seguro de ello, como lo estaba de su inminente muerte a manos del rastreador.

Su cuerpo descendía hacia un fondo inexistente, flotando como un Hulam surcando los vientos de las montañas de ámbar... Y los ojos de Tilam, mirándolo fijamente mientras reía. Se reía de él, de su amor ridículo y de sus aspiraciones de poder. De sus debilidades como persona, que lo condicionaban como hechicero.

Todos se reían mientras él, inmune a cualquier ofensa, volaba sobre su amado Gronjor, el planeta inmóvil, medio sombra, medio luz. Vio sus mares hirvientes y los desiertos que avanzaban sobre las pocas tierras fértiles. Vio manadas de feroces ritenhuts acercarse a los poblados mientras los cazadores descansaban bajo el sol de Hastg. Contempló el fin de los tripcops, aplastados por millones de escorpiones negros que salían de la zona oscura para invadir las tierras iluminadas. Mientras todo eso sucedía, pudo intuir unas sombras antiguas reunidas en la gran cueva, junto a la pared roja, que parecían reírse de él. Finalmente, sintió cómo una gran explosión surgía de algún remoto lugar en el centro de la zona oscura, muy cerca de la gran cueva, y cómo el suelo temblaba y las montañas caían.

Supo que el final vendría, que el planeta iba a morir.

Y con él, todos sus habitantes.

Despertó de repente, empapado en un sudor frío que le recorría la espalda. No se podía mover, de manera que levantó la cabeza para buscar a su esclavo... y lo vio. Estaba solo a unos pasos de él, tirado en el suelo, como si hubiera sido fulminado por un arma invisible. Tenía los ojos abiertos, pero era evidente que estaba muerto.

Milosh respiró y trató de incorporarse, pero no lo logró. Pensó que tal vez todo aquello seguía siendo una especie de sueño, pero el dolor en todo su cuerpo lo convenció de que era real e iba muy en serio. Para acabar de dejarlo claro, una criatura reptante surgió entre las piernas del esclavo. Enseguida reconoció a uno de aquellos muntgars que poblaban la franja intermedia de la zona oscura. Era mitad pájaro, mitad serpiente, y su veneno era mortal. Con alguna dificultad, pues le costaba razonar, imaginó que el esclavo había detenido su montura para acudir a ayudarlo y el muntgar había conseguido inocularle una buena cantidad de veneno, suficiente para matarlo así de rápido.

Trataba de aclarar sus recuerdos sobre esas criaturas cuando observó cómo otra de ellas surgió de detrás de la cabeza del esclavo, empezando a morder su oreja con avidez. Milosh quedó hipnotizado por esa imagen hasta que un nuevo movimiento entre los ropajes del cadáver le llamó la atención. Otro muntgar intentaba penetrar en el cuerpo por la zona del estómago, abriendo un agujero en aquella zona blanda y metiendo su cabeza allí. A su lado surgió otro, y Milosh decidió no seguir mirando.

Era evidente que se trataba de un grupo de aquellos venenosos seres que habían salido a cazar, aunque normalmente eran seres solitarios que nunca cazaban de forma conjunta. Inmediatamente le vino a la cabeza la imagen de Piedra y los otros cazadores que también, contraviniendo las leyes y las costumbres, habían decidido atravesar el laberinto todos juntos.

Una nueva señal de que algo se estaba acumulando, algo dañino y peligroso.

Un gran cambio.

Con gran esfuerzo, y sin ser muy consciente de lo que hacía, logró apoyarse sobre uno de sus lados y arrastrase hacia el borde del camino. Su troncat lo miraba con indiferencia mientras pastaba unos helechos blancos cercanos. Los muntgars ni siquiera lo miraron mientras se dedicaban con entusiasmo a devorar la carne del esclavo.

Milosh sabía que no iba a conseguir huir de allí. Nadie iba a acudir en su ayuda, pues aquello era la zona oscura. La gente no paseaba ni cazaba por esa zona, ya que solo era un camino de paso, una vía de comunicación entre dos mundos que convivían en el mismo planeta.

Se arrastró poco a poco hasta uno de los márgenes y descansó. Seguía aturdido por esa segunda caída. Su muñeca estaba definitivamente azul, quizás rota del todo, y su rodilla era un amasijo de sangre y tierra. Le dolía todo el cuerpo, pero esperaba poder levantarse en poco tiempo. El aire llenaba sus pulmones y parecía que las cosas ya no se movían tanto ni estaban tan borrosas.

Enfocó su mirada sobre el cuerpo del esclavo. Más de diez muntgars daban cuenta de él, arrancando trozos de carne mientras un par de ellos habían conseguido acceder a sus vísceras y peleaban por su intestino.

Mientras estuvieran entretenidos con el esclavo, le darían tiempo a recuperar la verticalidad e intentar huir sin llamar su atención. Era improbable que le atacaran porque ya tenían comida para alimentarse y poder llevar una ración a sus crías, que les esperaban en lo alto de los árboles donde hacían los nidos.

Se apoyó en una roca y consiguió ponerse en pie a pesar de las protestas de todo su cuerpo.

Iba a intentar dar su primer paso cuando notó dos cosas al mismo tiempo: había pisado algo blando que se movía; ese algo le había mordido.

Miró hacia abajo y pudo ver cómo un muntgar, no demasiado grande, tenía los finos dientes clavados en su pierna.

Probablemente no pretendía atacarlo, solo se defendía de aquel gigante que lo pisoteaba.

El veneno llegó a sus venas en pocos instantes y estas lo transportaron por el resto del organismo, impulsado por lo latidos del corazón que movían la corriente sanguínea. La toxina llegó al cerebro, paralizando las zonas que controlaban el movimiento.

Milosh quedó inmovilizado y cayó al suelo. No perdió el conocimiento esta vez, por lo que pudo observar, aterrorizado, como el muntgar trataba de arrancarle un pequeño pedazo de cartílago de su codo. Tras forcejear un rato, decidió que era mejor dedicarse a otras zonas más blandas y exquisitas.

Arrastrándose con determinación, se dirigió hacia la cara del hechicero, con la vista fija en uno de sus ojos abiertos.

12

La sangre manaba en abundancia, resbalando por su brazo izquierdo hasta llegar a la mano, ahora inerte. Desde allí, descendía hasta la punta de los dedos, donde las rojas gotas daban un salto al vacío hasta el suelo, que las absorbía como si la tierra estuviera sedienta de alimento.

–¡Apoyad las manos aquí! ¡Tapad la salida de la sangre! –gritaba Semilla mientras revolvía en su bolsa en busca de unas plantas secas especiales para heridas como esa.

Árbol miraba los gestos de dolor de Piedra mientras rompía el palo de caza que le había alcanzado. Por suerte, Pájaro Azul lo había visto venir justo antes de que atravesara el pecho de su amigo. No tuvo tiempo más que para darle un empujón, pero fue suficiente para evitar que la cuchilla se clavara en el pecho, aunque no pudo evitar que le causara un corte profundo en su hombro.

–Ahora se trata de mojar estas hierbas y machacarlas hasta que se conviertan en una especie de masa. Entonces la pondremos sobre la herida y la cubriremos hasta que se sequen.

–¿Estás seguro de saber lo que haces? –le preguntó Viento del Norte.

–Sí, claro, mi madre ha trabajado con estas hierbas durante años y las conoce muy bien. Yo todavía estoy aprendiendo, pero curar una herida es de lo primero que uno aprende.

–Ya, no sé si yo me fiaría mucho –insistió con tono de desprecio.

–¡Basta! –intervino Piedra con gesto de dolor–. Déjalo en paz de una vez. Además, el que tiene que fiarse soy yo.

Piedra estaba rabioso por el daño que le hacía, y también por no haber visto venir el palo de caza que se abalanzaba hacia él desde gran altura. Si no llega a ser por Pájaro Azul, ahora estaría agonizando.

Mientras el aprendiz de sanador preparaba la pasta para aplicar a la herida, Pájaro Azul seguía manteniendo sus manos ensangrentadas sobre el corte.

–Ha ido de poco.

–Sí, de muy poco –respondió Piedra–. Te debo la vida.

–Digamos que estamos en paz.

–Sí, bueno, pero gracias igualmente, si no llega a ser por ti...

–Ha sido por casualidad –respondió Pájaro Azul quitándole importancia.

–¡No! –intervino Viento del Norte, que parecía enfadado–. Ha sido por intuición, la intuición del cazador. La que hace que busques con la mirada allí donde la presa no se mueve, allí donde hay una huella. No has visto el palo de caza por casualidad, ha sido porque estabas atento. Eres un buen cazador.

Dicho lo cual, se fue hacia la entrada del Bosque de las Lágrimas y, sin echar la vista atrás, penetró en él antes de que nadie pudiera decir nada.

Lluvia se acercó a Piedra para decirle algo, pero este se le adelantó.

–No os preocupéis, volverá.

Pájaro Azul dejó de apretar mientras Semilla aplicaba el remedio y vendaba el hombro con un trapo.

–Está molesto consigo mismo por no haber sido capaz de detectar el peligro –dijo Piedra mientras apretaba los dientes aguantando el dolor.

–Yo he tenido suerte –respondió Pájaro Azul.

–No, él tiene razón. Has visto el palo porque estabas atento. Estoy de acuerdo en que eres un gran cazador.

Quedaron unos momentos en silencio mientras Piedra comprobaba que podía mover un poco el brazo. Le dolía mucho, pero parecía evidente que se recuperaría.

–Quedará bien. Con estas plantas mi madre ha curado a muchos cazadores heridos.

–Gracias. Es una suerte contar con alguien como tú en el grupo.

En unos instantes, sin que nadie los convocara, todos se acercaron alrededor del que consideraban su líder. Nadie lo ponía en duda. Esperaban sus palabras.

–Es evidente que alguien nos ha atacado. No sabemos ni quién es ni qué busca, pero a partir de este momento... –Apretó los dientes y resopló por el dolor.– A partir de este momento, debemos estar atentos y sumar esta amenaza a las que ya tenemos encima. Vamos a seguir adelante todos juntos, tal y como hemos empezado, y vamos a llegar al final también juntos. Ninguno de nosotros abandonará al que esté herido ni al que vaya más lento, ni dejaremos de responder si alguno es atacado, ya sea por hombre o por bestia. Pero, ahora, descansaremos un rato.

–¿Crees que es buena idea detenernos aquí? –preguntó Árbol.

–Sí, no creo que el que nos ha atacado vuelva ahora que no cuenta con la sorpresa.

–Si se acerca, lo detectaremos y lo cazaremos –intervino Río.

–Bien, pues descansad, porque después deberemos atravesar de una sola vez el Bosque de Lágrimas. Ya sabéis que ahí dentro... –dijo señalando hacia donde Viento del Norte había desaparecido–. No sabemos lo que podemos encontrar, y, en cualquier caso, debemos atravesarlo sin parar si queremos sobrevivir.

–¿Alguien conoce lo que hay allí? –preguntó Sombra–. Mi padre no me explicó gran cosa.

–El mío tampoco –intervino Río.

–Ni el mío –dijo Lluvia.

–Yo solo puedo contaros lo que mi padre me explicó –dijo Pájaro Azul.

–Oigámoslo.

Se acercaron de nuevo formando un círculo. Piedra trataba de no rabiar demasiado por el dolor, pero su expresión dejaba claro que estaba sufriendo. Semilla lo vio y le dio una raíz que sacó de su mágica bolsa.

–Mastica esto, su jugo hará que te sientas mejor.

Mientras Pájaro Azul explicaba lo que sabía de aquel lugar, Piedra trató de distraerse pensando en las explicaciones que le dio su propio padre.

–Es un lugar siniestro donde puede que no pase nada o que te pierdas para siempre junto a los demonios del pasado. Le llaman el Bosque de las Lágrimas porque es una caverna húmeda llena de piedras en forma de flecha en el techo y en el suelo. Las que surgen del techo gotean constantemente, provocando un sonido invariable como de tambores lejanos y una lluvia que te empapa. La cueva se hunde durante mucho rato y solo las antorchas permiten ver algo, aunque poco. Hay una multitud de cuevas enlazadas la una con la otra, y, al cabo de un tiempo, ni siquiera sabes en qué dirección estás avanzando. Si pierdes la pista, nunca saldrás de allí. Algunos cazadores aseguran haberse cruzado con los espíritus de los que siguen allí perdidos hasta el fin de los días. Además, dicen algunos que en esas cuevas habita un monstruo invisible que captura a los hombres para devorar su carne, pero deja vivo su corazón para que siga palpitando. Yo conseguí pasar porque tuve suerte. Hubo un momento en que sentí una presencia tras mis pasos, una presencia que me empujaba hacia uno de los caminos. No sé por qué decidí seguir ese empuje y me llevó a la salida.

Los efectos del jugo de la amarga raíz que llevaba un rato mascando empezaban a notarse. El dolor todavía era intenso, pero parecía ser menos agudo. La cuchilla casi le había atravesado todo el hombro, pero no había llegado a tocar ninguna articulación, de manera que era cuestión de tiempo que se curara.

Mucho más que la herida le preocupaba la identidad de su atacante. Llevaba un buen rato pensando en si aquel ataque iba dirigido contra todo el grupo y solo la mala suerte hizo que el fuera la víctima, o si, por el contrario, alguien buscaba su muerte por alguna razón que desconocía. A medida que lo pensaba, cada vez estaba más convencido de que el objetivo de aquel ataque era él.

Dos cosas se lo hacían pensar. En primer lugar, el atacante debía ser un cazador muy bueno, ya que ninguno de ellos lo había detectado, ni siquiera Viento del Norte, que parecía capaz de descubrir ni que fuera el movimiento de un insecto. Si el atacante era así de bueno, resultaba difícil creer que se hubiera limitado a lanzar su ataque a bulto. Por otra parte, la trayectoria del palo era nítida y clara, apuntaba directamente a su pecho, a un lugar donde causaría la muerte sin remedio. Solo la pericia de Pájaro Azul había evitado en el último momento que derribara a su presa.

¿Quién podría desear su muerte hasta el punto de querer asegurarse que no saldría vivo del laberinto?

Debía obligarse a pensar en ello, pero no ahora. Viento del Norte había regresado de su inspección y se acercaba al grupo. Cuando pasó por su lado, le lanzó lo que pareció ser una mirada amistosa, aunque era difícil de decir en alguien que jamás mostraba el más mínimo afecto o interés por nadie.

–Debemos ponernos todos en marcha ya –dijo al grupo en cuanto se acercó a donde descansaban–. Lo que nos espera ahí abajo es un enorme desafío, así que, cuanto antes lo afrontemos, mejor para todos.

Piedra sonrió para sí mismo, era la primera vez que el cazador solitario se refería a ellos como grupo, como colectivo. Estaba tan decepcionado por no haber sido él quien viera llegar el palo de caza, por no ser el héroe del momento, que estaba deseando meterse en un nuevo reto para demostrar sus habilidades. A veces era tan transparente... Sin embargo, tenía razón. Ya habían descansado un poco, habían compartido algo de las reservas de carne seca y bulbos que llevaban cada uno, y era momento de ponerse en marcha. Probablemente el atacante invisible no volvería por allí, pero nunca se sabía.

En formación de defensa, penetraron en una pequeña cavidad en la piedra viva que daba acceso al Bosque de Lágrimas. Allí la oscuridad era mucho más densa que en el exterior, ya que, a pesar de que en la zona oscura nunca llegaba la luz de Hastg, un leve reflejo de la otra parte del planeta convertía la oscuridad en una penumbra más o menos negra según la zona. Al principio toda la oscuridad parecía igual de homogénea, pero con el tiempo era posible distinguir los matices.

Tras el descenso por unos escalones naturales, desembocaron en la primera gran cueva. Era difícil valorar sus dimensiones, porque solo unas cuantas antorchas iluminaban la zona central y la débil luz no lograba penetrar más allá de unos cuantos pasos. Por el eco que producían algunos ruidos, podía uno llegar a imaginarse la enormidad de aquella cueva natural. Un incesante goteo producía un ruido constante y molesto, a la vez que los mojaba de forma regular. Las puntiagudas formas de piedras que colgaban de un techo, que se adivinaba a gran altura, llegaban hasta muy abajo. Algunas eran de enormes dimensiones, imposibles de abrazar ni entre cuatro hombres unidos, otras se fusionaban con las piedras que surgían del suelo hacia arriba, también en forma de punta.

El goteo constante creaba una especie de bruma húmeda que cubría la cueva entera hasta media altura.

–Empezamos a bajar –dijo Río, quien, junto con Estrella, seguía marchando en cabeza del grupo.

Durante un buen rato caminaron en silencio, abrumados por las dimensiones de las diferentes cuevas que iban recorriendo. Las antorchas daban un toque de color anaranjado a la piedra blanca mientras que, a lo lejos, se oían sonidos imposibles de identificar.

–Maldita lluvia. Estoy mojado hasta los mismos huesos –dijo Sombra.

Piedra recordó que esa expresión solía utilizarla Hierba cuando salían a cazar y la niebla los mojaba por entero. Siempre se quejaba por todo...

Se obligó a no pensar en los que ya no estaban, ni en los tres primeros que cayeron en la etapa inicial, ni en Hierba, ni en Manantial, el chico muerto en el remolino. Debía centrarse en lo que tenía por delante.

–¿Cómo está tu hombro? –le preguntó Semilla.

–Bien, creo que tus plantas me ayudarán a recuperarlo.

–No lo fuerces, todavía está muy tierna la carne y puede abrirse de nuevo.

–Lo sé, noto como si toda la sangre de mi cuerpo parara por ese lugar.

–Mejorará.

–¡Atentos! –gritó alguien en la parte de delante–. ¡Entramos en una nueva cueva!

Siguieron andando, siempre hacia abajo. El calor y la sensación de encontrarse en las entrañas del planeta aumentaban el desasosiego del grupo. Nadie lo decía, pero muchos empezaban a creer que estaban perdidos.

Tan pronto encontraban una cueva, seguían un camino serpenteante entre las grandes piedras en punta hasta que llegaban al final y daban con la pared. Una vez encontrado el límite, iban siguiendo una pauta que había marcado Viento del Norte. Giraban a la izquierda y caminaban veinte pasos. Si no encontraban la salida, volvían atrás y caminaban veinte pasos a la derecha. Si tampoco aparecía, repetían la operación, pero esta vez con cuarenta pasos. Era un procedimiento muy pesado y que desmoralizaba a los más propensos a dejarse llevar por las circunstancias. Ese laberinto de cuevas estaba pensado para derrotar a ese tipo de hombres. Sin embargo, los cazadores como Piedra, Pájaro Azul o Viento del Norte, aceptaban la estrategia como parte de la caza, sin quejas y sin saltarse ningún paso. Si alguno protestaba demasiado, se le invitaba a abandonar el grupo, con lo cual conseguían que guardara silencio.

Llegaron a una cueva más pequeña y enseguida se dieron cuenta de que algo había cambiado. El sonido incesante del goteo era ahora diferente.

–Un lago subterráneo –dijo Piedra.

–Sí, cuidado con no acercarse demasiado por si hay algo ahí abajo –dijo Viento del Norte.

En realidad no lo creía, pero disfrutaba asustando al resto.

O quizás también él había oído contar que en una de aquellas cuevas fue donde los antepasados capturaron a una enorme criatura de cien patas con la boca tan grande como para tragarse a un hombre y su troncat entero. Y si alguna vez había vivido por allí una criatura semejante...

Dejaron atrás la laguna y encontraron una sucesión de cuevas, cada vez más pequeñas y más bajas, por lo que algunas tuvieron que pasarlas casi a rastras.

–Debemos parar –dijo Piedra cuando consiguieron encontrar de nuevo un lugar lo suficientemente alto como para ponerse en pie.

Decidieron descansar un rato. Estaban exhaustos y desanimados, pues algunos empezaban a creer que ya no saldrían vivos de allí. Piedra se dejó caer en un rincón tratando de aguantar el dolor. Semilla le dio otra raíz para mascar, ya que los efectos de la primera habían desaparecido.

Nadie hablaba y solo el incesante goteo rompía un silencio oscuro y cargado de malos augurios. Tres débiles antorchas constituían la única luz. Más allá de donde alcanzaban sus débiles reflejos, la oscuridad era total.

Precisamente Lluvia señaló las antorchas y dijo:

–Alguien debe de venir a cambiarlas, ¿no?

–Sí, claro –intervino Estrella–. Pero no creo que tenga que hacer este camino cada vez.

–Eso quiere decir que hay algún pasillo que les permite acceder a diferentes puntos del laberinto –respondió Árbol.

–¿Podríamos intentar buscarlo? –preguntó Lluvia, animándose.

–¡No! –cortó por lo sano Viento del Norte–. Ya tenemos suficientes problemas con encontrar el camino abierto como para ponernos a buscar a oscuras un camino secreto que ni sabemos si existe.

Todos estuvieron de acuerdo con él, de manera que se pusieron en pie y se prepararon para seguir.

En ese momento, todos lo vieron. En el fondo oscuro de la cueva que acababan de pasar, habían aparecido unas extrañas formas blancas que emitían una mortecina luz. Algunas se movían ligeramente, como si se tratara de pequeñas olas de algún mar misterioso.

–¿Qué demonios...?

Piedra rememoró lo que su padre le había explicado sobre ese fenómeno.

–Algunos cazadores aseguran haberse cruzado con los espíritus de los que siguen allí perdidos hasta el fin de los días.

–Esperadme aquí –intervino Pájaro Azul.

–Voy contigo –dijo Viento del Norte.

Nadie más se movió, ni siquiera Piedra, que seguía sufriendo un dolor muy fuerte en el hombro herido.

La espera se hizo larga, cargada de temores hacia los espíritus y los seres malignos que se decía que habitaban en esas cuevas. Todos ellos habían sido instruidos para evitar esos espacios cerrados bajo tierra, porque allí habitaban los muertos que no encontraban su camino fuera del mundo.

La luminiscencia fantasmagórica seguía trazando círculos suaves, como mecida por el viento. Algunas formas se adivinaban casi humanas. Otras eran simples destellos que parecían observarlos desde la distancia.

Pájaro Azul y Viento del Norte regresaron con una sonrisa en el rostro.

–Son solo plantas de hojas largas. Allí dentro sopla un ligero viento que las mueve. No sé por qué están cargadas de esa luz, pero la utilizan para atraer a los insectos y atraparlos.

–También atrapan cazadores asustados que creen en los espíritus andantes –añadió Viento del Norte.

–No hagas bromas con eso –intervino Lluvia.

–Vaya, nos ha salido un bobo en el grupo.

Árbol dio un paso adelante, pero Río lo detuvo.

–No vale la pena.

Piedra dio la orden de marcha. No habían descansado lo suficiente, pero era mejor ir avanzando que quedarse allí discutiendo. Todos estaban muy tensos por ese recorrido absurdo que se estaba eternizando. Quería llegar a la salida cuanto antes, allí todos descansarían mejor.

Fue en ese momento cuando el rastreador decidió actuar. Los había estado siguiendo sin que notaran su presencia a lo largo del laberinto de cuevas, adelantándose a su marcha a través de los pasadizos secretos. Cuando vio que se detenían a descansar, sonrió. Era lo que estaba esperando. Se adelantó al grupo y decidió prepararles una trampa justo a la salida de la cueva, donde estaban entretenidos con esos helechos que desprendían luz y que tanto asustaban a los cazadores mediocres como esos.

Estaba enfadado con él mismo por haber fallado en su tiro contra Piedra. Aquel cazador había tenido mucha suerte de salir solo herido. Ese al que llamaban Pájaro Azul era bueno, pero no tanto como él. Ambos pagarían la osadía de atreverse a enfrentarse con su ferocidad y sus habilidades de caza.

Apagó las antorchas de un estrecho pasillo que comunicaba la cueva donde se habían detenido y la siguiente galería, la penúltima antes de la salida. Ese angosto camino transcurría entre la pared de roca empapada de agua, lo cual la hacía muy resbaladiza, y una gran sima que se abría hasta muy abajo. El rastreador sabía que dos cazadores avanzaban en cabeza, abriendo camino al grupo que normalmente lideraba el propio Piedra. A mitad de ese pasillo estrecho, que medía unos treinta pasos de largo, había una gran grieta que era en realidad una entrada falsa desde el pasadizo secreto que corría paralelo a la red de cuevas. Decidió esconderse allí, totalmente inmóvil y a oscuras. Los dos primeros cazadores pasarían sin descubrirlo y entonces esperaría al siguiente en pasar, que estaba seguro de que sería Piedra, ya que también ahora encabezaba el grupo, y lo empujaría hacia el abismo, desapareciendo después por el pasadizo, pues no quería enfrentarse con todo el grupo a la vez.

Ya les llegaría su hora.

Oyó voces que hablaban de no seguir adelante en aquella oscuridad y cómo alguien ordenaba continuar pegados a la pared por si acaso. También oyó los pasos de los dos avanzados y los dejó pasar sin mover ni un músculo. El grupo se acercaba.

—Siento una presencia extraña —dijo Pájaro Azul deteniéndose.

—Otro que ve espíritus entre nosotros —bromeó Viento del Norte, que andaba en la cola del grupo.

–Yo no oigo nada –respondió Sombra, que iba detrás de Piedra.

–No lo oigo, lo noto –insistió Pájaro Azul.

–Me parece que son cuentos tuyos –insistió Sombra–. Empiezo a estar también un poco cansado de tanto espíritu y tanta presencia. Soy un cazador y mato lo que puedo ver. Lo demás no me importa. Quedaos con vuestros malos augurios y todo eso, yo sigo adelante.

–Bueno, sigamos –dijo Piedra–. Esta oscuridad no me gusta nada. Es el primer lugar donde no hay ninguna antorcha, y...

–Sí las hay... –dijo Árbol, que había tropezado con una de ellas al ir pasando su mano por la roca–. Y todavía están calientes. Alguien las ha apagado.

En ese instante, un grito rompió el silencio. Un grito de pánico que se alejaba de ellos a gran velocidad.

–¡¿Qué ha pasado?! –gritó Río desde su posición avanzada.

Unos cuantos pasos más atrás, alguien respondió.

–¡Alguien ha caído! ¡Creo que es Piedra!

13

Lo que estaba viendo era una cubierta, uno de esos techos tradicionales de los poblados de su tribu hecho con grumponera, esa planta de tallos altos que tenía mil usos. ¿Estaba muerto? No notaba ningún dolor, aunque no podía moverse. Comprobó que tenía sus dos ojos intactos y suspiró profundamente. Lo último que recordaba antes de perder el conocimiento era la visión de esa asquerosa criatura reptante acercándose para comerse uno de sus globos oculares.

Su campo de visión estaba limitado a lo que veía encima de su cuerpo, pues no podía ni girar la cabeza. Oía voces, pero le llegaban lejanas... Una cara conocida se interpuso entre él y el techo de la cabaña.

«¡Tilam!», intentó decir, pero no podía hablar. Trató de mover los labios, pero nada salió de su boca.

–Tranquilo, no intentes decir nada. El veneno todavía está en tu sangre y te mantiene paralizado, pero no te preocupes, llamamos a Préndola y ella te ha preparado una mezcla de plantas que combatirá al veneno. Estarás bien en poco rato.

«¡Tilam! ¡Mi amada Tilam!», pensó. «Tú me traicionas, pero te amo sin rencores porque no puedo evitarlo».

Ella lo miró con sus ojos de ámbar y la confusión desapareció. Recordaba el primer impacto contra el suelo, el dolor en la muñeca y cómo la cabeza rodaba y rodaba... Luego todo era un poco más borroso, el suelo de nuevo, un esclavo muerto y los muntgars a punto de devorarlo. Un pinchazo...

–Vas recordando poco a poco, ¿verdad? Eso es bueno, la cura empieza a actuar.

Esa sonrisa que iluminaba mil cielos como el de Gronjor...

–Calma, no tengas prisa, todo se irá rellenando en su momento. Yo puedo ayudarte con la parte que no conoces.

Con una especie de cilindro de madera, Tilam cogió unas gotas de un líquido que tenía en una vasija y lo acercó a sus labios.

–Deja que entre, es algo bueno para ti.

Milosh entreabrió un poco los labios, porque era un movimiento que podía hacer. Notó que el líquido le quemaba la lengua y el cuello, pero lo engulló.

–Ahora, descansa mientras yo te cuento cómo es que has despertado aquí, en mi casa, en mi cama...

¡Estaba tumbado en la cama de Tilam! Eso hizo que su confusión aumentara todavía más. ¡¿Qué había sucedido?! **195**

Algo en su expresión cambió, y Tilam lo notó y se explicó.

–Te trajimos aquí, y mi madre y una vecina lavaron tus heridas y te metieron en la cama hasta que llegase Préndola. Ellas te han atendido y... Bueno, han sido ellas.

Unos instantes de silencio para que ambos recuperaran el aliento.

–Verás, no sé si ya te había llegado la noticia de que Lea y yo nos habíamos escapado del núcleo...

Los ojos del hechicero se oscurecieron.

–Bueno... ya veo que sí. ¡Tuve que hacerlo! Lea está locamente enamorada de Piedra, y cuando tú me dijiste que... Ella es mi amiga, la única que he tenido, y juró que iba a matarte si le pasaba algo a Piedra, y yo no podía dejar que eso ocurriera...

La mirada de Milosh seguía opaca, fija en algún lugar del techo de la cabaña. No quería mirarla, no quería oírla. Se sentía traicionado.

–El caso es que conseguimos huir de allí y volvíamos a casa...

Tilam no quiso mencionarle que volvían con la intención de descifrar las claves de las piedras para poder acceder a los pasadizos secretos del laberinto y poder así sacar a Piedra.

–En el camino que bordea el mar de Okam, vimos llegar un troncat que parecía perdido. Lea lo detuvo y ambas lo montamos. No muy lejos de allí, oímos gritos de criaturas que parecían muy excitadas, como si peleasen entre ellas. Bajamos del troncat y seguimos a pie. Lea improvisó un arma con un trozo de madera que arrancó de un árbol... ¡Deberías ver cómo se desenvuelve como cazadora! Bueno, la cuestión es que al poco rato nos encontramos con un espectáculo realmente asqueroso. Decenas de muntgars se peleaban por devorar los restos de una persona que estaba caída en el camino. Vimos enseguida que era un esclavo de los tuyos, por su pañuelo blanco. Tratamos de alejarnos sin intervenir, porque esos bichos tienen una picadura muy peligrosa... ¿Qué te voy a contar a ti?

Sonrió de nuevo, pero no consiguió atraer su mirada.

–Unos pasos más adelante, te vimos. Parecías muerto y un muntgar trataba de morderte en la cara.

Milosh ya había notado el dolor en un párpado. Ahora sabía lo cerca que había estado de perder uno de sus ojos.

–Lea lo mató y yo comprobé que todavía vivías, aunque no por mucho tiempo si te dejábamos allí, así que te cargamos en otro troncat que encontramos pastando por allí cerca y te trajimos a mi casa. Cuando llegamos, casi no respirabas. Mi padre fue en busca de Préndola mientras mi madre te quitaba la ropa y te lavaba. Préndola te ha quitado un aguijón de la pierna, por donde te inyectaron el veneno. Ahora estás aquí y te recuperarás pronto, y yo...

El hechicero, finalmente, la miró y sintió una oleada de amor por aquella chica. Movió ligeramente los dedos y los depositó en su mano que reposaba en la cama.

–¡Oh! ¡Ya puedes moverte! Eso significa que estás mejorando. Voy a avisar a mi madre y a Préndola.

«¡No te vayas!», quiso gritarle. «¡Déjame saborear este instante de intimidad que llevaré en el corazón mientras viva!».

Pero ella ya había salido y pronto volvió acompañada de varias personas.

Milosh reconoció a la madre de Tilam, aunque no recordaba su nombre. También vio que Lea entraba, pero volvía a salir de inmediato. En su rostro había furia y una gran determinación. Los genes de Rondo estaban claramente impresos en su carácter y en su espíritu de cazadora. Préndola lo miró a los ojos y después aplastó con sus manos unos granos que parecían semillas y se los metió en la boca, masticándolos por unos instantes. Luego los escupió y los mezcló con algo que sacó de una bolsa sucia y vieja que tenía a los pies de la cama. Hizo una especie de ungüento asqueroso y empezó a esparcirlo por su muñeca y su rodilla. Milosh recordó que allí se había herido en la primera caída.

Lo hizo todo en silencio, sin volver a mirarlo a la cara, y cuando acabó, salió sin decir nada. Milosh recordaba perfectamente la última vez que se vieron. Fue cuando él la desterró con su familia a las tierras desérticas por negarse a compartir los secretos de sus curaciones. Y ahora le había salvado la vida...

Tilam y su madre hablaron en un murmullo que le resultó ininteligible y luego la madre salió. Tilam se acercaba con esa sonrisa mágica, cuando Lea volvió a entrar y se plantó delante de él con cara de ser capaz de sacarle las tripas allí mismo.

—¡Yo te hubiera dejado morir!

—¡Lea! –le reprendió Tilam.

—Él ha ordenado que matasen a Piedra. He jurado que, si eso sucede, no lo mataré y lo cumpliré, pero lo despreciaré mientras viva.

Se volvió de nuevo al hechicero y acercándose a su rostro le dijo:

–Espero que, ahora que te hemos salvado de morir devorado por esas asquerosas serpientes, en contraprestación ordenes que dejen en paz a Piedra. Son nuestras leyes... tus leyes.

Lea se refería a la ley que ordenaba que todo aquel a quien otro salvaba la vida, quedara en deuda de honor con él.

Milosh notó que podía empezar a mover algo la cabeza. Trató de balancearla arriba y abajo. Tilam captó el movimiento.

–¡Ha dicho que sí! ¡Lo hará, Lea, lo hará! Ya te dije que era un hombre de honor y que respetaría las leyes.

Milosh miraba a Tilam con una mezcla de amor y odio. La amaba porque no podía evitarlo. La odiaba porque había sido ella la que le contara a Lea sus planes sobre Piedra, algo que él le había confesado en esa turbación amorosa que sufrió cuando fue a visitarla al núcleo. El amargo sabor de sentirse traicionado por la mujer que amaba se abrió paso en su interior, y ese dolor intenso minimizó el que sentía en su muñeca o su rodilla.

De esto último se recuperaría.

Notó que las fuerzas volvían a su cuerpo a medida que pasaba el tiempo. Las mujeres iban y venían, mientras que Tilam trataba de no permanecer demasiado rato a su lado para no levantar las sospechas de su madre, que, de todas maneras, ya estaba alerta ante algunos gestos que había captado entre ellos.

El padre de Tilam había llevado un mensaje del propio Milosh a su poblado para que su segundo, un tal Longon, lo trasladara al laberinto. Llevaba un trozo de tela con el sello del hechicero para que pudieran comprobar que el mensaje era suyo realmente. En él les pedía que entraran en el laberinto y ordenaran al rastreador abandonar la persecución de Piedra. Su misión debía limitarse a seguir al grupo sin intervenir en ningún momento. Eran órdenes claras y tajantes, por lo que no dejaban lugar a la duda.

Mientras tanto, Lea quería intentar descifrar algunas de las claves que la familia de Tilam guardaba sobre la ubicación de los pasadizos del laberinto. A pesar de que la actitud del hechicero era buena, no se fiaba de él. Decidió seguir adelante con su plan inicial a la espera de que los esclavos les comunicaran que todo estaba en orden y que Piedra estaba a salvo.

El padre de Tilam era un cazador respetado llamado Loptrem, y era el encargado de custodiar las claves y las piedras que sus antepasados habían ido pasando de generación en generación como secreto de familia. No le había hecho ninguna gracia que su hija se presentara allí acompañada de esa Lea, de quien habían oído hablar no muy bien, para pedirles toda la información que tuvieran sobre los pasadizos del laberinto. Nunca había estado de acuerdo con las leyes que imponían esa macabra selección que diezmaba a su propia tribu, pero no esperaba que su hija fuera la primera en quebrantarlas directamente.

Sin embargo, Loptrem amaba a su única hija. A pesar de haber querido un varón que le permitiera compartir las largas jornadas de caza, en cuanto vio la mirada de su hija recién nacida, perdió el deseo de perpetuar su estirpe y aceptó encantado criar esa bendición que les había llegado, aunque era consciente que seguramente no había sabido transmitirle ese amor que sentía.

Ahora, tenía a su hija fugitiva allí, acompañada de una descendiente de Rondo, pidiéndole que les explicara el secreto familiar... mientras en la cama de su propia cabaña descansaba Milosh al cuidado de Préndola. Realmente muchas cosas estaban fuera de lugar en lo que estaba sucediendo.

–No debéis revelárselo a nadie –les indicó cuando finalmente las condujo hasta el pequeño cobertizo donde guardaba enterradas las piedras con las claves.

Ni siquiera entonces Loptrem sabía las verdaderas intenciones de su hija y Lea. Tilam había decidido que era mejor mentirle.

–Si le digo que me dé las piedras para averiguar cómo entrar en el laberinto a salvar al chico del que estás enamorada, nunca lo hará –le había dicho a Lea cuando ambas se dirigían hacia el poblado.

Así que inventaron una historia. Le hicieron creer que se habían fugado del núcleo porque Lea había tenido un ataque de pánico al pensar que acabaría siendo una esclava del hechicero, pero ahora querían volver sin que notaran su ausencia. Contaron que probablemente hasta la siguiente jornada no detectarían su marcha en el recuento que hacían al despertar y que disponían de poco tiempo para tratar de volver allí por otro camino que no fuera el de salida, ya que allí habían visto guardias. Para eso necesitaban las piedras, para encontrar una nueva vía secreta para acceder al núcleo.

Lea no sabía si en realidad las habían creído, aunque, por la cara con que la miraba Loptrem, podía pensar que sí. En cualquier caso, el cazador les explicó que habían sido marcadas por los antepasados que construían el laberinto, porque allí las piedras eran el material más común.

–Tened presente que lo que os voy a explicar no sabemos hasta qué punto es cierto. Podría ser solo una leyenda que se ha ido pasando de generación en generación.

–Nosotras sí que lo hemos comprobado –interrumpió Tilam–. Utilizamos el camino que tú descifraste para escapar del núcleo.

Loptrem la miró con ternura, pero enseguida volvió a su expresión sombría. No quería animarla a volver a intentarlo.

–Bien, sabemos que esa parte es real, pero eso no quiere decir que lo sea el resto. ¿Está claro?

Ambas asintieron en silencio.

Tomó una piedra oscura que parecía muy sólida y la sostuvo ante sus ojos. Luego se la pasó a Tilam, que la estuvo observando un buen rato hasta que se la cedió a Lea.

–Si os habéis fijado, esta piedra tiene un lado poroso y otro mucho más compacto, liso prácticamente, donde están grabados los signos. Grhupador era un hechicero bastante cruel y mantenía esas piedras bajo custodia permanente de esclavos de su confianza. Quería tener una especie de mapa oculto de esos pasadizos para poder traspasar esa información a la siguiente generación de hechiceros y seguir siendo los únicos que tenían poder en el laberinto. Encargó a un esclavo que esculpiera esos signos según iban avanzando. Los trabajadores de los pasadizos estuvieron muchos ciclos encerrados ahí, trabajando sin descanso en paralelo a la construcción del propio laberinto, pero en peores condiciones, ya que debían mantenerse escondidos de la vista de los demás y no podían tener contacto con nadie. Dormían en cabañas aparte, comían en sus propios recintos, y al final... todos murieron en silencio, igual que los esclavos.

Se detuvo un instante, como tratando de contener la rabia que sentía por ese maltrato que sufrieron los suyos mucho tiempo atrás.

–Bueno, todos no, en realidad. Algunos de los más jóvenes se infiltraron entre el resto de trabajadores cuando la construcción se acercaba al final y consiguieron huir de allí robando una pequeña cantidad de piedras que se encargaron de llevar a las compañeras de nuestros antepasados. Fue su propia venganza por todo el mal que tuvieron que sufrir...

Hizo una pausa en muestra de respeto por aquellos que lograron sobrevivir a pesar de los malos tratos y las penosas condiciones.

–Fueron, pues, ellos los que sacaron las piedras y las instrucciones para interpretar esos signos, pero no eran muchos, así que solo pudieron cargar con una parte de las piedras. La mayoría de nuestros antepasados, en cambio, decidieron quedarse allí porque creían que, si colaboraban, lograrían negociar con el hechicero para que, los soltara cuando acabaran, pero se equivocaron. Su hijo Lipder resultó ser mucho más sanguinario que su propio padre y fue él quien acabó con todos ellos.

Lea observaba atentamente una de las rocas mientras escuchaba el relato. Eran claramente visibles algunos puntos situados en la parte superior de la piedra, uno más alto que los otros. Contó hasta tres, y, un poco más abajo, cuatro rayas verticales claramente grabadas quedaban cortadas por una horizontal algo más gruesa. En la parte de abajo, tres cruces destacaban sobre la suave superficie. Tilam le pasó otra. Esta llevaba solo un punto, también en la parte superior, dos rayas horizontales y una cruz debajo.

—Como veréis, esos signos no parecen tener ningún sentido. Visto así, es imposible descubrir nada. Por eso las claves se esculpieron en otras piedras...

Loptrem les pasó unas piedras diferentes, de tonos rojizos y más pequeñas que las otras.

—Si se ponen una detrás de otra, puede leerse la clave. Lo malo es que no las tenemos todas, solo algunas que se refieren a la primera parte del laberinto. Por eso solo hemos podido descifrar las piedras que tienen un punto arriba a la derecha. Esas son de la parte inicial, donde está el núcleo.

—¿Cómo lo sabéis? ¿Cómo funcionan? —quiso saber Lea.

—Te lo enseñaré.

Loptrem extendió en una fila las piedras rojizas. Cada una de ellas contenía diversos símbolos que los cazadores podían leer, ya que se trataba del lenguaje antiguo que todavía se mantenía activo. Los cazadores lo utilizaban para marcar los lugares donde se encontraban determinados manantiales o rutas de migración, o simplemente zonas de peligro. Los símbolos, en forma de pictogramas simplificados, establecían paralelismos entre el lenguaje y conceptos abstractos representados por animales, plantas u otros objetos presentes en la naturaleza. Así, dos líneas abiertas representaban un pájaro cuya traducción, según la combinación con otros elementos, podía significar espacio abierto o gran altura o incluso la existencia de grandes manadas. Dos líneas verticales paralelas simbolizaban un árbol cuyo significado determinaba la existencia de un bosque profundo o de un camino que se bifurcaba, o incluso la presencia de una fuente de agua cercana. En realidad, ningún símbolo tenía un solo significado, y era la combinación con los otros la que determinaba el mensaje.

Lea observó durante un buen rato la sucesión de símbolos en las piedras rojas y después levantó la cabeza y dijo:

–Si lo entiendo bien, lo que dice es que debemos leer primero la parte de arriba, donde se encuentra la señal del lugar... No entiendo qué significa eso.

–¿Tú conoces el lenguaje antiguo? –se sorprendió Loptrem.

–Sí, mi padre me lo enseñó.

Loptrem no dijo nada, pero en su silencio se adivinaba un reproche. Sin embargo, se limitó a responder la pregunta de Lea.

–Al principio tampoco nosotros lo entendimos, pero con el paso del tiempo llegamos a la conclusión de que se refiere a los puntos de la parte superior. Uno quiere decir la primera parte del laberinto, dos la segunda, tres...

–Hablas de «nosotros» como si hubiera mucha gente que supiera de la existencia de las piedras –intervino Tilam.

–No, solo algunos –dijo Loptrem sin aclarar nada más.

–Lo entiendo –intervino Lea–. Esta piedra lleva solo un punto en la parte superior. ¿Eso quiere decir que es de la zona del núcleo que está sobre la parte inicial del laberinto?

–Sí.

–¿Tenéis alguna de otras partes del laberinto?

–Sí, pero no podemos leerlas. No tenemos las piedras que lleven inscritas las claves de esa parte del laberinto.

–¿Dónde están?

–Supongo que debe de tenerlas Milosh.

Lea volvió a concentrarse en las piedras rojas.

–Ahora lo veo, estas piedras permiten traducir las rayas y cruces de las piedras, pero solo las que se refieren a la primera parte ya que las referencias solo se dirigen a las que tienen un punto en la parte superior. Me parece entender que los símbolos se refieren a pasajes, espacios y túneles. Una raya vertical quiere decir recto, dos rayas girar a la derecha, una raya horizontal quiere decir cruce... déjame ver las otras piedras negras.

–¿Estas? –dijo Tilam, que esperaba la ocasión para poder intervenir.

–No, solo las que tienen un punto en la parte de arriba.

Las reunieron y se quedaron mirándolas sin decir nada. Loptrem las contemplaba algo admirado por el hecho de que hubieran llegado a conclusiones que a ellos les había costado mucho tiempo descubrir.

–Hay algo que se me escapa –dijo Lea–. Si las rayas implican dirección a seguir, ¿qué papel juegan las cruces?

Tilam seguía callada, concentrada en observar las piedras negras. De tanto en tanto, hacía alguna pregunta a Lea relacionada con las claves y volvía a su observación silenciosa.

Lea decidió dejarla reflexionar, aunque, al final, pasado un buen rato, se impacientó.

–¿Tienes alguna idea? –preguntó Lea.

–Sí, creo que las cruces son puntos de partida o algo por el estilo.

–No te entiendo.

–Verás, si miras las piedras hay dos elementos más o menos literales que se pueden seguir. Los puntos indican la parte del laberinto donde se encuentra el pasadizo y la líneas la dirección a seguir, pero con eso no se va a ninguna parte. Es imposible situarse en el espacio sin saber de dónde has de partir. Cuando mi padre me dio las pistas para encontrar la manera de salir del núcleo, lo primero que me dijo fue que buscara una marca en la pared...

–Una cruz... –la interrumpió Lea.

Loptrem sonreía complacido y a la vez sorprendido por la velocidad de pensamiento y el razonamiento de esas dos chicas tan jóvenes. Habían llegado al final en muy poco tiempo.

–¿Seguro que estas son todas las piedras que tus antepasados lograron sacar?

Loptrem iba a responder cuando fueron interrumpidos por la llegada de un troncat. Un esclavo de pañuelo blanco entró en la cabaña donde reposaba Milosh.

Cuando Loptrem y las dos chicas llegaron a la cabaña, el esclavo ya volvía a salir. Milosh se encontraba recostado en la cama con una extraña expresión en la cara. Los miró a los tres y dijo con voz ronca.

–El rastreador se niega a obedecer mis órdenes. Seguirá persiguiendo a Piedra y a los demás hasta que termine con todos ellos. Se ha vuelto loco.

14

—Nunca recuperaremos el cadáver, no vale la pena arriesgar la vida de nadie para tratar de encontrarlo –dijo Pájaro Azul mientras mantenía su habitual postura en cuclillas.

—Sus padres no estarían de acuerdo con eso. Seguro que les gustaría poder lanzarlo al mar de Okam como hacemos con nuestros muertos –respondió Árbol.

—Y con la mayoría de nuestros abuelos vivos –intervino Viento del Norte.

Nadie dijo nada, pues aquel era un tema tabú. En la cultura de la tribu, los cazadores que ya no podían ayudar en las batidas eran enviados a su último viaje. Algunas familias se resistían y los escondían o simulaban que todavía eran útiles, pero al final todos acababan dirigiéndose a las orillas del mar hirviente de Okam, donde realizaban los rituales del cazador y después se lanzaban a las aguas para morir en pocos segundos. El lugar del salto era un saliente que daba directamente al mar y que era conocido como el Risco de la Redención.

En un planeta como aquel, tan escaso de recursos, había que escoger entre mantener a los jóvenes o a los mayores, y la respuesta había estado clara desde hacía muchas generaciones. La mayoría de los cazadores se apartaban ellos mismos de la tribu en cuanto les llegaban los primeros signos de su degradación física. En cuanto a las mujeres, ellas elegían métodos menos violentos para desaparecer. La mayoría conocía plantas venenosas que las hacían dormir para siempre, y las que no, acudían a Préndola, que, a pesar de su destierro, seguía ejerciendo una gran influencia en la tribu.

Vivos o muertos, todos acababan reposando en las profundidades del mar de Okam, bajo sus aguas sulfurosas y tóxicas que deshacían la materia viva en muy poco tiempo.

—¡Pero bueno...! ¡¿Acaso soy el único que cree que esto no ha sido un accidente?! —preguntó Lluvia con cierta indignación.

—¿A qué te refieres? —le pregunto Estrella.

—¡Vamos! ¡Todos habéis oído cómo Pájaro Azul dice que sintió una presencia justo antes de que oyéramos el grito y la caída! Ya ha demostrado más de una vez que es capaz de oír y sentir cosas que se nos escapan a los demás.

—Habla por ti —intervino Viento de Norte ofendido.

Lluvia siguió hablando sin hacer caso al comentario.

—Lo que digo es que las antorchas estaban calientes, como si las hubieran apagado justo cuando estábamos cruzando por esa estrecha pasarela para que no viéramos el precipicio o a alguien escondido allí.

–Eso no lo sabes –intervino Río.

–Es verdad, no lo sé, solo digo que no me creo que un cazador experimentado como él resbalara y cayera como si fuera un niño de tres ciclos.

–¿Qué piensas tú? –preguntó Pájaro Azul a Piedra.

–Lo que yo crea no tiene importancia. Lo único que sé es que debemos actuar como si estuviéramos siendo acosados por alguien que pretende irnos matando uno a uno. A partir de ahora, tomaremos más precauciones y avanzaremos más despacio. Río y Estrella dejaran de adelantarse, es demasiado arriesgado que vayan los dos solos. Iremos siempre preparados para repeler ataques, con lo que os pido que cada uno utilice al máximo sus instintos de cazador. Creo que Viento del Norte es el que mejor puede organizar una defensa efectiva, de manera que se desentenderá de todo lo que no sea vigilar a nuestro posible atacante ¿De acuerdo todos?

Asintieron sin dudar.

–¿Viento del Norte?

–De acuerdo.

Piedra se levantó con algo de esfuerzo y todo el grupo se puso en marcha en silencio. Dolidos e impactados por la muerte de Sombra, arrastraban los pies y vigilaban la oscuridad que les rodeaba.

Por su parte, Piedra pensaba en que era la segunda vez que se salvaba por muy poco. Parecía evidente que alguien había apagado las antorchas para que los cazadores no vieran el abismo que se abría a su lado. También parecía claro que alguien había empujado a Sombra para que perdiera el equilibrio y cayera hacia una muerte segura. Como había dicho Lluvia, era impensable que ese hábil cazador hubiera tropezado solo. Lo que solo algunos habían pensado era que, seguramente, ese ataque iba dirigido al propio Piedra, que andaba en cabeza del grupo hasta que Sombra, de forma imprevista, lo adelantó justo antes de caer.

O tal vez todo el mundo lo pensaba y solo Pájaro Azul se había atrevido a comentarlo.

–Eso iba por ti –le había dicho en voz baja cuando reanudaron la marcha.

Le volvía loco preguntarse quién podía estar tan interesado en que muriera allí para llegar hasta el punto de no esperar que los propios peligros del laberinto hicieran su trabajo e introducir a un silencioso cazador que lo hostigaba y trataba de matarlo sin miramientos.

Miró a Viento del Norte, su único rival conocido, pero se le antojó improbable que tuviera algo que ver con él. Era cierto que ambos rivalizaban por conseguir a Lea, pero hubiera podido adelantarse para llegar el primero, y, en cambio, seguía con el grupo. Lo que fuera que hacía peligrar su vida estaba relacionado con alguien que no estaba con ellos en el laberinto.

¡¿Quién?! Esa era la pregunta sin respuesta.

Después de dos pequeñas cuevas más, la oscuridad pareció difuminarse un poco y el suelo que ya hacia un tiempo que había dejado de descender, se inclinaba hacia arriba claramente.

–No tardaremos en salir –expresó por todos Estrella.

Efectivamente, al cabo de un rato la claridad era mucho más evidente. Una claridad relativa, ya que afuera seguía la noche perpetua de aquella zona del planeta. Sin embargo, después de pasar por aquella experiencia subterránea, casi podían decir que aquello era luz.

Desembocaron en un pequeño claro en medio de un desfiladero de paredes lisas y altísimas, lo que no dejó de extrañarles, aunque su capacidad de sorpresa disminuía conforme iban adentrándose en el laberinto.

–¿Qué nueva locura es esta? –intervino Niebla, que normalmente se mantenía retraído y en silencio.

–¡Cubríos!

Reaccionando de inmediato al grito de Viento del Norte, cada uno de los cazadores se lanzó a la búsqueda de un resquicio en el que meterse o de un lugar donde resultar menos vulnerable a un posible ataque.

–¿Qué ocurre? –preguntó Piedra cuando todo el mundo dejó el centro del claro.

–Nada... por ahora. Pero no podemos seguir avanzando como un grupo de trasgur pastando en la hierba. Si ahora somos la presa, actuemos como actúan ellas.

–Me parece bien, pero no hace falta que nos mates de un susto –respondió Piedra, que había vuelto a meterse en la boca de las cuevas que habían dejado atrás.

El hombro seguía doliéndole y al lanzarse al suelo se lo había golpeado de nuevo.

Lentamente, los cazadores emergieron de sus escondites, pero esta vez estaban vigilantes y alertas. Inspeccionaron los riscos que se elevaban a su alrededor en busca de posibles amenazas, pero no descubrieron movimiento alguno.

–Creo que estamos a salvo de momento –comentó Pájaro Azul.

–Sí, yo también lo creo, pero más vale ser cautos –respondió Piedra.

Avanzaron sin contratiempos durante mucho rato, sintiéndose abrumados por aquellas paredes lisas y altas. Estaban cortadas en medio de la planicie, como si una gigantesca criatura se hubiera dedicado a pulir la roca hasta eliminarle cualquier protuberancia. Eso impedía que nadie pudiera asirse y escalar.

Mantenía atrapados en el suelo a todos los que pasaban por allí.

Llegaron a una bifurcación... Los problemas continuaban. Discutieron largo rato sobre qué dirección tomar, hasta que al final decidieron que la derecha era tan buena como la izquierda. Al cabo de un centenar de pasos, una nueva bifurcación les obligó a detenerse de nuevo.

–Seguiremos siempre a la derecha –dijo Piedra pasado un rato de debate.

–¿Y eso por qué? –quiso saber Viento del Norte poniéndose a su lado.

–Porque no tenemos motivos para ir por la izquierda.

–Eso es una tontería.

–Sí, tienes toda la razón, pero la gente se siente más segura si alguien toma las decisiones como si supiera algo que los demás no saben.

–Eres un manipulador peligroso.

–No más que tú.

–Al final tendremos que cruzar unas palabras –insistió Viento del Norte en tono de amenaza.

Piedra se limitó a sonreír. Herido en el hombro, con un cazador desequilibrado persiguiéndolo a muerte, perdido en esa locura de laberinto... La perspectiva de enfrentarse con él le parecía ahora el menor de sus problemas.

–Cuando llegue el momento. Antes tenemos que salir de aquí... vivos.

No avanzaron más de cien pasos cuando se encontraron con otra bifurcación.

–Derecha –dijo Piedra sin que nadie pusiera en duda esa decisión.

Esta vez tardaron mucho más rato en encontrar un nuevo desvío y ya ni siquiera esperaron a recibir instrucciones. Todo el grupo se dirigió al camino de la derecha, que, como en los anteriores casos, se estrechaba un poco más.

Descansaron y dormitaron por turnos mientras seguían avanzando lentamente. El aire se hacía más denso allí abajo, como si no pudiera descender desde lo alto de aquellas escarpadas paredes.

Finalmente, después de dos desvíos más, fueron a dar con una pared que les tapaba el camino justo enfrente. Era un pared tan lisa como las otras y no invitaba a imaginar cómo podían escalarla.

–Hasta aquí llegamos. Debemos retroceder –dijo Pájaro Azul.

Lo hicieron hasta el primer desvío, donde esta vez se metieron por el ramal de la izquierda... con idéntico resultado. Una lisa pared frenaba su avance.

–Así que este va a ser el juego aquí... –dijo Árbol con desánimo.

–Esto es un laberinto –respondió cortante Viento del Norte–. ¿Qué esperabas?

214

Desandaron el camino en silencio, con el desánimo flotando entre ellos. Poco a poco vieron que cada uno de los caminos llevaba a una pared similar.

–Es la misma, estoy seguro –dijo Río cuando encontraron de nuevo la roca lisa.

–¿Qué quieres decir? –le preguntó Estrella–. Es imposible que sea la misma pared.

–No, no quiero decir la misma exactamente. Lo que digo es que por este lado encontraremos siempre cerrada la salida, porque todos los caminos se dirigen a esta pared que recorre un gran trecho.

–No podemos arriesgarnos a dejar de seguir uno de los caminos. No sabemos si alguno de ellos nos llevará a la salida –intervino Pájaro Azul.

–Estoy convencido de que podríamos saltarnos todo el lado derecho y volver al principio. La salida tiene que estar por la izquierda.

–Eso es mucho suponer –dijo Piedra–. Si hacemos eso y tienes razón nos habremos ahorrado tener que ir camino por camino de este lado, lo cual será mucho. Pero si te equivocas y recorremos todo el lado izquierdo sin encontrar la salida, habremos perdido tiempo y mucho camino, y tendremos que volver aquí.

–Yo creo que vale la pena acabar con todo este lado primero. Iremos descartando los caminos uno por uno y volveremos hacia atrás teniendo claro que la salida estará en la izquierda –resumió Pájaro Azul.

Todo el mundo asintió salvo Niebla, que seguía sin decir nada.

–¿Qué piensas tú? –le espetó Viento del Norte.

–Bueno, no me parece mal ir descartando todos los caminos, pero también es cierto lo que dice Río. Es probable que todo este lado este cerrado por esa enorme pared que vamos encontrando cada vez.

–¿Y...? –insistió el cazador solitario con tono irritado.

–Tal vez sería buena idea separarnos en grupos más pequeños e inspeccionar cada una de las bifurcaciones a la vez. Ganaríamos tiempo y ahorraríamos cansancio...

–¡No podemos hacer eso! –intervino Árbol–. ¡No te has enterado de que nos están persiguiendo para darnos muerte! ¡Si nos separamos, seremos presa fácil!

Hubo un instante de silencio que Piedra aprovechó para mirar uno por uno a los componentes del grupo. No cabía duda de que ambos tenían razón. Era lógico separarse y recorrer rápidamente cada nuevo brazo del camino, pero también era peligroso hacerlo en grupos más pequeños. De todas maneras, estaba convencido de que los ataques iban dirigidos a tratar de matarlo a él, por lo que, en realidad, el resto de cazadores no correrían peligro aunque se separaran.

Estaban todos muy cansados, podía leerlo en los rostros apagados y las miradas turbias. Llevaban ya tres o más jornadas luchando con aquel maldito laberinto y con todas las amenazas añadidas que encontraban. Era el momento para dejar de lado algunas precauciones si querían salir de allí alguna vez.

–Creo que podemos correr el riesgo de separarnos solo para recorrer cada uno de los pasillos de este lado. No son muy largos y nos ahorraremos mucho tiempo y cansancio.

–Pero... el cazador invisible –intervino dubitativo Pájaro Azul.

–También he pensado en eso, si nos separamos, dejaremos de ofrecerle tantas oportunidades de escoger.

–Eso es una tontería. Si el grupo se divide, es más vulnerable –intervino Viento del Norte.

–Quizás sí, pero si seguimos agotando nuestras energías, no hará falta que se esfuerce mucho en sus ataques, moriremos todos aquí dentro.

Descartadas algunas objeciones más, se formaron los grupos de dos que se agruparon de forma natural, tal y como habían ido cruzando peligros anteriormente. Viento del Norte partió con Semilla hacia el camino de más a la izquierda. Río y Estrella tomaron la bifurcación siguiente. Pájaro Azul y Árbol lo hicieron a continuación, llevándose con ellos al joven Niebla. Finalmente, el propio Piedra, junto con Lluvia, tomó el camino de más a la derecha.

Piedra estaba convencido de que si el atacante desconocido seguía ahí, ese era un buen momento para que los atacara. Si, como se temía, él era la pieza a cobrar, no iba a dejar pasar la oportunidad de intentar abatirlo ahora que eran solo dos.

El desfiladero que habían escogido serpenteaba entre las paredes, algo más bajas que en tramos anteriores, y también se estrechaba conforme avanzaban en su interior. Lluvia iba delante, mirando nerviosamente a las alturas, mientras que Piedra trataba de guardar la calma para poder percibir cualquier cambio, cualquier ruido o crujido que pudiera ponerlo en alerta.

Ninguno de los dos vio venir la primera piedra, una **217** roca de dimensiones considerables que cayó desde las alturas a muy poca distancia de la cabeza de Piedra. Instintivamente, este ya había dado un salto para apartarse, pues sus ojos captaron una especie de cambio en el aire al ser atravesado por el proyectil.

—¡Cúbrete!

El aviso llegó justo a tiempo también para Lluvia, ya que otra roca iba destinada a su cabeza. Sin embargo, el atacante había escogido hábilmente el lugar para lanzar su ataque, ya que las paredes eran allí tan lisas que los cazadores no encontraban lugar para esconderse.

Una piedra algo más pequeña se estrelló a muy poco espacio del pie de Piedra, que trataba de pegarse a la pared tanto como podía. En cambio, Lluvia optó por cambiar de posición para resguardarse en una grieta que descubrió en el lado contrario de donde provenían los proyectiles. Al cruzar la cañada, ofreció durante unos instantes un blanco relativamente fácil de abatir.

El rastreador, que esperaba ese movimiento, apuntó con cuidado y lanzó un proyectil que alcanzó en la espalda a Lluvia que, con un aullido de dolor, cayó al suelo, quedando a expensas de un nuevo ataque que acabara con su vida. Sin embargo, ese ataque no se produjo. Para Piedra, estaba claro que Lluvia era en ese momento un señuelo, y que el rastreador esperaría a que él acudiera en su ayuda para atacar.

El rastreador sacó un nuevo palo de caza y preparó su ofensiva. Sabía que, antes o después, Piedra acudiría en ayuda de su compañero, quien seguía en el suelo reptando muy lentamente para intentar cubrirse. Para estimularlo a actuar, cogió una nueva roca de tamaño más pequeño que la anterior y volvió a lanzarla contra el cuerpo de Lluvia. Acertó de pleno, con lo que el aullido volvió a repetirse.

Ese impacto disparó la acción. Piedra salió corriendo de su precario escondite. No se acercó en línea recta a Lluvia para no ofrecer un blanco tan sencillo de abatir, sino que trazaba curvas cerradas, cambiando de dirección bruscamente para tratar de provocar el error de su atacante.

El rastreador no cayó en la trampa y no se precipitó. Sabía que el momento ideal sería cuando su presa llegara al cuerpo de Lluvia y tratara de cargar con él o arrastrarlo hasta una zona protegida. Preparó su palo y apuntó.

Piedra estaba muy cerca del cuerpo de Lluvia, sabiendo que no había conseguido engañar a su atacante. Se precipitó hacia él y lo agarró de un tobillo, arrastrándolo tan rápido como pudo hacia una de las paredes. Piedra trataba de coger velocidad, pero el cuerpo inerte de Lluvia se lo impedía. La herida de su hombro amenazaba con abrirse de nuevo, pero no podía hacer nada. Esperaba recibir el impacto en cualquier momento.

En ese momento, el rastreador supo que ya era suyo. Sacó un poco el cuerpo por encima del borde del desfiladero para asegurar el tiro. A esa distancia y desde las alturas, no podía fallar, pero no quería volver a cometer ningún error.

Tan concentrado estaba en su lanzamiento, que no vio el palo de caza que se abalanzaba sobre él hasta que ya era demasiado tarde. Trató de girar sobre sí mismo para sortear el golpe o evitar que se clavara en alguna zona vital. Milagrosamente consiguió esquivar el ataque, pero un segundo palo de caza había sido lanzado justo después del primero... y este alcanzó su objetivo.

—¡Piedra, sigue hasta la pared! –oyó que alguien gritaba.

Oyeron el grito de dolor del rastreador y cómo caía su palo de caza, rebotando por las paredes hasta que se rompió en su impacto con el suelo.

Pájaro Azul y Viento del Norte surgieron de su escondite y se lanzaron a ayudar a Piedra con el cuerpo de Lluvia.

—¡Hemos llegado justo a tiempo! –le dijo Pájaro Azul.

—¡Y tan justo, ya creía que no apareceríais!

—Por lo visto no eras el único –intervino Viento del Norte.

—¿Lo habéis matado? –preguntó Piedra.

—No lo sé, ha caído hacia adentro y desde aquí no podemos verlo. Por si acaso, no nos asomemos.

Lluvia se recuperaba de los dos impactos, especialmente el primero. No tenía nada roto al parecer. Cuando se despejó un poco, puso cara de no entender nada.

Piedra se lo explicó.

—Sospechábamos que ese cazador malnacido nos iba siguiendo, aunque la verdad es que no llegamos nunca a detectarlo. Cuando Niebla propuso separarnos, pensamos que era un buen momento para intentar ponerle una trampa y deshacernos de él.

—¿Pensamos? ¿Quién lo pensó?

Viento del Norte se apresuró a responder.

—Nosotros tres.

Lluvia parecía a punto de protestar, pero no dijo nada. El golpe en la espalda se le estaba poniendo violeta.

—La cuestión es que ya hace tiempo que creo que yo soy el objetivo principal que persigue ese loco. Recuerda lo del primer ataque, iba a por mí. Lo de Sombra tal vez fuera un accidente, o tal vez no. Hasta que él me adelantó en el estrecho pasadizo en el último segundo, yo iba en cabeza. Tal vez era yo el que debía caer... En cualquier caso, decidimos arriesgarnos y esperar a ver si nos atacaba de nuevo. Siento que hayas tenido que sufrir este impacto, no pensé que...

–¡Oh... no te preocupes! ¡Me encanta servir de señuelo! –dijo con ironía.

–Lo cierto es que el verdadero señuelo era yo. Viento del Norte y Pájaro Azul nos han seguido a escondidas, esperando que el cazador actuara... y lo han conseguido. Ahora ya no nos molestará más, y...

Unos pasos rápidos se acercaban corriendo por el desfiladero. Los tres cazadores se apresuraron a adoptar una formación defensiva, protegiendo a Lluvia, que seguía en el suelo. Era Árbol, que llegaba corriendo con cara de alarma.

–¡Nos han atacado! ¡Han alcanzado a Niebla!

Dejaron a Lluvia a cargo de Pájaro Azul y volvieron corriendo al principio del desfiladero, donde el resto del grupo esperaba. En cuanto se acercaron vieron el charco de sangre que manaba de la garganta del joven cazador.

Un palo de caza le había atravesado el cuello. Por el ángulo de entrada era fácil adivinar que había sido lanzado desde la parte alta del desfiladero.

15

La reunión estaba alargándose mucho más de lo que cabía esperar, y Lea se paseaba nerviosa por los alrededores de la cabaña donde se llevaba a cabo. No la habían dejado entrar porque era demasiado joven. Le resultaba increíble que, después de haber sido ella, junto con Tilam, la que descubriera la amenaza que pendía sobre todos los chicos que estaban en el laberinto, ahora la dejaran fuera de las conversaciones que se habían puesto en marcha para tratar de buscar una solución. En eso de otorgarse méritos ajenos, los adultos eran unos auténticos expertos.

Al cabo de un rato, algunas mujeres salieron a buscar comida, pues, por lo visto, la reunión iba para largo. Aunque las primeras familias de los chicos del laberinto habían llegado bastante pronto después del aviso que les habían hecho llegar, otras prácticamente tardaron media jornada en acercarse hasta la casa de Tilam, ya que vivían alejadas del poblado. Al final, la reunión había comenzado cerca de la hora de la cena y se preveía que iba a durar hasta la hora del desayuno.

Malanda, la madre de Piedra, se acercó a ellas.

–¿Cómo están las cosas? –quiso saber enseguida Lea.

La mujer le sonrió dulcemente. Ya le habían llegado rumores del interés mutuo entre su hijo y Lea. Estaba contenta porque eso era lo que esperaba que sucediera desde hacía mucho.

–Bueno, verás, los hombres tienden a discutir a menudo más sobre ellos mismos que sobre lo que hace falta...

Lea la miró sorprendida, sin entender.

–¡Bahh! No me hagas caso, son cosas mías, si algún día tienes una pareja con la que formar una familia, descubrirás a qué me refiero.

Lea enrojeció visiblemente, preguntándose si aquella atractiva mujer de rostro ovalado y piel todavía brillante, a pesar de las arrugas, sabía algo de sus sentimientos hacia su hijo.

–Los padres de Niebla, que son los que viven más alejados, prácticamente acaban de llegar, o sea que toda la discusión ha vuelto a iniciarse. Ahora mismo hay dos posturas ahí dentro, los partidarios de suspender la selección, encabezados por tu padre, mi compañero y algunos más, y los partidarios de dejar en manos del hechicero que ponga orden, haga salir de allí al rastreador, evalúe si ha habido daños y decida si la selección debe continuar o no.

–Pero... pero... si Milosh se encarga de todo, lo que hará será tapar lo que no haya ido bien y hacer ver como si no pasara nada. El laberinto es un lugar peligroso, con los ritenhuts y las demás criaturas. Nadie podrá decir si alguien ha sido abatido por el rastreador o por alguna de las bestias.

—Lo sé, lo sé, por eso algunos quieren que se detenga y entrar directamente a sacarlos de allí.

—Pues justo eso es lo que Tilam y yo queríamos hacer.

La mujer la miró unos instantes antes de responder, parecía muy sorprendida.

—¿Vosotras?

—Fuimos nosotras las que nos escapamos del núcleo y rescatamos a Milosh. Nosotras lo forzamos a ordenar al rastreador que dejara de perseguir a Piedra y...

—Explícame eso un poco más —la cortó Malanda.

Tilam tomó el relevo de su amiga y le explicó toda la sucesión de acontecimientos que había acabado con esa larga reunión.

—¿Y cómo pensabais detener todo esto? —preguntó Malanda cuando Tilam terminó su relato.

—Entrando en el laberinto por los pasadizos... —intervino Lea.

Se dio cuenta de su precipitación en cuanto acabó de pronunciar la última palabra. Tilam la miraba horrorizada por haber revelado un secreto que se había comprometido a guardar.

—Yo... lo siento... yo... —consiguió murmurar.

Malanda las miró con una expresión diferente en el rostro. No se mostró sorprendida ni escandalizada por la revelación sobre la existencia de pasadizos secretos en el laberinto.

—Esperad aquí —se limitó a decir con un tono que no admitía dudas.

En cuanto desapareció, Tilam se encaró con Lea.

−¡¿Estás loca?! ¡¿Cómo se te ocurre decir nada de los pasadizos?! ¡Se suponía que era un secreto y tú te comprometiste a guardarlo! ¡Te dije que estaba poniendo en tus manos mi vida y la de mi familia!

−Yo... no me he dado cuenta... Lo siento mucho, Tilam, no quería...

−Si esa mujer entra ahí y les cuenta a todos lo de los pasadizos, vamos a tener muchos problemas. Milosh querrá que le entreguemos las piedras y mi padre se negará... ¡Oh, Lea! ¡¿Por qué no piensas un poco antes de hablar?!

Lea estaba ofendida, pero no dijo nada. Había faltado a la confianza de su amiga, y eso no tenía perdón. Decidieron no decir nada para no hacerse más daño.

Pasado un buen rato, Malanda apareció de nuevo acompañada de su compañero Derthom. Con ellos venía también el padre de Tilam.

−Vamos a ver si aclaramos algo las cosas −empezó Derthom con el rostro cargado de reproche−. Vosotras habéis actuado por vuestra cuenta, desafiando las leyes de nuestro pueblo y desbaratando nuestras tradiciones, que se basan en un orden complejo y a menudo difícil...

−Pero... no... −trató de protestar Lea.

−Silencio, Lea, no nos interrumpas −le ordenó Loptrem con contundencia.

−En cualquier caso, vuestra precipitada e inconsciente aventura ha revelado una conspiración del hechicero para matar a nuestro hijo. Por ese motivo, y solo por ese motivo, te estamos agradecidos.

Hubo una pausa que Lea aprovechó para sonreír, aunque se arrepintió enseguida de haberlo hecho.

–No creas que eso te exime de tu irresponsabilidad. Has puesto en peligro tu propia vida y la de Tilam, has desafiado nuestras leyes y has provocado una crisis interna en nuestro pueblo que ahora estamos tratando de arreglar como podemos. No deberías sonreír mucho, creo yo.

Lea volvió a bajar la cabeza. Tilam intervino entonces:

–¿No olvidáis algo? –dijo con tono desafiante.

–¡Tilam! –la reprendió su padre–. ¡Guarda silencio!

–¡No! No voy a callarme para que nos culpéis de algo de lo que vosotros mismos sois responsables. Vosotros sois los que aceptáis que vuestros hijos tengan que morir en ese lugar y que vuestras hijas sean tratadas como animales a la espera de que alguno de esos chicos decida elegirlas o se conviertan en esclavas del hechicero. Vuestras leyes son injustas y...

–¡Silencio! –gritó Loptrem, que jamás había levantado la voz a su hija.

La sorpresa la dejó muda, pero las palabras ya habían sido lanzadas al aire. Cuando Loptrem volvió a hablar, lo hizo en un tono mucho más bajo, como si se avergonzara de su pérdida de control.

–Vosotras no sabéis nada, y por eso os podéis permitir opinar sobre qué está bien y sobre qué no lo está. ¿Acaso creéis que enviamos a nuestros hijos al laberinto sin sufrir? ¿Acaso piensas, Tilam, que te entregamos a tu propia suerte sin que sangremos por dentro a cada instante esperando que todo salga bien? No conocéis las pesadillas de los padres ni las lágrimas de las madres. Pero vivimos en un planeta que no nos permite dejar que nos gobierne el corazón porque, si lo hacemos, moriremos todos en poco tiempo. La verdad, la pura verdad es que somos demasiados para que podamos vivir aquí. Nuestras leyes son crueles y seguramente injustas, pero son lo único que nos separa de la guerra y de la extinción. Ya pasamos por eso anteriormente. Hubo unos instantes de silencio hasta que Derthom volvió a hablar:

–Ahora debemos volver a la reunión donde decidiremos qué hacer y cómo hacerlo. Vosotras os quedaréis aquí hasta que todo pase, luego ya veremos cómo queda vuestra situación.

–En cuanto a las piedras y las claves... –intervino Loptrem de nuevo–. Les he contado a ellos todo lo que sabemos. Son gente honesta y no dirán nada, pero no debemos volver a hablar del tema con nadie más, ¿de acuerdo?

Lea vio que la miraba a ella directamente, de manera que afirmó con la cabeza.

Cuando los hombres regresaron a la reunión, Lea y Tilam decidieron salir a pasear por los campos cercanos para tratar de calmarse absorbiendo y disfrutando de la luz y el calor que proporcionaba Hastg. ¡Lo habían echado tanto de menos! Rodearon el cobertizo donde las piedras habían vuelto a ser escondidas y salieron al pequeño huerto en el que la madre de Tilam trataba de cultivar algunos frutos y plantas comestibles que les ayudaban a completar su escasa e irregular dieta. Para llegar al bosque cercano, tenían que atravesar una explanada donde Tilam jugaba de pequeña con sus padres y alguna niña que vivía no muy lejos de allí. El cielo anaranjado señalaba que el atardecer estaba en su apogeo. La luz disminuía poco a poco, aunque nunca llegaba a desaparecer del todo. No había noches para poder dormir, así que los habitantes del planeta descansaban en dos o tres tandas a lo largo del día, según la conveniencia de cada núcleo familiar.

Caminaban en silencio, la una junto a la otra, sintiéndose mal por los acontecimientos en los que se habían visto envueltas. Preguntándose si no habían sido demasiado inconscientes o injustas después de escuchar el discurso de Loptrem. Ser padre no parecía tan apetecible como siempre se lo habían planteado, ni tan fácil.

Una voz les llamó la atención e hizo que ambas se volvieran a la vez. Malanda, la madre de Piedra, las llamaba a lo lejos y se acercaba tratando de darles alcance.

Lea y Tilam se miraron, pero ambas se encogieron de hombros.

–Todo eso que habéis oído, es del todo cierto –les dijo en cuanto estuvo lo suficientemente cerca–. Es cierto, pero no es la única verdad. No tenemos muchas opciones de afrontar nuestro futuro en este planeta si seguimos creciendo. Los recursos, la caza, incluso el agua son limitados en esta parte iluminada de Gronjor. Todo eso es cierto, y tal vez la única solución sea someter a nuestros hijos a esa indignidad, a esa carnicería a la que llaman selección. Nuestra historia no juega a favor nuestro...

Se detuvo unos instantes. Lea miró a Tilam sin entender de qué iba aquella declaración. Antes de que esta pudiera responderle, Malanda continuó.

–Voy a contaros algo que solo algunos saben, no muchos. Es algo secreto y que solo me incumbe a mí y a mi compañero, pero que ahora siento que llega el momento de airearlo y dejar que cumpla su papel en este escenario nuevo. Porque, no sé si vosotras sois conscientes, el escenario es diferente por primera vez en mucho tiempo. Vosotras dos lo habéis cambiado, habéis hecho que algunas cosas salgan a la luz: las piedras, los pasadizos, el papel horrible del hechicero. Todo eso ha salido del pozo, y antes de que los hombres buenos como Derthom y Loptrem vuelvan a meterlo dentro y lo tapen para otras cinco generaciones más, es momento de soltarlo y ver qué sucede.

Las dos chicas ponían cara de no entender nada, cosa que advirtió Malanda.

—Ya sé que estoy diciendo cosas que os parecen sin sentido. No os preocupéis, que no me he vuelto loca. Era un discurso más para mí misma que para vosotras dos, para espantar a mis propios fantasmas. En fin, empezaré por algo que sabéis de sobra y algo que no sabéis pero que creo debéis conocer. Piedra es hijo mío, hasta aquí lo que todo el mundo sabe... Sin embargo, su padre no es Derthom... y esto es lo que solo unos pocos conocen.

Hizo una pequeña pausa, un titubeo como dudando en si debía seguir adelante.

Lo hizo.

—Menos gente todavía sabe que piedra es hijo de Junjork, el padre de Milosh...

Como vio que las dos chicas no acababan de reaccionar, trató de aclarárselo.

—Por razones que no os voy a explicar a vosotras ni a nadie, Junjork y yo tuvimos un hijo cuando yo ya era la compañera de Derthom. Ese hijo se llamó Piedra, y Derthom decidió aceptarlo como hijo propio y así lo hemos criado desde pequeño. Piedra no sabe nada de esto, pero pronto lo averiguará. Los tiempos están revolviéndose, plegándose sobre sí mismos. Se avecina un gran cambio, Milosh lo sabe, y por eso tiene miedo, por eso quiere matarlo.

–Espera, espera, espera –intervino Lea–. No puedo seguirte...

–Yo sí –dijo Tilam con decisión.

–¿Pero tú...? ¿Tú y el hechicero?

–No me juzgues, Lea. Tú deberías saber mejor que nadie lo que significa ser diferente.

–No te juzgo, simplemente me ha sorprendido. No es lo habitual que un hechicero... –lo dejó en el aire.

Tilam y Lea se miraron a los ojos y ambas notaron esa complicidad que las iba uniendo cada vez más, la que les permitía comunicarse sin necesidad de palabras. Lea no iba a decir nada sobre ella y Milosh.

–Hay cosas que vienen de muy antiguo, Lea. No siempre hemos estado sometidos a hechiceros crueles que deciden sobre la vida y la muerte. Mucho antes de que ninguno de nosotros fuera más que un soplo de aire, vivían en este extraño planeta muchas pequeñas tribus que cuidaban de lo suyo y de lo que nos era común a todos. Nuestros lazos eran fuertes y nuestros ritos y costumbres eran guardados por mujeres sabias que conocían el lenguaje de todo lo que existe o ha existido. Ellas no veneraban la muerte, sino la vida, y buscaban la armonía y la paz. Sin embargo, algunos hombres ambiciosos nos llevaron a la guerra y a la Gran Rebelión, y eso hizo que los antiguos ritos fueran desterrados a las profundidades de la tierra...

Por unos instantes, sus ojos miraron al sol de Hastg y su mente se deslizó entre una maraña de grandes secretos que no debían ser revelados. De repente, pareció darse cuenta de que estaba hablando demasiado, de manera que dejó atrás el pasado para centrarse en lo que sucedía ante sus ojos.

–Bueno, el caso es que Derthom aceptó que ese niño, y no otro, sería nuestro hijo. Nunca le estaré lo suficientemente agradecida por renunciar a un descendiente de su propia sangre y amar y criar a Piedra como si lo fuera.

–Eso quiere decir que Milosh... –dijo Tilam, dejando en el aire la respuesta.

–Sí, eso quiere decir que Milosh y Piedra son hermanos, por lo menos hijos del mismo padre, ya que, como mandan nuestras tradiciones, nadie sabe quién es la madre de Milosh, ni siquiera él mismo. Ya sabéis que los hechiceros solo tienen contacto con una mujer una vez en la vida...

Lea y Tilam intercambiaron una rápida y significativa mirada.

–Piedra no sabe nada de todo esto, pero Milosh sí, y por eso quiere matarlo –continuó Malanda.

–¿Por ser su hermano?

–Por eso y por otra razón que no puedo explicar, pero que tiene que ver contigo, Lea.

–¿Conmigo?

–Sí, desde el momento en que tú y mi hijo os conocisteis y empezasteis a veros a escondidas...

De nuevo Lea se puso roja.

–No creas que erais tan discretos que nadie más lo notaba. Somos mayores, pero no ciegos.

Una tímida sonrisa cruzó la cara de la cazadora, convirtiendo su rostro, a menudo duro y ofuscado, en una versión mucho más dulce y femenina.

–Ya hablaremos de eso más adelante, ahora debo terminar con lo que os he venido a decir antes de que nadie me vea y se pregunte de qué estamos hablando, sobre todo si es Milosh. Bien, aceptad mi palabra de que Piedra está en peligro por razones que nos sobrepasan a todos. No sé si es cierto o no que el rastreador se ha negado a dejar de perseguirlos o si es un truco de Milosh para ganar tiempo. En cualquier caso, las cosas siguen como estaban, con mi hijo encerrado en ese infierno y perseguido por horribles criaturas y un cazador que algunos consideran implacable. Los hombres discutirán durante mucho tiempo lo que deben hacer, y, tal vez, para cuando se decidan, Piedra ya estará muerto. Eso no puedo consentirlo, teniendo como tengo opciones de cambiar su destino.

–¿Qué opciones? –quiso saber Lea, recuperando su expresión concentrada.

–Las piedras, las que tenéis vosotras, necesitan una clave para ser descifradas. Yo no sabía que tu padre guardaba esas piedras, aunque tal vez tampoco hubiera hecho nada si lo hubiera sabido – le dijo a Tilam–. Lo cierto es que yo respeto las leyes y las tradiciones, pero ahora... las cosas están a punto de cambiar, todo está a punto de cambiar, y yo debo desempeñar el papel que me corresponde.

–¿Cómo sabes que algo va a suceder pronto?

–Créeme, lo sé. Hay cosas que están escritas desde hace mucho tiempo, desde nuestros orígenes en este pequeño y extraño planeta donde nos ha tocado vivir.

–No te entendemos –intervino Tilam.

–No importa, ahora no es momento. Centrémonos en las piedras. Cuando tú me has hablado de los pasadizos, he comprendido que todo estaba saliendo a la luz. Yo sabía de esos pasadizos porque Junjork me lo contó. Hablaba mucho conmigo, me contaba cosas que no debía contarme, pero era un hechicero débil, con poca voluntad y dominado por sus deseos.

Hizo una pausa que todas entendieron, especialmente Tilam.

–Me contó lo de los accesos secretos y lo de las piedras que marcaban su ubicación si tenías las claves. Yo no tengo las piedras con los símbolos, pero sí que tengo las que contienen la sucesión de claves que permiten leerlas y conocer la ubicación exacta de los pasadizos secretos. Junjork mandó hacer una copia de esas claves y me las dio el día que nos entregó a Piedra. Me dijo que tal vez algún día las necesitaría para protegerlo, después de todo, era hijo de ambos. Pensé que eso no pasaría nunca, pero el día, efectivamente, ha llegado. Es hoy y sois vosotras las que deberán utilizar las claves para ayudar a Piedra a salvar su vida.

–Cuenta con ello –afirmó Lea sin dudarlo.

–Bien, tu fama de no retroceder ante nada es merecida por lo que veo. Id al cobertizo y desenterrad las piedras. Copiad exactamente cómo están los códigos que salen en ellas y luego id deprisa a mi casa y buscad un árbol de lumen que crece en la parte de atrás. Una piedra negra se encuentra a unos veinte pasos en dirección al bosque, la identificaréis enseguida. Debajo de ella encontraréis unas piedras rojizas que contienen las claves para entender la información. Descifradla e id en busca de Piedra. Aprovechad los pasadizos para localizarlo y entrar en el laberinto. Sacadlo a él y a cuantos podáis, y luego...

—¿Luego qué? —quiso saber Tilam.

—No lo sé. Todo está cambiando, así que ya decidiremos el paso siguiente cuando llegue el momento.

—No te preocupes, Malanda —le dijo Lea poniendo una mano en su hombro—. Sacaremos de allí a tu hijo.

—Id con cuidado.

Dicho esto, Malanda se dio la vuelta y regresó a la cabaña. Las chicas hicieron lo que les había pedido, desenterraron las piedras y copiaron los símbolos en el mismo orden que estaban en una tela que encontraron en el cobertizo utilizando una brizna de carbón. Luego, decidieron partir a casa de Malanda a tratar de descifrar los códigos gracias a las piedras que esta guardaba a escondidas.

Cuando ya se alejaban, Tilam se detuvo unos instantes, mirando en dirección a su cabaña, donde los hombres seguían reunidos para tratar de afrontar esa crisis que les afectaba familiarmente y también como tribu.

—Nosotras haremos lo que ellos no se atreven a hacer. No te preocupes por tu padre, al final lo entenderá —le dijo Lea.

—No es por mi padre.

—¿Milosh?

—Sí, no olvides que yo todavía le amo. Sin embargo, ahora estoy justo en el bando contrario, haciendo lo que más puede perjudicarle como hechicero.

—Tal vez deberías quedarte. Yo puedo hacerlo sola.

–No, tú no puedes hacer esto sola. Ni siquiera creo que podamos hacerlo las dos juntas. Además, esto lo hago porque creo que es lo justo.

–También él lo entenderá cuando llegue el momento.

–Tal vez el hombre lo entienda, pero no el hechicero. Yo amo al hombre, pero el hechicero jamás me perdonará lo que estoy a punto de hacer.

Emprendieron la marcha de nuevo bajo la luz tenue y anaranjada que desprendía el cielo infinito sobre sus cabezas. Un cielo inalterable que pronto vería cambiar el signo de los tiempos en Gronjor.

16

Había perdido mucha sangre y eso hacía que su estado de confusión fuera mayor a cada momento. Cuando recibió el ataque de aquellos cazadores, no estuvo atento a las señales, y eso le había costado una herida profunda que prácticamente le atravesaba la cadera. A pesar de ello, había conseguido arrancarse el palo de caza que se le había clavado cerca del hueso. El dolor fue tan intenso en ese momento, que estuvo a punto de desmayarse. Recordaba el manantial rojo que surgió del agujero cuando retiró la cuchilla. No podía creer que toda esa sangre fuera suya.

No era la primera vez que sufría una herida. En las muchas jornadas de caza que había llevado a cabo en su vida, había recibido arañazos, picaduras, e, incluso, una vez un gartmihs, el felino silencioso que habitaba en las profundas cuevas de las montañas de Cumt, le propinó un profundo mordisco del que todavía quedaba una cicatriz considerable en su brazo.

Pero nada era comparable a aquello. Haciendo caso omiso del dolor y del miedo, el rastreador dejó fluir la sangre para comprobar que no se volvía más oscura.

–Si la sangre se vuelve negra, date por muerto. Eso quiere decir que algo importante en tu interior se ha dañado. Si eso ocurre, procúrate una muerte rápida clavándote un palo en el pecho o sufrirás el mayor de los suplicios.

Por suerte, la sangre siguió manando limpia y no tuvo que hacer caso a los consejos de su padre. En cuanto pudo respirar de nuevo con cierta regularidad, apretó con fuerza su herida y trató de alejarse de allí, tanteando, apoyándose en uno de sus palos de caza.

Estaba rabioso, y eso le permitía seguir avanzando y no rendirse al impulso de sentarse y descansar. Aquellos cazadores que todavía no eran ni hombres lo habían sorprendido... Peor aún, le habían tendido una trampa y él había caído como un trasgur. ¡Y ni siquiera los había oído llegar!

Él, que se consideraba el mejor cazador del planeta, pero que tenía que redimirse como un esclavo por sufrir el engaño de una mujer... Él, que era capaz de matar a un ritenhut de forma tan silenciosa que ni siquiera la bestia se daba cuenta de lo que le había sucedido...

¡Él... Engañado por unos aprendices de cazador!

La rabia hizo que pusiera un pie tras otro aunque la sangre siguiera saliendo de la herida, traspasando los dedos que trataban de contenerla y dejando un rastro en el suelo que se veía desde cien pasos.

Llegó, sin ser muy consciente de cómo, al saliente de entrada al desfiladero y comprobó que allí había otros cuatro cazadores esperando, totalmente desprevenidos como los trasgur cuando pastaban. Eran tan predecibles... Decidió que se tomaría su venganza allí mismo, en ese momento, a pesar de su maltrecho estado.

Preparó uno de sus palos de caza y se tomó algo de tiempo para apuntar. Su vista se empeñaba en mostrarle las cosas borrosas y dobles, con lo que resultaba difícil fijar el objetivo. Escogió a uno de ellos que permanecía inmóvil y en cuclillas. En caso que detectara el lanzamiento, necesitaría unos instantes para levantarse y echar a correr. Para entonces sería demasiado tarde.

Lanzó con fuerza y delicadeza a la vez, tal como le había enseñado su padre:

–El palo debe ser la extensión de tu brazo. Cógelo con firmeza, pero no lo aprietes, lánzalo con decisión, pero deja que el balanceo sea suave y armónico.

Oyó los gritos de los compañeros de la presa y supo que había alcanzado su objetivo y que la cuchilla había atravesado algún lugar que impedía que la víctima hubiera proferido sonido alguno. O el pecho y muerte fulminante o la garganta y silencio para siempre.

Cayó al suelo y quedó sin fuerzas, dejando que su sangre siguiera exprimiéndole la vida que le quedaba.

Tuvo visiones que le parecieron muy reales.

Él era Brocdam, el cazador que sustituía a Rondo en la leyenda de su pueblo. Se había enfrentado al dogarth y había conseguido abatirlo. Todo el mundo lo adoraba. Ya no era el rastreador y no había quedado atrapado porque aquella maldita mujer lo engañara mandándolo a un lugar sin salida del laberinto. Gobernaba todas las partidas de caza, se enfrentaba a cualquier cazador que lo desafiara, refulgía por encima de todos los demás y honraba la memoria de su padre muerto.

¡Él era Brocdam, el cazador!

Despertó temblando de frío pero sintiendo un enorme calor interior, como si la parte inferior de su cuerpo estuviera metida en una hoguera. Trató de moverse y fue como si mil relámpagos de luz, de esos que devastaban el planeta cada cuatro estaciones, le entraran en el cuerpo y explotaran.

Gritó... pero sin llegar a producir sonido alguno. De alguna manera, dominó el instinto de abrir la boca y dejar salir el aire con toda la potencia que pudieran imprimirle sus pulmones. En medio de su confusión, sabía que alguien lo vigilaba o quería matarlo. Palpó con sus dedos cubiertos de sangre seca allí donde parecía haber entrado el relámpago de dolor y descubrió que la sangre ya no manaba de la herida, aunque en el suelo se acumulaba una buena cantidad de ella, absorbida por el polvo entre las rocas.

Bebió de su vasija y escupió el agua. Bebió de nuevo y se atragantó, pero no dejó de hacerlo hasta que quedó saciado. Luego vacío el resto del líquido sobre la herida para tratar de limpiarla un poco. Rebuscó en la bolsa de caza y sacó una raíz retorcida que empezó a mascar con fruición. Notó que los efectos calmantes hacían su efecto pasado un rato.

Intentó entonces levantarse, pero no lograba alcanzar la verticalidad. Cayó y se golpeo en la herida, con lo que volvió a sangrar, aunque esta vez más ligeramente. Después de varios intentos lo consiguió y, apoyándose en su palo de caza a modo de muleta, empezó a caminar.

Estaba débil, sus fuerzas parecían haberse disuelto en la sangre que había escapado de su cuerpo. Pero le quedaba la rabia...

Esos chicos inseguros y patosos habían conseguido humillarle, pero iban a pagar por ello. Ya tenía previsto liquidarlos a todos ellos, a pesar de que Milosh solo quería que se deshiciera de ese que llamaban Piedra. Sin embargo, él tenía decidido que aquella selección iba a ser recordada por varias generaciones. Cuando descubrieran que ninguno de los cazadores iniciados había conseguido llegar hasta el núcleo, entrarían a comprobar las razones y se encontrarían con la matanza... su matanza.

¡Todos muertos!

Tal vez el hechicero lo amenazara o incluso lo desterrara, pero eso a él no le importaba. Lo fundamental era que, desde ese momento, todo el mundo conocería al rastreador por su nombre de cazador. Todo el mundo sabría que Brocdam era el mejor, el más mortífero de todos los cazadores, y entraría en la leyenda.

Cuando eso pasara, iría a por el dogarth, y después ya nadie olvidaría su nombre hasta el fin de los tiempos.

Llegó como pudo hasta su refugio y durmió profundamente casi media jornada, aunque no estaba del todo seguro, porque allí dentro nadie era consciente del paso del tiempo. El cielo era siempre negro y nada en la naturaleza muerta de los alrededores emitía señal alguna que permitiera saber si la jornada se iniciaba o terminaba. En la zona con luz, el cielo cambiaba desde el rosado de primera hora, al azul impoluto de la hora de la comida o el anaranjado del atardecer.

Despertó agitado y entumecido, pero enseguida supo que las fuerzas volvían a él. Mascó algo de carne seca que había escondido en el pequeño cobertizo en el que decidió instalarse desde que Milosh le encargara la intervención en el interior del laberinto. Utilizando algunos leños resecos y un manto viejo que cogió del núcleo, había improvisado un refugio de caza como muchos de los que había construido en los días maravillosos en que podía salir libre a perseguir presas. Esos días iban a volver, porque lo primero que haría al salir de allí sería reclamarle a Milosh que lo liberara de esclavo o contaría a todos que el hechicero era quien le había encargado la eliminación de los cazadores.

Aguantando los mensajes de dolor que transmitía su cadera herida, trató de pensar con algo más de claridad. Ahora estaba en desventaja con los cazadores que seguían su avance en el laberinto. Ellos ya sabían de su existencia y además estaba herido. Eso equilibraba mucho las fuerzas, pero no lo suficiente.

Lo único que significaba era que debía adaptarse más rápidamente a esa situación para convertirla de nuevo en una ventaja para él. Es lo que hacía cuando perseguía a sus presas, improvisar y adaptarse.

«Si no puedes correr tras la presa, haz que venga a ti. Si es más rápida que tú, lucha en espacios pequeños. Si es más fuerte, utiliza la distancia como arma ¡Adáptate o muere!».

No tuvo que pensar mucho para descubrir la solución. Su ventaja estaba en que podía entrar y salir del laberinto, cosa que ellos no podían hacer. Era mucho más móvil, aunque, con la herida, parte de esa ventaja se perdía pues no podía enfrentarse directamente a ellos. Era más frágil, así que debía buscar algo más fuerte que ellos, algo que pudiera aprovechar esa movilidad para sorprenderlos y abatirlos. La imagen le vino a la cabeza mientras seguía allí tumbado, tratando de recuperar fuerzas.

¿Qué era más fuerte que un grupo de cazadores? ¿Qué podía moverse por los pasadizos para atacarlos cuando menos se lo esperaran?

¿Qué tenía un hambre atroz?

¡Los ritenhuts! ¡Los malditos ritenhuts!

Los atraería hacia los pasadizos y los soltaría justo encima de los cazadores, cuando se encontraran en una situación peligrosa que no les permitiera organizarse.

Situaría a los ritenhuts como fuerza de choque para que los atacaran y los obligaran a luchar o a retirarse hacia donde el dogarth los esperaba. Debía, pues, hacerlos aparecer a sus espaldas, cortándoles la huida y obligándolos a lanzarse hacia el núcleo, hacia el dogarth. Por si acaso preferían luchar, tenía que asegurarse de que los ritenhuts fueran suficientes como para que no pudieran derrotarlos.

−¡Ja,ja,ja! ¡O ser comidos por esas asquerosas criaturas o destrozados por la bestia! −gritó a pleno pulmón.

Se levantó y empezó a caminar dificultosamente por el estrecho pasadizo que corría en paralelo al laberinto, excavado dentro de la propia roca. Milosh le había desvelado la ubicación de todos los pasillos secretos a través del controlador, y él las tenía grabadas en la cabeza como tenía grabadas las sendas de la montaña, las corrientes subterráneas o los caminos que utilizaban los animales que cazaba. Un buen cazador debía ser capaz de retener esas y muchas otras informaciones.

Se dirigió hacia la primera parte del laberinto, donde los ritenhuts podían llegar a apresar a alguno de los que circulaban por allí en una selección. Después, cuando los cazadores ya cruzaban el remolino, las criaturas tendían a quedarse allí quietas, esperando su oportunidad para volver a cazar si alguno de ellos volvía atrás. Eran tan feroces como estúpidas.

De tanto en tanto, algunos de ellos se atrevían a cruzar la superficie del remolino y continuar la persecución más allá. Sin embargo, normalmente el instinto los echaba para atrás en cuanto se acercaban a aquella trampa mortal de vientos huracanados. Tal vez olían a la muerte acechando en esa zona.

Sin embargo, él iba a ponérselo mucho más fácil, aunque primero tenían que superar la desconfianza que mostrarían para adentrarse en un lugar tan estrecho como esos pasadizos, donde solo podían avanzar de uno en uno. Eran bestias precavidas, pero también hambrientas. Pensó que solo debía estimularlas convenientemente.

Llegó pesadamente a una de las salidas que coincidía con la primera parte. Los pasadizos atravesaban la roca o incluso se convertían en pasos subterráneos en algunas zonas e iban directamente de un lado a otro, lo que convertía a sus usuarios en seres muy veloces allí dentro.

Se asomó con precaución al exterior y no vio nada, pero sí que olió la presencia de los ritenhuts no muy lejos de allí. Empujó la puerta de entrada al pasaje, que quedaba totalmente disimulada con la roca y la dejó bien abierta.

Había calculado hacerlos entrar y cerrar la puerta a sus espaldas. Después ya se encargaría de conducirlos por donde mejor le conviniera para que aparecieran donde y cuando quisiera.

Hizo algo de ruido para asegurarse de que los ritenhuts detectaran su presencia. Sintió cómo se acercaban, sigilosos y escondidos tras una elevación del terreno. Se mantendrían ocultos hasta que estuvieran todo lo cerca que les permitiera su escondite. Entonces, se lanzarían sobre la presa haciendo ruido con sus colmillos para que esta, movida por el pánico, corriera sin sentido, permitiendo que la capturaran y la destrozaran.

Cuando consideró que ya los había dejado acercarse lo suficiente, se metió de nuevo en el laberinto, dejando la puerta abierta para que la vieran. Con los ritenhuts había que andarse con ojo, pues era tal su fiereza que uno podía calcular mal las distancias y encontrarse metido en un auténtico problema.

Las criaturas salieron de su escondite ya corriendo, para ganar tiempo y reducir distancias, pero se detuvieron en seco al no ver a su víctima. Podían olerla y oír sus movimientos, sabían que estaba dentro de la roca, pero esa era una situación nueva y eran desconfiados por naturaleza.

Dentro del laberinto, el rastreador daba golpes con su palo para asegurarse que los ritenhuts entendieran que su comida seguía allí, muy cerca.

Una hembra enorme parecía ser la que lideraba el grupo pues todos los demás componentes se mantenían tras ella. Un macho trató de ponerse a su altura para poder estar más cerca cuando se iniciara el asalto, pero la hembra le lanzó una fuerte dentellada a una pata que provocó su aullido de dolor y su retirada inmediata.

Al ver que no avanzaban, el rastreador decidió mostrarse. Lentamente, apareció tras la puerta abierta, retando a la hembra a que lo persiguiese, pero ella no cedía, a pesar de que su ansiedad era evidente. Seguramente llevaba mucho tiempo sin comer. Los ritenhuts podían pasarse muchas jornadas sin más alimento que alguna raíz y frutos marchitos de los helechos que crecían en la zona oscura. Por eso, cuando se presentaba la oportunidad de saborear carne fresca, hacían lo imposible para saciarse tanto como pudieran. Él no significaba una gran comida para una manada como aquella, pero devorarían hasta sus huesos. Cuando capturaban una presa, no dejaban nada de ella... literalmente.

Temiendo que al final decidieran retirarse, el rastreador decidió estimular su olfato, su sentido más poderoso y sensible.

Llevó su mano a la cadera y hurgó en su herida, todavía muy tierna. La sangre no tardó en manar, primero en forma de minúsculas gotas y después casi como un pequeño manantial. Soportó el dolor como lo había soportado muchas otras veces; era cuestión de voluntad, y nadie dominaba la voluntad como él.

El olor a sangre fresca se esparció rápidamente y llegó hasta los sensibles receptores que tenían los ritenhuts en su chato apéndice nasal.

Aquello acabó con cualquier resistencia.

Enloquecidos por el olor, se lanzaron tras su presa, empujándose y mordiéndose entre ellos, sin respetar rangos ni jerarquías. La hembra logró llegar en cabeza tras derribar a un macho de un mordisco.

Su enorme cuerpo se metió a toda velocidad en el estrecho túnel, seguido por una marabunta de ritenhuts que chocaban unos contra otros para conseguir meterse por aquella extraña abertura en la roca.

De alguna manera, guiada seguramente por su instinto, la hembra sospechó que aquello era una trampa y trató de rectificar, pero ya no podía dar la vuelta en aquel espacio tan reducido y era empujada hacia delante por los otros ritenhuts que trataban de meterse dentro.

El rastreador salió del laberinto por una abertura lateral que desembocaba en la misma explanada donde los últimos ejemplares de la manada seguían empujando para entrar tras los otros. Sin llamar su atención se colocó en una posición en que pudiera cerrar la abertura en cuanto entraran todos.

Sin embargo, el último de ellos detectó algún movimiento extraño a sus espaldas y se giró. Descubrió al rastreador y trató de lanzarse sobre él. Prevenido como estaba, lo esquivó con alguna dificultad, pues le costaba moverse lateralmente. De una sola estocada, clavó una cuchilla en el cuello de aquella hembra de pequeño tamaño que sin duda ocupaba un lugar muy bajo en la estructura de la manada. Con un fuerte empujón, que agotó buena parte de sus energías, cerró la abertura y se tumbó a descansar.

En el interior se oían aullidos y golpes terribles que auguraban que no todas las bestias saldrían de allí vivas.

Le quedaba la segunda parte, localizar a los cazadores y llevar hasta ellos al ejército rabioso que acababa de reclutar forzosamente.

Serían sus soldados invencibles.

Tras descansar un buen rato, siguió el camino hasta llegar a los alrededores de la explanada del remolino. Se cercioró de que no soplaba el viento asesino y avanzó hasta el límite donde la roca se convertía en tierra y accedió a otro pasadizo secreto que surgía tras un saliente afilado que no invitaba a acercarse. Siguiendo de memoria el pasadizo y avanzando sin dudar en cada bifurcación, llegó con rapidez hasta la zona donde le habían herido. Salió al exterior y buscó las huellas que habían dejado, descuidadamente, los ocho cazadores que quedaban. No vio que nadie arrastrara algún cuerpo, por lo que supuso que las heridas que había infligido con las piedras a uno de ellos no habían sido demasiado graves. En pocos pasos encontró el montículo donde habían enterrado al cazador que abatiera desde lo alto del desfiladero. Seguramente pensaban en volver más tarde a por él para lanzarlo como correspondía al mar de Okam, pero eso no sucedería, ya que ninguno de ellos saldría vivo de allí.

No tardaría en localizarlos pues se dirigían hacia el núcleo, en busca de una salida que jamás encontrarían. Dando pasos largos, apoyado en su palo de caza, tomó el desfiladero que al final tenía salida y siguió las huellas hasta el arco de piedra que daba paso a la nueva etapa.

Allí los encontró a todos, descansando tranquilamente antes de continuar la marcha. No estaba en condiciones de un nuevo enfrentamiento, de manera que se ciñó a su plan. Se dirigían a los estrechos Pasos de Klaridor, que discurrían sobre lagos de un agua amarillenta que surgía de las profundidades de Gronjor. Esa mezcla de sustancias estaba cargada de una ingente cantidad de minúsculos insectos que se alimentaban de los minerales y otras sustancias que contenía el compuesto fétido y caliente. No resultaban peligrosos para los cazadores salvo si alguno de ellos caía en el líquido. Entonces se volvían voraces y atacaban por miles al intruso. Eran capaces de disolver la materia orgánica a una gran velocidad y nunca dejaban escapar una víctima una vez había caído en su poder.

Tal vez aquel sería un buen terreno para enfrentarlos con los ritenhuts. O estos los devoraban o los hacían caer al líquido que llamaban inflgot. Fuera como fuera, morirían sin llegar al núcleo.

Su triunfo y su libertad serían los únicos que saldrían vivos de allí.

17

Las cosas seguían empeorando, deslizándose hacia ese abismo que no se veía pero que presentía que estaba ahí, esperando a que todos ellos fueran cayendo. Las señales iban sucediéndose, una detrás de otra, implacables. Todas ellas marcaban una senda que se inició el día en que su padre sucumbió a la tentación de dejarse llevar por sus propias apetencias, poniéndolas por delante de su sagrado deber como hechicero miembro de la estirpe originaria que cambió el destino de la tribu y la salvó de la extinción. Pero parte de la culpa era suya también, por no intervenir cuando tocaba hacerlo, por no hacer caso a lo que estaba escrito y no matar a Piedra cuando era un ser indefenso. Lo pensó muchas veces, e incluso lo intentó en una ocasión, pero al final no pudo hacerlo. Lo tuvo en su poder un día que su madre adoptiva lo dejó durmiendo en la parte exterior de la cabaña donde vivían. Por aquel entonces, Milosh era todavía un niño, pero tenía muy claro que Piedra iba a significar un problema en algún momento de su futuro, por eso lo vigilaba a menudo. Se acercaba a hurtadillas a la cabaña de Malanda y veía como le cantaban canciones y lo mimaban y alimentaban. Él, en cambio, no había conocido ni conocería jamás a su madre, les estaba prohibido como hechiceros que intentaran averiguar quién los había engendrado. Aquel día, se acercó con la idea de cogerlo y lanzarlo al mar de Okam, donde jamás encontrarían ni sus restos, pero la visión del crío durmiendo plácida e inocentemente en su canasta pudo más que su odio y su rabia.

Ahora debía cargar con la culpa de no haber hecho lo que se esperaba de él. Había permitido que Piedra creciera, y su relación con Lea había sido la chispa que iniciara el camino del desastre.

Pero todavía podía apagar esa mecha.

La reunión con los padres de los cazadores solo había significado una humillación más. Tuvo que dar explicaciones de sus actos y de sus decisiones. Tuvo que pedir disculpas por ordenar la muerte de Piedra y justificarse por tratar de salvarlos a todos. ¡Ellos no lo entendían!

Incluso trató de explicarles que su destino común estaba escrito en algún lugar remoto de la zona muerta, aquella parte del planeta a la que nadie podía acercarse. Una extensión desconocida y sumida en la más profunda de las oscuridades. Allí se escondía el secreto de su futuro, y él debía asegurarse de que nunca fuera revelado.

No quisieron escucharle y, lo que era peor, ni siquiera le mostraron el respeto que merecía por su condición de hechicero único de su pueblo. Hubo reproches y alguna voz más alta de lo normal. El padre de Piedra llegó a amenazarle con reunir al Consejo de Cazadores para pedir que le quitaran parte de sus poderes y deshicieran ese ejército de esclavos de pañuelo blanco que solo obedecía sus órdenes. Al final, se llegó a una solución de compromiso. Milosh iría al laberinto y se aseguraría de que el rastreador obedecía sus instrucciones y no intervenía más en los acontecimientos que tuvieran lugar en su interior. Igualmente, se informaría a las familias del estado de todos y cada uno de los chicos que se encontraban allí dentro y, en compensación por el hostigamiento que habían recibido, se eliminaría del recorrido la parte en que debían atravesar los dominios de dogarth, pasando directamente al núcleo para escoger a sus parejas.

Milosh lo aceptó con la convicción de que, una vez todo aquello hubiera pasado, recuperaría poco a poco las parcelas de poder que ahora se veía obligado a ceder. Con el tiempo, todo volvería a la normalidad.

Pero la realidad se empeñaba en desmentir esa sensación.

Cada nuevo elemento que surgía, le convencía más de que la cuenta atrás se había iniciado y que ya nada podía pararla.

Mientras cabalgaba a lomos de un nuevo troncat hacia su poblado, acompañado por una escolta de quince esclavos que habían ido a buscarlo a la cabaña de Tilam, el hechicero tuvo tiempo de poner un poco de orden mental en los acontecimientos y así tratar de anticiparse al siguiente eslabón de aquella cadena descontrolada.

251

Todo había empezado el día que su padre lo mandó llamar y le dijo que había llegado el momento en que debía conocer algunos secretos como futuro hechicero de su pueblo y que se preparara para acompañarlo en un viaje a la zona muerta.

Milosh recordaba algunos episodios ocurridos allí como los más terroríficos que jamás hubiera vivido. La llegada al límite oscuro, a partir del cual ninguna luz penetraba, por pequeña que fuera, marcó el inicio de un conocimiento que aumentó su poder, pero comprometió su vida para siempre.

La profecía estaba escrita en las paredes de la gran cueva a la que los hechiceros llamaban la Boca del Mundo, y hablaba de las cosas que ahora estaban pasando. Aparecía Piedra, hijo ilegítimo de un hechicero, y también Lea, descendiente de Rondo, el único cazador que había logrado adentrarse en esa parte escondida e inaccesible del planeta Gronjor. Ellos eran el principio de lo que podía significar su final como pueblo soberano y dominador en el planeta.

Pero también conoció la verdad de su pasado, de cómo la rebelión y el abandono de las leyes primigenias, por culpa de la condescendencia de las mujeres hechiceras, provocó la sobrepoblación y con ella el hambre, la guerra y casi la extinción. Devastadores desastres que estaban descritos en las paredes de la gran gruta. Vivió todo aquello junto a su padre y absorbió los detalles con concentración y sintiendo que un nuevo poder crecía en su interior, preparándolo para su sagrada tarea como guía de su pueblo.

Pero fue también allí donde nació una imagen que lo perseguía en sueños desde que hizo esa visita ritual, la de un grupo de mujeres muy viejas que, a la tenue luz de una pequeña fogata, realizaban ritos antiguos y prohibidos.

Y ahora volvían a estar a punto de una nueva rebelión, iniciada precisamente por Piedra, agrupando a los cazadores en el laberinto a pesar de estar prohibido por las leyes de la selección. También el rastreador se había negado a obedecer. Lea y Tilam huían del núcleo contra todas las tradiciones y ahora las familias reclamaban una disminución en el poder del hechicero.

Las señales iban surgiendo... una tras otra. Su desliz con Tilam, el accidente y la picadura del muntgar, la aparición de Préndola... Piezas sueltas que, poco a poco, iban encajando hasta componer una nueva imagen.

Una premonición peligrosa.

Ya hubo una pequeña revuelta dos generaciones atrás, pero nada de lo que pasó formaba parte de la profecía contenida en esa cueva. Fue solo una batalla por los territorios, por desafiar los derechos de algunas familias a disponer de las tierras más fértiles. Se aplacó con derramamiento de sangre y muchos esclavos nuevos.

Ahora las cosas eran diferentes, porque todo estaba escrito.

Tenía que detenerlo antes de que llegaran al punto sin retorno. Era su responsabilidad y su deber.

Longon, su segundo que quedaba al mando del poblado cuando él no estaba, acudió a recibirlo con una nueva señal.

—Milosh, hemos sabido de tu gran batalla con los muntgars y...

—¿Batalla? ¿Qué batalla? Déjate de alabanzas estúpidas. No hubo ninguna batalla, me desmayé y me picaron. Eso fue todo.

–Ehhh... bueno, como tú digas.

Milosh vio que dudaba en explicarle algo o esperar a más adelante. Longon era un esclavo eficiente, pero no muy valeroso.

–¿Qué quieres Longon? No estoy de muy buen humor que digamos.

–Bueno, la cuestión es que ha llegado un mensajero desde el laberinto y quería verte. Como no estabas, lo he atendido y nos ha transmitido una información sobre algunos sucesos alarmantes que están surgiendo allí, y...

–¡Al grano, Longon!

–Sí, a eso voy. El controlador nos envía información... No el viejo controlador que tú degradaste, sino el nuevo, ese chico joven y sin experiencia que no sabía...

–¡¿Quieres acabar como él?! ¡¿Qué demonios está pasando en el laberinto?!

–El rastreador se ha vuelto loco y ha matado a algunos cazadores allí dentro. De los quince que empezaron, tres cayeron al principio y dos fueron abatidos por el remolino o por los ritenhuts. Él ha matado a dos más y ha herido a otros dos...

–¡Maldita sea! ¿Dónde está ahora?

Vio que su ayudante titubeaba de nuevo.

–¡¿Dónde?!

–Desde que le llegó la orden de abandonar su misión, no ha vuelto a salir del laberinto. Íbamos a enviar a unos cuantos guerreros a buscarlo, pero esperábamos tus instrucciones. Además...

–¡¿Además qué?! ¡¿Qué hay más?!

–No sé cómo explicarlo... ¡Oh gran Milosh!

Estaba claro que iba a tener que librarse de ese incompetente y asustadizo ayudante.

–Simplemente hazlo –dijo tratando de no gritar para no asustar todavía más al esclavo.

–En realidad no estamos seguros de qué pretende, pero lo cierto es que ha metido a toda una manada de ritenhuts en... en... El controlador dijo que tú lo entenderías. En las entrañas del laberinto... Eso dijo.

¡Claro que lo entendía! Los ritenhuts estaban en alguno de los pasadizos secretos. Realmente el rastreador había sobrepasado todos los límites y sería castigado por ello con la muerte.

–Reúne a todos los esclavos que puedas, ármalos y que estén dispuestos antes de que yo termine de lavarme y haga los conjuros necesarios para nuestra misión. Que esperen aquí hasta mi llegada, o mejor aún, que una buena parte salga ya y esperen en la entrada del laberinto hasta que yo llegue.

–¿Debo llamar a todos o solo a los guerreros blancos?

Longon parecía haber recuperado de golpe su eficacia habitual. Ahora pisaba terreno conocido, solo tenía que cumplir instrucciones.

–Solo a los blancos –respondió Milosh en referencia a los esclavos de pañuelo blanco, los únicos capaces de luchar.

¿Para qué quería ese perturbado meter a los ritenhuts en uno de los pasillos secretos? Ahí no podían atacar a nadie... ¿Había cambiado de idea y ahora decidía proteger a los cazadores? Lo dudaba mucho, Milosh conocía su historia y sabía que era un ser resentido y amargado que odiaba a todo el mundo. Ahora que había empezado a matar, ya nadie iba a pararlo...

De repente, la solución le vino a la cabeza. Iba a lanzar a esas bestias sobre los desprevenidos cazadores allí donde se encontraran. Por eso había metido allí a las criaturas feroces, para atajar camino y sorprenderlos en alguna zona delicada del laberinto. Era un plan macabro, pero genial. A ese loco más valía no tenerlo como enemigo.

Mientras trataba de quitarse de encima las humillaciones y el polvo bañándose en una gran tinaja, se preparó mentalmente para lo que le tocaba afrontar. Estaba convencido de que se enfrentaba a la peor crisis de supervivencia a la que nadie, salvo Ghrupador y los primigenios, había tenido que hacer frente. En el mejor de los casos, sus poderes como hechicero se verían reducidos y sus acciones controladas por el Consejo de Cazadores, que ya hacía tiempo que buscaba la manera de cortarle las alas. En el peor, todos morirían cuando se desencadenaran los grandes desastres que la profecía señalaba.

Untado con aceites aromáticos, trató de realizar los rituales antiguos que su padre y el padre de su padre realizaban cuando debían recibir la fuerza de la vida, la que necesitaban para enfrentarse a los grandes problemas. Realizó los movimientos, pero su fe era escasa y estaba dispersa. La paz no lo alcanzaba.

Tilam se aparecía ante él como un peligro y una tabla de salvación.

No dejaba que su espíritu descansara en paz y se concentrara en la ardua tarea que lo esperaba.

Su voluntad estaba vencida por otro sentimiento mucho más poderoso, incontrolable como las hirvientes olas del mar de Okam, inaccesible como las profundas simas de la zona muerta, vivo como los animales que pastaban en los bosques o volaban libres en el cielo rosado de cada nueva jornada... Era amor, era emoción, era pasión... Era algo que jamás había pensado que quemara como quemaba.

Finalmente, alcanzó el éxtasis, pero no como pensaba, sino a través de la visión de Tilam. Tuvo visiones de un hijo propio al que legaría su poder y su conocimiento.

Lo vería crecer y se dedicaría ciegamente a instruirlo en los secretos de Gronjor, en la profecía contra la que ahora luchaba, en el laberinto y sus pasadizos... hasta que llegara el momento en que le fuera reclamada la marcha. Un día su hijo se acercaría y le diría lo mismo que él le dijo a su padre.

–Es hora de partir hacia el mar de Okam.

Él aceptaría ese momento y marcharía en silencio hasta el Risco de la Redención, desde donde contemplaría aquellas aguas hirvientes que se extendían más allá del horizonte y realizaría el ritual del cazador, porque solo los cazadores podían lanzarse al mar de Okam y recibir la muerte que les estaba reservada.

No sería como su padre, que imploró por su vida hasta el último momento. Él no iría y volvería de allí llorando como una vieja por el miedo a morir.

Su hijo no sentiría la vergüenza que él sintió ni tendría que llamar a Préndola como él tuvo que hacer.

–Te pido un veneno que haga su efecto rápido y sin sufrimiento, pero que no mate, solo debe dejar sin voluntad a la persona que lo tome.

–Debes explicarme para qué lo quieres.

257

–Soy el hechicero, no te debo explicaciones.

–Entonces hazlo tú...

–Espera, Préndola, te lo suplico... Ayúdame a conseguir que mi padre cumpla con su destino.

–¿Por qué debería hacer yo eso? ¿Por qué debería ayudarte? ¿Acaso no recuerdas que tú mismo me desterraste a los desiertos?

–Lo recuerdo. Pero esto que te pido es para que las tradiciones se cumplan y mi padre ocupe el lugar que le corresponde en su viaje al mar de Okam.

–¿No quiere lanzarse desde el risco?

–No.

–¿Tiene miedo a morir?

–Sí.

La mujer lo miró con esa superioridad que siempre había mostrado. Milosh tuvo que morderse el labio para no decir nada.

–Dale de beber agua de lluvia en la que hayas mezclado corteza raspada del lumen y este polvo blanco que te doy. En poco rato tu padre caerá en un estado de sueño sin dormir. Podrá andar y te seguirá adonde le lleves. Lo demás ya es cosa tuya.

–Te estaré siempre agradecido, pero te pido, te suplico nuevamente que nunca digas nada de esto.

–No lo haré, pero tú y yo sabremos que lo hiciste –le dijo Préndola antes de irse–. Y un día no muy lejano, tal vez venga a reclamar la deuda.

Milosh lo empujó al mar después de ayudarlo a realizar el ritual. Su padre no gritó cuando las aguas se lo tragaron. Solo levanto su mano hacia él, pidiendo una ayuda que no llegaría.

Todavía tenía pesadillas en los períodos en que el sueño lo vencía. Todavía contemplaba esa mano estirada hacia el cielo anaranjado del atardecer. Su hijo no tendría que pasar por eso. Cuando llegara el momento, él saltaría sin ayuda y sin mirar atrás.

–Tu montura está preparada –le interrumpió una de las esclavas más jóvenes a su servicio. A pesar de llevar el pelo recogido debajo de su pañuelo rojo, tenía unas facciones muy suaves y bonitas. Milosh contempló cómo se movía a su alrededor y se sintió perturbado por esa presencia femenina, algo que jamás le había pasado con una esclava. Tuvo que despedirla y acabar de vestirse solo.

Sus sentimientos con Tilam lo estaban volviendo más un hombre, más como los demás, más débil, más vulnerable, pero también más receptivo a un tipo de felicidad que jamás había sospechado que existiera. Se sentía, por primera vez en su vida, parte de aquel mundo de relaciones en el que los demás gastaban tantas energías.

Sin embargo, este no era el momento de flaquear ni de dejarse arrastrar a ensoñaciones poco oportunas y nada adecuadas para el hechicero. Ahora tocaba luchar para mantener el orden en el que creía y que había jurado defender cuando su propio padre le impuso el manto de hechicero.

Debía volver al laberinto.

–¡Preparad la marcha! –gritó desde la puerta de su cabaña.

Partió acompañado por veinte esclavos armados, pues no quería que volviera a sucederle ningún contratiempo por el camino. Apretó el ritmo, haciendo galopar abiertamente a los troncats por los polvorientos senderos que se adentraban en la zona oscura. Los que no tenían montura, tuvieron que correr mucho para no quedar muy atrás.

Giró sobre su montura y observó como la luz iba desapareciendo conforme se adentraban en aquella extraña tierra sombría. Reprimió un escalofrío y, por un instante, tuvo la sensación de que jamás regresaría para sentir cómo los rayos de Hastg calentaban su rostro.

En ese mismo instante, no muy lejos de allí, también Préndola miraba hacia la luz que se alejaba. Estaba preocupada porque ese viaje hacia el laberinto venía cargado de malos augurios. A su lado caminaban cuatro hombres que habían sido escogidos por las familias para ir hasta el laberinto a comprobar que Milosh cumplía con sus acuerdos. Entre ellos estaban Derthom y Loptrem, los padres de Piedra y Tilam. Ni ellos ni el resto de cazadores se fiaban ya del hechicero.

18

La marcha había sido lenta y silenciosa por culpa del abatimiento, el cansancio y los dos heridos. Lluvia seguía sintiendo dolores por el impacto de los dos proyectiles lanzados por el rastreador, y a Piedra se le estaba hinchando toda la zona donde la cuchilla del palo de caza del rastreador había penetrado en la carne, lo que le producía bastante sufrimiento y lo mantenía más sombrío e impenetrable que de costumbre. Para todos ellos, la muerte de Niebla había sido un golpe muy duro. Por un momento, pensaron que habían logrado un gran triunfo, que habían tendido una trampa al cazador invisible que los perseguía y lo habían abatido. Se sintieron bien, como los grandes cazadores que iban a ser cuando salieran de allí y gozaran de la consideración de toda la comunidad que les otorgaría un nombre de hombres. No esperaban que aquel malnacido se recuperara tan pronto y se lanzara sobre otro de los componentes del grupo.

Estaban convencidos de que Piedra era la presa de ese asesino, y por eso decidieron preparar una trampa usándolo como cebo. Dejaron que marchara con Lluvia por uno de los desfiladeros que estaban explorando, y, solo después, Viento de Norte y Pájaro Azul revelaron al resto del grupo que se habían puesto de acuerdo con Piedra para seguir sus pasos y prepararse para repeler y devolver el ataque que estaban seguros se produciría.

Y lo habían conseguido, Viento del Norte estaba convencido de haber alcanzado al cazador, cosa que después pudieron confirmar al encontrar gotas de sangre que caían de la parte alta del desfiladero.

No contaban con que el cazador aprovechara la oportunidad para matar a Niebla en una especie de venganza enloquecida y sin sentido, ya que era evidente que la víctima podía haber sido cualquiera de ellos.

Todos se habían convertido ya en sus presas.

Recorrieron metódicamente el resto de desfiladeros del lado derecho y después empezaron los del izquierdo. Todos ellos terminaban en la misma pared rocosa y empezaban a preguntarse si saldrían alguna vez de allí cuando, en uno de los desfiladeros, encontraron un arco de piedra que daba acceso a una entrada en aquella pared interminable. Habían encontrado la salida.

—Descansemos un rato —propuso Pájaro Azul.

—¿No sería mejor seguir adelante? —intervino Río.

—No os preocupéis por ese demente... —dijo Viento del Norte—. Ya hemos visto que estaba herido, o sea que no atacará hasta que recupere las fuerzas.

—Ya —respondió Río—. ¿Como cuando mató a Niebla mientras se suponía que estaba medio muerto por tu ataque?

—No pudimos hacer nada —respondió Pájaro Azul.

–A lo mejor tú lo hubieras hecho mejor, ¿no? –preguntó ofendido Viento del Norte.

–Tal vez –insistió Río.

–Sí... seguro. Probablemente a estas alturas estarías clavado en una de las paredes del remolino o serías pasto de los ritenhuts. No hubieras llegado aquí tú solo ni en veinte ciclos.

–¿Qué insinúas?

–No insinúo, afirmo.

–¡Basta! –cortó Piedra–. Lo último que necesitamos ahora es que nos dediquemos a las peleas entre nosotros. Tenemos todavía por delante los peligrosos Pasos de Klaridor y atravesar los dominios del dogarth. Nos persigue un cazador tan despiadado como hábil, sin olvidar a los ritenhuts, que de momento no han vuelto a aparecer, pero pueden hacerlo cuando menos lo esperemos. Olvidad las peleas hasta que salgamos de aquí, ¿de acuerdo?

Nadie dijo nada, pero se instauró una tregua.

Semilla se acercó a Piedra y retiró con cuidado la pasta reseca que cubría la herida.

–Hay que cambiar esto. Cuando se seca, los efectos curativos de esta mezcla desaparecen. ¿Cómo te sientes?

–Pues verás, noto como si mil cuchillas cortantes estuvieran insertadas en la carne viva de mi hombro. Cada vez que lo muevo, siento como si me atravesaran con un palo de caza. Me duele la cabeza y el brazo se ha quedado como entumecido. Por lo demás, estoy fantástico.

Trató de sonreír y Semilla hizo lo propio.

–Te daré una raíz que...

—No, gracias, no más raíces. Tengo los dientes molidos de tanto mascarlas y me duele la mandíbula. Mejor me aguanto el dolor.

—Créeme, es mejor que masques un rato más o el dolor crecerá y desearas que te sean los dientes los que te molesten.

Le alcanzó una raíz negra y retorcida que había sacado de su bolsa.

—Está bien —aceptó Piedra mientras arrancaba un trozo para metérselo en la boca.

—Voy a preparar otra mezcla para la herida. Será mejor que no veas cómo lo hago. Cuando la tenga lista, te la aplicaré.

Tan pronto como se quedó solo, Piedra cerró los ojos y trató de descansar. No lo consiguió.

—¿Qué sabes de los Pasos de Klaridor?

Piedra abrió los ojos y se encontró con Pájaro Azul a su lado. Inmediatamente este se dio cuenta de que Piedra trataba de descansar y se disculpó.

—¡Oh, perdona! No me había dado cuenta de que... ¡Lo siento!

—No te preocupes, solo había cerrado un momento los ojos para ver si encontraba una solución a todos nuestros problemas.

Ambos sonrieron con cierta amargura, pero con la intensa complicidad que había surgido entre ellos en esa dura etapa.

—¿Qué decías de los Pasos?

—No, bueno, que he estado preguntando a los chicos lo qué sabían de allí, y solo me cuentan que son muy estrechos, que resbalan y que siempre se les ha advertido que procuren no caer al líquido que corre por debajo, pero nadie sabe muy bien por qué...

–Me temo que yo tampoco –respondió Piedra–. Mi padre los atravesó en su momento sin demasiados problemas y solo me contó lo que todos hemos oído.

–¿Esa historia sobre unas criaturas minúsculas que lo devoran todo en pocos segundos?

–Sí, eso cuentan, pero yo no sé si es cierto o solo otra historia terrorífica para meternos miedo.

–Con todo lo que hay aquí dentro, no creo que haga falta inventarse nada.

–En todo caso, será mejor que actuemos con todas las precauciones necesarias para que nadie caiga y compruebe si lo que explican es cierto.

Pájaro Azul levantó la vista hacia las altas paredes y dijo:

–¿Crees que volverá?

–No lo sé. No tengo ni idea de si nuestro ataque lo hirió gravemente o solo fue un arañazo. Sin embargo, ese cazador ha demostrado ser muy perseverante en lo que se refiere a matarnos, será mejor que actuemos también con mucho cuidado, como si pudiéramos volver a encontrarnos con él allí dentro.

–Sí, a mí también me parece que volveremos a saber de ese loco. Bueno, descansa un poco y...

–Pero ¡¿qué demonios...?!

Al levantarse Pájaro Azul, había dejado a la vista las evoluciones de Semilla con las plantas que pretendía convertir en una pasta para aplicar a su hombro. Las sujetaba en una postura algo forzada, manteniéndolas por debajo de su cintura mientras un chorro de líquido caía sobre las ramitas de forma constante.

Estaba orinando en ellas.

Piedra prefirió no decir nada y mirar hacia otro lado.

Cuando hubieron descansado, atravesaron el arco de piedra y volvieron a meterse bajo tierra. Antes de empezar a bajar, Árbol se quedó un rato mirando hacia atrás, hacia las paredes de roca.

−¿Qué ocurre? −le preguntó Semilla al pasar por su lado.

−Siento que algo nos persigue −respondió.

−¿Te refieres a ese cazador asesino?

−Sí y no. Tal vez todavía esté vivo y vuelva a atacarnos, pero es como si algo malo viniera hacia nosotros desde dentro de la tierra misma.

−No te entiendo.

−No me hagas caso, debe ser que toda esta violencia me afecta.

−Vamos −le dijo, poniéndole una mano sobre el brazo−. Sigamos al grupo.

Descendieron por unos gastados e irregulares escalones excavados en la roca hasta llegar a una pequeña cueva subterránea de donde partían más de diez caminos diferentes.

−Ya empezamos −dijo Lluvia, hastiado.

−¿Por qué crees que a esto le llaman el laberinto?

−Mi padre me contó que escogió el primer camino a la derecha −dijo Río.

−El mío cogió el de la izquierda −intervino Semilla.

−Como el mío −dijo Viento del Norte.

−Pues mi padre me dijo que eligió el tercero a partir de la izquierda −intervino Árbol.

–Eso quiere decir que, en este caso, todos llegan al final. Lo que habrá que ver es cuál de ellos nos lleva por la ruta más fácil –concluyó Pájaro Azul.

Discutieron las alternativas y al final decidieron escoger el camino de la izquierda.

Pronto vieron que, en realidad, un poco más adelante, todos los caminos avanzaban más o menos en paralelo. Algunos eran más estrechos en algunos sitios, pero parecían bastante similares. La dificultad no debía ser la ruta escogida, sino avanzar por ella.

Pronto supieron por qué.

Los pasos se estrecharon todavía más al llegar encima de una enorme corriente subterránea que corría no muy abajo de donde los caminos se convertían en puentes estrechos que atravesaban aquella gran extensión de agua amarillenta que llamaban inflgot. Cada uno de los senderos se convertía en un delgado puente que serpenteaba hacia el otro lado, hacia una nueva tierra firme. El objetivo estaba claro, debían atravesar por los pasos de piedra sin caer al líquido que corría por abajo. Allí se suponía que los esperaban las grandes jaurías de insectos voraces para despedazarlos en pocos instantes.

–Iré yo primero –proclamó Viento de Norte.

En cuanto puso el primer pie en el puente, supo que aquello no iba a ser nada fácil.

–Resbala mucho. Id despacio y separaos los unos de los otros. Si alguien cae, que no arrastre a los demás.

A pesar de su destreza, tardó bastante rato en atravesar aquel largo puente. Al llegar al otro lado, hizo una señal con la mano y salió el siguiente, en este caso, Estrella.

Fue entonces cuando se oyeron los aullidos.

–¡Ritenhuts! –gritó Pájaro Azul–. ¡Vienen hacía aquí!

–¡¿De dónde han salido?! –preguntó Lluvia sin obtener respuesta.

–Te dije que algo se nos venía encima –le dijo Árbol a Semilla.

–¡Vamos, Estrella!

Piedra enseguida se dio cuenta de que no conseguirían pasar todos si seguían a ese ritmo. Estrella cruzaba tan deprisa como podía, pero no era posible ir más rápido con aquel suelo tan resbaladizo.

–¡A los otros puentes! –ordenó Pájaro Azul, que miraba nervioso hacia atrás, de donde procedían unos aullidos que, poco a poco, iban acercándose.

–No tendremos tiempo –respondió Piedra, con la serenidad y el rostro impenetrable que lo caracterizaba.

Sin embargo, decidieron lanzarse a intentar cruzar por los otros puentes, que no estaban demasiado alejados de donde se encontraban. Árbol quedó allí para empezar a cruzar en cuanto Estrella llegara a la mitad del recorrido. Los demás salieron corriendo mientras notaban que el suelo vibraba. Los ritenhuts se acercaban muy deprisa.

–¡No llegaremos! –gritó Río.

–¡No pares! –le respondió Lluvia.

En el puente que quedaba más cerca, Lluvia empezó a cruzar, mientras que Río y Semilla alcanzaron el inicio de otros dos puentes cercanos y empezaron su travesía. Por su parte, Estrella había llegado al otro lado y Árbol llevaba recorrido la mitad del primer puente.

No habían avanzado ni dos pasos cuando llegaron los primeros ritenhuts.

Aparecieron en tropel, liderados por una enorme hembra que dominaba la manada. Eran siete y todos con mucha hambre, a juzgar por cómo babeaban al ver toda aquella exposición de carne fresca.

Los tres cazadores que habían comenzado a cruzar volvieron atrás y se colocaron en una formación defensiva junto a sus dos compañeros, que esperaban en el pequeño recinto circular de donde partían todos los puentes. Árbol también regresaba, y Viento del Norte y Estrella empezaron el retorno por otros puentes ahora vacíos. La lucha era inminente y sería a muerte.

Pájaro Azul y Piedra se situaron en los extremos de aquella figura irregular que formaban los cinco cazadores, dispuestos a no permitir que ninguna de esas bestias los flanqueara y pudiera atacarlos por la espalda.

Los contendientes se observaban. La hembra parecía no estar dispuesta a atacar todavía, y los otros miembros más impacientes aullaban por la ansiedad, pero ninguno desafiaba la autoridad del gran ejemplar que los lideraba.

Árbol se unió a la formación, y Viento del Norte y Estrella se encontraban ya a medio camino de vuelta.

Una figura apareció en lo más alto de un saliente que dominaba aquel escenario circular donde iba a desarrollarse un espectáculo macabro. Era el rastreador.

Todos los componentes del grupo lo vieron, pero nadie dijo nada. No querían provocar el ataque de las bestias con sus gritos o amenazas. Viento del Norte pensó en lanzarle un palo de caza, pero estaba demasiado lejos. Desde allí tampoco él parecía ser un peligro inminente para el grupo. Además, se movía con dificultad, apoyándose en su palo de caza. Seguramente la herida que le infringieron debía ser importante. Decidió concentrarse en aquellas criaturas que seguían inmóviles.

Una piedra cayó desde lo alto para impactar en uno de los ritenhuts que estaba en la parte de atrás del grupo. Este gruñó y lanzó un mordisco a su compañero de delante. Se produjo una especie de onda que alcanzó a la hembra de delante, que lanzó un aullido aunque no llegó a atacar.

Una segunda piedra cayó de nuevo, y Viento del Norte entendió que el rastreador trataba de provocar a los ritenhuts para que se lanzaran al ataque.

–¡Si salgo de esta, juro que te mataré! –le gritó encolerizado.

Finalmente, la tercera roca alcanzó de lleno a la hembra dominante, que lanzó un gruñido y, confundida y sin saber qué ocurría, decidió lanzarse hacia delante.

–¡Ya vienen! –gritó Lluvia.

Viento del Norte acabó de cubrir la distancia que lo separaba del grupo y se unió a él justo para aguantar la primera embestida de las criaturas. Por suerte para ellos, aquellos ritenhuts eran bastante grandes, por lo que la lucha en un espacio limitado iba en su contra, ya que no podían mantenerse todos en el frente. Los primeros mordiscos no alcanzaron a ninguno de los cazadores, aunque si arrancaron un palo de caza de los brazos de Río, que enseguida cogió otro que le tendió Lluvia. Las criaturas no respondían a táctica alguna, simplemente se abalanzaban con toda su furia y con las bocas muy abiertas, mostrando sus terribles dientes dispuestos en dos largas hileras.

Piedra luchaba en desventaja, pues prácticamente no podía utilizar su brazo izquierdo, entumecido y medio paralizado por la herida del hombro que volvía a sangrar. Pájaro Azul mantenía la calma en el otro extremo del grupo, lanzando su cuchilla contra las patas de los ritenhuts e hiriendo a algunos de ellos.

Estrella trataba desesperadamente de llegar cuanto antes hasta donde se desarrollaba la batalla para ayudar a sus compañeros, aunque también intentaba no caer desde el puente. Cuando apenas le faltaban cinco o seis pasos para llegar al claro donde se peleaba salvajemente, un ritenhut más pequeño que los otros se saltó la jerarquía y se subió al puente en busca de su propia presa. Estrella se detuvo inmediatamente y trató de afianzar los pies en aquella superficie tan resbaladiza. El pequeño macho avanzó con precauciones, pues también había notado la falta de firmeza del suelo que pisaba con sus potentes patas. En realidad, Estrella supo que tenía una ventaja sobre la bestia, pues era demasiado ancha para desenvolverse bien en aquella reducida pasarela. Se concentró, tratando de olvidar todo lo que estaba sucediendo a solo unos pasos de su posición. Nadie iba a venir a ayudarlo, de manera que su vida dependía ahora de su destreza y de su firmeza.

Retrocedió lentamente hasta situarse en la parte más alta de la pasarela. Estar en una posición elevada respecto al contrincante era lo que buscaban la mayoría de cazadores.

Esperó.

El ritenhut no pudo aguantar y se lanzó al ataque. Estrella lo vio venir y plantó su palo de caza en el suelo, apoyando el extremo romo en una pequeña rendija y apuntando la cuchilla hacia el rostro desencajado por la furia de la criatura que se abalanzaba torpemente sobre él. Para evitar que la cuchilla se clavara en uno de sus ojos, el ritenhuts se desvió ligeramente a la derecha. En ese instante, Estrella dio un paso atrás, desestabilizando a la criatura que había calculado el ataque pensando que su presa iba a permanecer inmóvil. Trató de corregir su posición afianzando las patas delanteras, pero estas resbalaron y todo su cuerpo empezó a ladearse, desequilibrándose y finalmente cayendo al vacío.

En ese instante, un zumbido ensordecedor pareció surgir de las aguas. Los ritenhuts detuvieron el ataque y retrocedieron instintivamente unos pasos. Los cazadores también quedaron paralizados unos instantes mientras observaban cómo las aguas amarillentas parecían teñirse de repente de negro. Emergiendo de las paredes que bordeaban la corriente, una gigantesca masa de insectos se lanzó sobre el cuerpo del ritenhut antes de que tocara el agua, envolviéndolo en una especie de manto negro que lo ocultó de la vista. El chapoteo en el agua no duró mucho y, al final, solo unos blancos huesos emergieron de donde acabada de caer el ritenhut, que debía ser como dos o tres hombres de ancho. La nube viva se quedó allí, flotando suavemente por encima del agua pero sin llegar a tocarla. También ellos habían olido la comida. Un silencio espeso recorrió el escenario hasta entonces lleno de ruidos de lucha y de aullidos.

–Preparaos –dijo Viento del Norte en voz baja para no incitar a las criaturas que parecían confundidas o aturdidas por lo que acababan de contemplar. Era como si no entendieran a dónde había ido a parar su compañero.

Piedra levantó la cabeza un instante para hacer una rápida revisión del estado de los cazadores. Estrella acababa de incorporarse al grupo después de dar cuenta del ritenhut y fue recibido con algún golpe de reconocimiento por parte de sus compañeros. Viento del Norte sangraba por una herida en la ceja y unos hilos de sangre se deslizaban por su rostro. Tenía un fría y fiera expresión, y miraba constantemente hacia la repisa por donde había aparecido el rastreador al que ahora no podían ver. Pájaro Azul también sangraba por un corte en la garganta, y, a su lado, Lluvia parecía herido en un brazo, pero sujetaba fuertemente el palo de caza con el otro. Semilla y Río, en la parte central, habían aguantado muy bien el fuerte ataque. Parecían serenos y dispuestos a seguir luchando. Árbol, en cambio, tenía el rostro desencajado por el dolor, aunque desde allí no podía ver la causa de su sufrimiento, probablemente un mordisco o un corte.

Un aullido ensordecedor de la gran hembra dio paso al segundo ataque. Se defendieron con fuerza, hiriendo gravemente a un ritenhut adulto que acabó resbalando y cayendo en las aguas para ser devorado por los insectos. Por su parte, las criaturas habían conseguido derribar definitivamente a Árbol, que yacía inmóvil, protegido por el grupo. La rabia por no poder comérselo hizo que insistieran todavía más en sus ataques.

Estrella sintió como la gran hembra le arrancaba una mano de un solo mordisco. Trató de gritar, pero ni siquiera un sollozo surgió de su garganta. La sangre salía como en un manantial por la herida abierta. Semilla se lanzó sobre él para tratar de mitigar la hemorragia. Le ató un trapo a la herida y lo apretó como pudo con una cuerda.

La obtención de un bocado de carne creó un barullo terrorífico entre los ritenhuts, que trataban de arrebatarle a la gran hembra algún pequeño pedacito de ese suculento miembro. Se produjo una pequeña tregua que los cazadores aprovecharon para reorganizarse. Ya solo quedaban cinco ritenhuts y seis cazadores, ya que Estrella seguía conmocionado en el suelo junto al cuerpo de Árbol.

Cruzaron algunas miradas entre ellos y se dispusieron para volver a luchar por su vida, pero todos sabían que era cuestión de tiempo que acabaran con ellos.

19

El rastreador contemplaba la escena con satisfacción y con algo de incredulidad. Aquellos aprendices estaban resistiendo las embestidas de los ritenhuts mejor de lo que cabía esperar, pero solo era cuestión de tiempo que acabaran todos muertos.

Habían cometido un grave error, y ahora no tenían opciones para poder remontar la situación.

Cuando llegaron los ritenhuts, deberían haberse batido en retirada y atravesar los puentes como pudieran. Probablemente algunos de ellos habrían caído en aquel enjambre furioso que devoraba cualquier cosa que se acercara al agua. Esa táctica habría significado sacrificar los que no hubieran tenido tiempo de alcanzar los puentes, pero los demás seguramente se hubieran salvado.

En cambio, habían decidido jugarse el futuro actuando como un grupo, pues acabarían todos como un grupo de cadáveres.

Su plan de conducir a los ritenhuts por los pasadizos secretos había funcionado, aunque no había sido nada fácil conseguir que siguieran la ruta que él quería. Tuvo que derramar sangre de su herida varias veces para convencerlos de que ese era el camino a seguir. Cuando llegaron a los Pasos de Klaridor, estaba exhausto y débil, de manera que se sentó en una repisa alta a contemplar el espectáculo que él mismo había preparado.

Ahora todo estaba a punto de terminar.

Se asomó y vio que la hembra volvía a desconfiar de aquellos hombres que ya habían matado a dos de los suyos. Sin embargo, el hambre acabaría pudiendo más que su instinto, aunque siempre era posible motivarlos para que se decidieran a acabar el trabajo.

Observó que los cazadores habían decidido, por fin, tratar de retirarse atravesando los puentes. Demasiado tarde... Y además, arrastraban a uno de ellos que estaba inmóvil, mientras que otro parecía al borde del desmayo. No iban a conseguirlo.

Aun así, decidió estimular de nuevo a las criaturas y lanzó una roca afilada que dio de lleno en un ejemplar. Este mordió a su compañero y de nuevo se inició el caos entre la manada que acabaría con el ataque final.

Piedra levantó la vista solo un instante para observar la caída de la roca y maldijo al cazador que se empeñaba en que todos ellos murieran destrozados por las criaturas voraces.

Su pie izquierdo resbaló y casi cae del estrecho puente.

Abajo, flotando muy cerca del agua, la nube de insectos se movía y vibraba excitada, esperando que les lloviera el alimento.

La hembra se lanzó a uno de los puentes y los demás la imitaron. Llegaba el momento de la verdad.

Piedra se detuvo a esperar al ritenhut, que acababa de subir a su puente. Era un ejemplar bastante grande, probablemente otra hembra, ya que estas eran de mayor tamaño y ferocidad que los machos. Por el rabillo del ojo vio que en el puente de al lado Semilla retrocedía muy lentamente mientras la gran hembra trataba de alcanzarlo. En situaciones parecidas estaban los demás, salvo Viento del Norte y Pájaro Azul, que cargaban con los dos cazadores que estaban en peores condiciones.

Pájaro Azul arrastraba el cuerpo inerte de Árbol, lo que dificultaba mucho su avance por el puente. Un ritenhut pequeño trataba de arrebatarle el cuerpo inmóvil que se encontraba entre él y su adversario. De tanto en tanto conseguía morderle un pie y estirar, pero no podía hacer mucha fuerza para no resbalar y caer. Tampoco Pájaro Azul podía utilizar su palo de caza, de manera que tenían un macabro empate que los mantenía allí sin avanzar ni retroceder, disputándose el cuerpo de Árbol.

Por su parte, Viento del Norte empujaba suavemente a Estrella, que, aunque podía caminar, seguía conmocionado por la pérdida de su mano. Un ejemplar mediano, también macho, los seguía por su puente, manteniéndose a la distancia justa para que la cuchilla del palo de caza no lo alcanzara.

Lluvia y Río también trataban de contener las precavidas embestidas de sus atacantes mientras avanzaban hacia el otro lado. El ritenhut que faltaba los esperaba allí, pues había atravesado al otro lado por un puente vacío.

Incluso si conseguían retener a sus atacantes, la muerte les esperaba al otro lado.

Inesperadamente, ese ritenhut decidió no esperar más y se subió a la pasarela de Piedra para acercarse por su espalda. Ahora sí que estaba perdido.

—¡Piedra, a tu espalda! —le gritó Semilla desde el puente cercano.

—¡Ya lo he visto!

No dijo nada más porque no había nada que decir. No podía seguir avanzando porque toparía con el ritenhut que venía hacia él. Si se detenía, lo alcanzaría el que lo seguía de frente. Solo tenía un brazo útil para luchar.

Lucharía y moriría, ese era el destino que finalmente se rebelaba ante sus ojos. Empuñó su palo de caza y esperó. Una visión de Lea pasó por delante de su mirada. Le complació que ese fuera su último pensamiento.

Cerró un instante los ojos y por eso no vio la lanza hasta que esta se clavó en el ritenhut que avanzaba a sus espaldas con un ruido inconfundible. El poderoso animal cayó y el zumbido asesino se intensificó más abajo.

Piedra levantó la mirada tratando de seguir la trayectoria del palo de caza que acababa de salvarle la vida.

La vio y pensó que estaba muerto y que eso no era real.

Lea había surgido de una abertura en la roca viva, un poco más arriba de donde ellos estaban. Ella lo miraba con expresión de total concentración, como si no lo viera en realidad. Levantó de nuevo un palo de caza y lo lanzó con el suave pero firme movimiento de quien ya ha lanzado muchas otras veces.

Dio de lleno en el ritenhut que acosaba a Viento del Norte y Estrella, que también cayó al inflgot. Con movimientos precisos de cazadora, cogió un nuevo palo de caza y apuntó al macho que mordía el pie de Árbol, pero no pudo efectuar el lanzamiento.

Un grito de Viento del Norte la alertó justo a tiempo para esquivar la cuchilla de un palo de caza lanzado desde una repisa cercana, algo por encima de su posición. Se apartó girando sobre sí misma y consiguió que el tiro mortal acabara solo en un corte en su espalda. Gritó de dolor, pero no perdió de vista a su atacante.

Pájaro Azul vio que aquella chica estaba en peligro. El rastreador estaba atacándola de forma imprecisa, como si no estuviera en plenas condiciones. Tenía que protegerla. Soltó un instante a Árbol para lanzar su palo de caza contra ese loco. Sabía que no iba a poder alcanzarlo, pero quizás sirviera para que se retirara o para darle tiempo a ella a esconderse de nuevo por donde había surgido.

El macho ritenhut aprovechó su oportunidad y mordió de nuevo el pie del cuerpo inmóvil de Árbol, estirándolo mientras retrocedía hacia el punto de partida. Viento del Norte buscó uno de sus palos de reserva, pero se le habían terminado.

Pájaro Azul trató de volver a coger a Árbol, pero no llegó a tiempo. El ritenhut trataba de caminar hacia atrás, pero el peso muerto que llevaba cogido por la boca lo desequilibró y cayó arrastrando a Árbol con él.

–¡Nooooo! –gritó Pájaro Azul, haciendo un último intento por atraparlo... en vano.

De nuevo el zumbido se intensificó.

El rastreador había perdido su ventaja, ya que ahora Lea lo había detectado y le lanzaba palos de caza que amenazaban con matarlo. Decidió replegarse pues no podía luchar en esas condiciones.

Abajo, las cosas estaban cambiando lentamente. Viento del Norte y Estrella habían conseguido llegar al otro lado, y ahora el cazador solitario se preparaba para lanzar de nuevo con los palos de Estrella, que seguía sumido en las sombras. Alcanzó al macho que perseguía a Piedra y se preparó para hacer lo mismo con la hembra que trataba de lanzar mordiscos a Río.

Pájaro Azul también alcanzó el otro lado y, con los ojos llenos de lágrimas, alcanzó a un macho que seguía a Lluvia, con lo que este consiguió atravesar del todo el puente. Viento del Norte clavó su palo de caza en una de las hembras, liberando a Río, que casi cae cuando estaba a punto de llegar. Solo la gran hembra seguía en el puente tras Semilla.

La poderosa criatura parecía aturdida, como tratando de entender cómo era que una comida fácil se había convertido en una trampa mortal. Aun así, no dejó de clavar su penetrante mirada en su presa, que retrocedía con paso inseguro hacia donde le esperaban sus compañeros. Probablemente por la desesperación de verse acorralada, la hembra tomó una decisión suicida. Dobló las patas delanteras hasta tener el tronco pegado al resbaladizo suelo. Abrió su gran boca y lanzó un rugido que resonó hasta lo más profundo del laberinto.

Iba a matar o a morir.

—¡Va a saltar! —gritó Pájaro Azul mientras buscaba desesperadamente un palo de caza en la funda que colgaba vacía de su espalda.

Un sonido conocido atravesó el aire por encima de sus cabezas. Un palo de caza se clavó con gran fuerza en la cabeza de la bestia justo antes de que iniciara su último salto. Por unos instantes, quedó allí quieta, inmóvil como si el tiempo se hubiera detenido. Un hilo de sangre goteó hacia el inflgot.

La bestia cayó hasta donde la nube depredadora la esperaba con hambre voraz.

Lea emergió entonces desde el saliente desde el que había lanzado. Su figura erguida impresionó a todos los que trataban de recuperarse de aquella experiencia terrible. A su lado, una chica de apariencia mucho más frágil apareció por primera vez ante la vista de los cazadores.

Piedra observó la estampa de Lea y supo que jamás permitiría que ningún otro cazador se la arrebatara. Lucharía por conseguirla aunque muriera en el intento.

Las chicas les hicieron señas para que esperaran donde estaban. Semilla aprovechó para examinar la grave herida de Estrella. El muñón todavía sangraba y la carne de alrededor del lugar donde había sido arrancada estaba violácea y desprendía un ligero olor desagradable, señal de que pronto las cosas se complicarían. El hijo de Préndola examinó el interior de su pequeña bolsa de plantas y fue sacando algunas pequeñas ramas que trenzaba con otras hasta acabar elaborando una especie de embudo.

–Necesito agua –dijo.

Piedra sacó de su cintura una de aquellas reservas de agua para emergencias que su padre le había enseñado a guardar solo para casos extremos. Sin duda, aquel lo era, de manera que le tendió el pequeño envase de barro a Semilla, que lo miró con curiosidad antes de abrirlo y verter pequeños chorros sobre un grupo de semillas a los que añadió algo de tierra. Con la pasta que consiguió, recubrió el embudo y se lo aplicó a la herida, de manera que el muñón quedaba más o menos protegido. Después hizo que Estrella, que empezaba a despertar de su estado ausente, mascara una raíz.

El dolor disminuyó un poco e hizo que Estrella, en lugar de gritar o patalear, sollozara suave pero continuadamente. De momento, era cuanto podían hacer por él.

Mientras todo el mundo trataba de recuperarse de las intensas emociones y de las heridas, aparecieron Lea y Tilam desde detrás de una roca que, hasta aquel momento, parecía del todo sólida.

–Pero ¿de dónde salís vosotras? –preguntó Pájaro Azul.

Lea no respondió, pues su mirada estaba fija en Piedra, en sus ojos, en la sangre seca que manchaba su manto, en su postura erguida a pesar del cansancio. Se dirigió a él y le cogió las manos ennegrecidas por la batalla. El silencio entre ellos fue tan elocuente como si se hubieran besado allí mismo o se hubieran jurado amor eterno.

Tilam avanzó entre los cazadores tratando de ayudar a unos o reconfortar a otros. Fue ella la que dio las explicaciones.

–El laberinto tiene unos pasadizos secretos con salidas en casi todos los lugares importantes de aquí adentro. Nosotras descubrimos un código secreto que permitía saber cómo entrar aquí. Hemos venido a sacaros porque el rastreador se ha vuelto loco y quiere mataros a todos.

–Por desgracia, eso ya lo sabemos –respondió Lluvia.

–¿Códigos, pasajes secretos...? ¿Soy solo yo quien no se cree una palabra de todo esto? –intervino Viento del Norte.

–Será mejor que os lo cuente todo desde el principio –dijo Tilam sentándose entre ellos.

–Sí, será mucho mejor –intervino Río.

Tilam dedicó un buen rato a explicarles lo de la orden de Milosh para acabar con Piedra, su huida del núcleo, su encuentro fortuito con el hechicero al que salvaron la vida, la existencia de los códigos guardados por sus antepasados, la reunión con los padres de todos ellos, la intervención de Malanda y cómo supieron que Piedra y él eran hermanos.

–¿Milosh... mi hermano?

–No intentes asimilarlo de golpe –le dijo cariñosamente Lea, que no había soltado todavía sus manos–. Ya tendrás tiempo cuando salgamos de aquí.

Finalmente, Tilam les explicó que habían encontrado las piedras que guardaba Malanda cerca de su cabaña y cómo, con mucho trabajo y paciencia, habían conseguido traducir los símbolos hasta entender por donde podían entrar y salir de los pasadizos.

–Lo que más nos costó entender era que en el propio laberinto hay toda una serie de marcas que indican entradas y salidas, pero que solo se ven si las buscas.

–¿Marcas? –intervino Pájaro Azul–. ¿Qué marcas? Yo no he visto ninguna.

Tilam se limitó a levantarse y acercarse a la roca detrás de la cual habían salido hacia un rato. Señaló una marca en forma de cruz en uno de los ángulos superiores de la roca. No se distinguía apenas, ya que era del mismo color que la roca y no tenía mucho relieve, pero era evidente que aquello no era una incisión hecha por la naturaleza.

–Ahora la veo –dijo Pájaro Azul.

–Hay muchas más por el laberinto, pero, solo si entiendes que eso es lo que tienes que mirar, tus ojos serán capaces de encontrarlo en medio de tantas formas naturales.

Siguió explicando su viaje hasta allí dentro y cómo habían tenido que sortear a los ritenhuts que ese cazador loco había soltado por los estrechos pasillos esculpidos en paralelo al laberinto.

–La ventaja es que enseguida supimos que debíamos seguir a esas bestias. Al llegar aquí vimos que os estaban atacando y buscamos un lugar desde el que os pudiéramos prestar ayuda –intervino Lea.

–Eso ella –respondió Tilam–. En mi vida he tirado dos o tres veces un palo de caza y mi puntería es nula, así que...

–Te debemos la vida –terminó Piedra.

–Lo que siento es no haber llegado antes para evitar que vuestro amigo muriera o que mordieran tan ferozmente a ese otro.

–No es culpa tuya –dijo Viento del Norte con el rostro contraído por la rabia–. Ha sido ese malnacido. Todavía tenemos cuentas pendientes con él.

Piedra y los demás pensaron que no quisieran tener un enemigo como él, siempre dispuesto a matar.

–Debemos irnos –concluyó Piedra–. Aquí no estamos seguros. Tengo el convencimiento de que tratará de volver a atacarnos otra vez.

–Me encantaría que lo intentara. Esta vez no sangrará solo por un agujero –respondió el cazador solitario antes de levantarse y apartarse del grupo.

–¿Podemos utilizar esos pasillos? –le preguntó Piedra a Lea.

–Sí, conocemos la manera de salir.

–¿Podríamos evitar meternos en la guarida del dogarth? –preguntó Lluvia.

–¿Se puede hacer eso? ¿Lo permiten las leyes? –quiso saber Río.

Lea dio un golpe con el palo en el suelo. Su cara estaba enrojecida por la rabia, aunque también por el dolor, ya que Semilla estaba tratando de curarle la herida en la espalda.

–¡Leyes! ¡¿Qué leyes?! Ha sido el responsable de las leyes, el guardián de las tradiciones, el que las ha utilizado para sus propios fines. Milosh ordenó que mataran a Piedra y todavía no sabemos por qué... Por celos, seguramente, o para ocultar que era su hermano o... por lo que sea. Metió aquí dentro a ese cazador salvaje que ha acabado con varios de vosotros. ¡¿Y todavía me habláis de leyes?!

–Cálmate, Lea –le susurró Piedra al oído.

La proximidad física de Piedra la dejo muda de repente.

–No nos preocupan las leyes, Lea, y tampoco Milosh –prosiguió–. Lo que está en juego es nuestro futuro como hombres y como cazadores. Saldremos de aquí habiendo vencido al laberinto y a los ritenhuts, al rastreador y a todas la malditas criaturas que viven en este lugar... Y también al dogarth.

–¡Pero miraos! ¡No estáis en condiciones de enfrentaros a esa gigantesca criatura!

–Probablemente ni la veremos –intervino Pájaro Azul.

–¿Cómo...? –preguntó confusa Lea.

–Veras Lea, en realidad lo de enfrentarse al dogarth es un mito. Muchos cazadores han atravesado la cueva del dogarth sin demasiados problemas, porque a menudo simplemente desaparece sin dejar rastro. Mi padre y seguramente los vuestros no llegaron a verlo jamás...

Todos asintieron salvo Estrella, que seguía en su mundo de dolor.

–Continuaremos hasta el final y después saldremos de aquí y pediremos explicaciones al hechicero por sus acciones y por nuestros amigos muertos o heridos, ¿de acuerdo?

Nuevamente todos movieron afirmativamente la cabeza, salvo Estrella que había reanudado sus lamentos.

–Y entonces todos nosotros tendremos nuestro propio nombre de cazador –añadió Lluvia sonriendo.

–¡Estáis todos locos! –protestó Lea sin mucha convicción.

–Lo haremos así, ¿de acuerdo, Lea? –le preguntó Piedra, mirándola a los ojos.

Ella quedó atrapada en esa mirada que le descubría una nueva faceta del hombre que lideraba aquel grupo temerario. Una faceta que ella estaba deseando explorar. En cuanto a la decisión de continuar adelante... Lo entendía porque entendía los códigos de honor de los cazadores, y sin embargo quería sacar a Piedra de allí, sacarlos a todos.

–¿De acuerdo? –insistió él.

–Sí, sí, de acuerdo, iremos hasta allí y saldremos después de que os hayáis ganado vuestros nombres.

–¿Iremos...?

Lea lo miró con tal furia que Piedra dio un paso atrás.

–¿No pretenderás que después de haber desafiado al hechicero, a los padres, a todo el mundo...? Después de haberme jugado el cuello para llegar aquí y salvaros de esas bestias... ¿No pretenderás que me vaya a mi casa o vuelva al núcleo a esperar a ver si llegas?

–Está bien, está bien... –respondió, levantando las manos en señal de rendición.

–Por lo menos podemos utilizar el pasadizo para llegar más rápido a los dominios del dogarth, ¿o también vais a decirme que eso contraviene alguna ley?

Todo el mundo guardó silencio hasta que Viento del Norte se acercó y le dijo:

–No Lea, podemos ir por los pasillos sin problemas.

Ella lo miró fijamente, esperando encontrar aquella mirada desafiante que le lanzara unas jornadas atrás y que tanto la había desestabilizado. Sin embargo, no fue así esta vez, aunque todavía había algo turbio en su forma de observarla cuando se movía por allí.

Era evidente que Estrella no podía continuar adelante, de manera que Tilam se ofreció a sacarlo por el laberinto para que pudieran atenderlo lo antes posible. Además, ella no tenía ningún interés en seguir a aquel grupo. Solo le preocupaba volver a encontrarse con Milosh y esperar que el desenlace de todo aquello acabara por permitirles vivir su amor.

Mientras se preparaban para continuar, Lea le hizo una pregunta a Piedra. Una pregunta que no debía hacerse nunca a los cazadores jóvenes:

–¿Qué nombre has escogido tú?

Él la miró con falsa severidad.

–Ya sabes que no puedo decirlo hasta que llegue el momento, y además no he escogido ninguno. Dejaré que sea mi padre quien...

Ambos recordaron que el padre de Piedra no era en realidad su padre.

–... dejaré que sea Derthom, mi auténtico padre, el que lo elija.

Iniciaron la marcha hacia la puerta abierta que se encontraba detrás de la roca con la cruz marcada que ahora todos miraban con extrañeza. Tilam se acercó a Lea y le dijo:

–¿Crees que ellos querrán matar a Milosh cuando salgan?

–No, no creo que debas preocuparte por eso. Estos cazadores son honestos y creen en las tradiciones. Seguramente Milosh será juzgado por el Consejo y quizás deje de ser nuestro hechicero. En cualquier caso, el hombre, que es lo que a ti te interesa, seguirá intacto, todo para ti –le dijo Lea con una sonrisa maliciosa.

Tilam le señaló la mano, que todavía seguía enlazada con la de Piedra mientras caminaban, y le respondió:

–También tu pareces muy interesada en un hombre en concreto.

Sonrieron con complicidad y desaparecieron en el pasadizo junto con los supervivientes.

Cuando cerraron la puerta, alguien sonreía también desde un saliente elevado. El rastreador tenía muy claro que, cuanto más se confiaran, más oportunidades tendría él de acabar su misión.

20

—No sabemos dónde están.

—¿Qué quiere decir eso? —preguntó Milosh con impaciencia.

Últimamente todo parecía descontrolarse, escapársele de las manos, como un preludio de los grandes cambios que se avecinaban y que su instinto no dejaba de recordarle.

—Pues eso, que no sabemos qué está ocurriendo en el laberinto.

El controlador estaba fuera de sí. Llevaba muy poco tiempo en ese cargo y se veía totalmente superado por los acontecimientos. El rastreador desobedeciendo las órdenes directas del hechicero, atacando y matando a los cazadores que, por otra parte, atravesaban el laberinto en grupo, ritenhuts corriendo por los pasadizos secretos, chicas que se escapaban del núcleo…

Para colmo, ahora se presentaba Milosh exigiendo un resumen de la situación. Eso era fácil de explicar, pues era suficiente con una palabra: *caos*.

Solo faltaba que un grupo de cazadores, acompañados por esa sanadora proscrita llamada Préndola, aparecieran en las puertas del laberinto pidiendo entrar, cosa que el hechicero, aunque poniendo mala cara, finalmente autorizó. Caos.

Milosh y los padres se habían reunido brevemente y habían ordenado al controlador un informe exhaustivo de la situación en el interior del laberinto. Este, muy nervioso por las repercusiones que esa situación desbordada pudiera tener para él, envió un equipo de reconocimiento para tratar de establecer el estado actual de cada cosa. Habían tenido que salir del laberinto a toda prisa al encontrarse de frente a una manada de ritenhuts que el perturbado rastreador había introducido en los pasadizos secretos.

Ahora, un equipo de veinte esclavos del controlador, ataviados con sus correspondientes pañuelos verdes, recorría el laberinto desde el inicio para restablecer el orden y situar las cosas en su lugar. Sin embargo, no habían encontrado ni rastro de los cazadores y tampoco encontraron a las bestias.

—En el lugar conocido como los Pasos de Klaridor, hemos encontrado el cadáver de tres ritenhuts que debieron acceder allí por los pasadizos secretos gracias a la absurda ayuda del rastreador.

Miró al hechicero y a los padres que le escuchaban con rostros de preocupación. Tragó saliva y continuó.

—No sabemos nada de los cazadores. Hay una buena cantidad de sangre en diferentes lugares del laberinto, pero en muchos casos no tenemos una explicación. Hemos encontrado algunos cadáveres y... restos.

Miró al hechicero para saber si debía explicarlo todo. Milosh le hizo un gesto con la cabeza y continuó.

–En realidad tres de los cazadores murieron en la primera parte, dos de ellos por el ataque del gran lagarto y uno por culpa de un escorpión negro. Tenemos el cadáver de este último, y de los dos anteriores... solo algunos restos.

–¿Quiénes eran? –preguntó el padre de Niebla.

–Bueno, no sé si yo...

Volvió a mirar al hechicero porque aquello se salía de cualquier norma. La identidad de los cazadores que morían en el laberinto se rebelaba públicamente en un acto funerario, pero solo después de que los demás salieran de allí.

–¡Vamos, habla! –le ordenó Milosh.

Bastante humillación significaba para él estar allí, sometido a escrutinio por parte de los padres. Quería acabar lo antes posible.

–El gran lagarto acabó con Fruto y Polvo, y el escorpión mató a Tallo... Más adelante cayó Manantial en el remolino y Hierba, que fue atacado por unos ritenhuts... Solo tenemos los cadáveres de Tallo y Manantial, ya que los demás fueron devorados y solo quedan algunos restos. Mis hombres lo están trayendo todo hacia aquí.

–Continúa –le ordenó Loptrem.

–Bien... Sombra despareció en la parte final del Bosque de Lágrimas. Creemos que cayó en alguna sima, o sea que no recuperaremos nada. También hemos encontrado el cadáver enterrado de otro cazador en los desfiladeros antes de los Pasos de Klaridor...

–Sigue.

–Se trata de Niebla, y...

El padre de Niebla era uno de los que formaban la delegación que escuchaba el informe del controlador. Todas las miradas se volvieron hacia él, que mantuvo la firmeza aun cuando sus ojos se nublaron.

–En realidad murió atravesado por un palo de caza que suponemos sea del rastreador.

–¡Asesino!

El controlador dio un paso atrás al oír el grito, pues pensó que iba dirigido a él.

–¡Maldito asesino!

El padre de Niebla se había lanzado sobre Milosh, que apenas tuvo tiempo de esquivarlo y evitar que lo golpeara con su mano cerrada. Derthom y los demás lo sujetaron al cazador para evitar que apaleara al hechicero.

Los esclavos de pañuelo blanco se lanzaron a intervenir, pero Milosh los detuvo con un gesto de su mano.

–¡Tú has matado a mi hijo con tus maquinaciones! ¡Tú eres el responsable! ¡Y si ese rastreador no está muerto, que sepa que lo perseguiré hasta el fin de mis días! ¡Iré a buscarlo donde se esconda, aunque tenga que entrar a por él en la misma zona muerta!

En cuanto dejó de gritar, se derrumbó pues las fuerzas lo abandonaron. Se sentó en el suelo allí mismo y quedó sumido en un trance del que nadie se atrevía a tratar de sacarlo.

El controlador seguía en silencio, sobrepasado por todo aquello.

–¡Vamos, acaba tu informe! –le soltó Milosh.

–También creemos que Árbol cayó en el inflgot, aunque no estamos seguros, ya que no queda nada. Sin embargo, encontramos unos anillos que él llevaba siempre en esa melena tan larga y...

–Quedan siete... –dijo Derthom–. Han muerto ocho, es nuestra selección más sangrienta.

–Las cosas deben cambiar –intervino Préndola por vez primera.

Milosh la miró con gran curiosidad. ¿Qué sabía ella de los cambios que la profecía auguraba? ¿Había detectado las señales?

–Explícate –le pidió Loptrem.

Pero ella no quiso decir nada más.

El controlador esperaba por si alguien necesitaba más información, pero estaba deseando irse. Era su primera selección y todo estaba saliendo mal, catastróficamente mal.

–¿Estáis seguros de qué los que quedan no están en el laberinto? –intervino Derthom.

–No lo sabemos en realidad. Lo único que podemos deciros es que su pista se pierde después de los Pasos de Klaridor, pero no hemos detectado que hubieran podido escapar del laberinto. Además, en aquella parte profunda es imposible salir sin retroceder. Si lo hubieran hecho, habrían chocado de frente con mis hombres.

–¿Entonces...?

–No lo sé, no tengo explicación alguna.

–¿Podría ser que hubieran entrado en uno de los pasadizos secretos? –preguntó Loptrem, que sabía que su hija había visto los códigos de las piedras.

293

–Pero ellos no conocen... –respondió sorprendido el controlador.

—¿Podría ser? –insistió Loptrem.

—Bueno, podría ser, pero eso no cambia nada. Mis hombres han recorrido el laberinto, batiéndolo desde la entrada, y eso incluye los pasillos secretos. Queríamos estar seguros de que no quedaba ningún ritenhut por allí dentro, así que los hemos registrado todos.

—¿Todos? –intervino Milosh.

—Bueno, hechicero, sí, todos hasta llegar a los Pasos de Klaridor.

—¿Y más allá? –preguntó Loptrem de nuevo.

La voz de Préndola los sorprendió.

—Van hacia el dogarth, a encontrarse con su destino... y con el nuestro.

Milosh la entendió enseguida, pero se limitó a decir.

—Se dirigen hacia el núcleo. Van a atravesar la cueva del dogarth y a salir por el final. Quieren acabar el recorrido para salir de allí como hombres.

Derthom iba a decir algo cuando el galope de un troncat que se acercaba cortó las conversaciones. Un cazador pidió entrar en el laberinto y Milosh lo autorizó. Cuando descabalgó frente al grupo, todos lo reconocieron. Era Pertgraf, el padre de Lea.

—Mi hija está allí dentro con los cazadores –dijo en cuanto bajó de su montura–. Ha entrado en el laberinto a rescatar a Piedra y a los demás.

—¿Quién te ha dicho eso? –le preguntó Derthom.

El recién llegado pareció dudar unos instantes.

—Malanda, tu compañera... Y también me ha dicho que la acompaña Tilam.

Milosh trató de mantener la expresión neutra al oír

aquello, pero cualquiera que lo estuviera mirando en ese momento se hubiera dado cuenta del impacto que esa noticia le había causado.

Tilam estaba allí dentro, en peligro.

Ni siquiera se dio cuenta de que Préndola lo observaba atentamente.

—Debemos entrar ahora mismo —dijo Loptrem poniéndose en movimiento.

El controlador se interpuso en su camino.

—¡No podéis entrar! ¡Las leyes no lo permiten!

Un mazazo contundente en la cabeza lo dejó sin conocimiento. Derthom había lanzado la parte roma de su palo de caza con la fuerza suficiente como para hacerlo callar.

Los esclavos guerreros de pañuelo blanco les cortaron el paso y blandieron sus armas.

—¡Vamos a entrar a por nuestros hijos! —gritó Loptrem—. ¡Apartaos o morid!

Milosh intervino ordenando que los esclavos bajaran las armas.

En ese momento, apareció Tilam acompañada de varias esclavas de pañuelo rojo que parecían muy alteradas.

—¡Tilam! —gritó Loptrem lanzándose a buscarla.

Milosh dio un paso adelante de forma inconsciente, pero notó una mano que lo sujetaba, impidiendo que mostrara en público sus sentimientos hacia aquella chica de ojos color de ámbar. Se giró y comprobó que había sido Préndola la que lo sujetara. Molesto por evidenciar tan claramente sus debilidades, se soltó de un brusco estirón.

Tilam y su padre se abrazaron largamente. No hubo reproches ni nada que decir, pero un nuevo vínculo surgió entre ellos, mucho más fuerte, mucho más claro. Por primera vez, Tilam supo que su padre la amaba de verdad.

Cuando ella se incorporó al grupo, les explicó resumidamente los acontecimientos que había vivido desde que los dejara en aquella reunión en su propia casa. Les contó cómo descifraron los códigos y entraron en el laberinto por los pasadizos, los duros enfrentamientos de los Pasos de Klaridor y la decisión del grupo de terminar el recorrido para ganarse su condición de hombres y cazadores reconocidos por su pueblo.

—¿Y Lea? —quiso saber Pertgraf.

—Va con ellos.

—¿Por qué? —quiso saber Drethom.

Tilam dudaba en responder, de manera que fue Préndola quien lo hizo.

—Ella ama a Piedra y ama la caza. Es descendiente de Rondo, el gran cazador que se enfrentó al dogarth y llegó hasta la zona muerta. Ha ido con ellos por amor y porque está escrito que así deben suceder las cosas.

Milosh y la sanadora se miraron durante unos instantes y ambos comprendieron que las piezas por fin encajaban, que las señales se habían revelado y que el destino había decidido que sería allí y en esa jornada donde se descubriría el mapa final.

—Así, ahora son ocho —dijo Pertgraf.

—No —le corrigió Tilam—. Son siete, Estrella ha salido conmigo porque sufrió una herida terrible en la lucha con los ritenhuts y no podía continuar. Lo he dejado con las esclavas para que traten de curarlo.

–Siete cazadores para acabar el recorrido –intervino Loptrem de nuevo.

–Con algo de suerte, pasaran por los dominios del dogarth sin que este los detecte y...

–¡No! –gritó Préndola–. El dogarth forma parte de la profecía y los espera. Tratará de matarlos.

Se hizo un silencio profundo que duró un buen rato. Al final, fue Derthom el que lo rompió.

–Debemos ir en su ayuda.

Los cazadores se organizaron en pocos momentos. El padre de Niebla se recuperó de su estado y se ofreció a acompañarlos, pero le pidieron que no lo hiciera, que volviera a su casa y comunicara la mala noticia sobre su hijo a su compañera. El dolor debían vivirlo los dos juntos.

Derthom, Loptrem y Pertgraf entrarían, mientras que Trighul, el padre de Sombra, también volvería al poblado para informar al Consejo y comunicar la desaparición de su hijo a su propia compañera.

–Yo también vengo –dijo Préndola con tanta autoridad que nadie se atrevió a contradecirla.

Además, sus dotes como sanadora iban a venir muy bien si alguno de los chicos o los propios cazadores resultaba herido, cosa probable si al final aparecía el dogarth.

–Vendré con mis esclavos –intervino Milosh.

–No –respondió Derthom de inmediato–. Has intentado matar a mi hijo y por tu culpa han muerto otros chicos como él. Eres demasiado indigno para acompañarnos.

Milosh no se amilanó.

–Todavía soy el hechicero y estos son mis dominios. Yo entraré con cincuenta de mis esclavos guerreros. Podéis aceptarlo o podéis enfrentaros a mí y a ellos y morir sin ver salir de aquí a vuestros hijos.

–No vendrás –insistió desafiante Derthom.

A una señal de Milosh, los esclavos tomaron posiciones rodeando al grupo de cazadores y apuntándoles con sus palos de caza y otras armas arrojadizas. Era evidente que Derthom y sus compañeros debían deponer sus armas. Pero todos ellos eran cazadores orgullosos que no cedían nunca, por grande o fuerte que fuera su enemigo. En lugar de mostrar algún signo de rendición, decidieron agruparse en formación defensiva. Era cinco contra cincuenta, pero estaban dispuestos a luchar y a morir.

–¿Cómo vas a explicar que ordenaste la muerte de varios cazadores? –pregunto Pertgraf.

–Ya se me ocurrirá algo. A estas alturas, tendré tantas cosas que explicar que esta no será la más difícil –respondió Milosh desafiante con la mano en alto.

En cuanto la bajara, los cazadores morirían atravesados.

–¡Basta!

Préndola había avanzado y rompió el círculo de esclavos que rodeaban a los cazadores. Se acercó a Milosh.

–No puedes matarlos.

–¿Por qué? –respondió, desafiante–. ¿Solo porque tú, una sanadora proscrita, que cree ser capaz de interpretar la gran profecía, lo digas?

Préndola siguió acercándose al hechicero.

Uno de los esclavos pidió permiso para lanzarle su palo de caza. Milosh negó con la cabeza.

–Hay algo que deberías tener en cuenta –le dijo Préndola cuando estaba ya muy cerca.

Acercó su boca al oído de Milosh y estuvo unos instantes diciéndole algo que solo él pudo oír.

Todos los presentes pudieron contemplar cómo algo cambiaba en el rostro endurecido del hechicero. Sus ojos se abrieron, el color se retiró de su cara, las manos le temblaron ligeramente e incluso la que mantenía en alto bajó lentamente.

Préndola se separó y volvió a salir del círculo sin mirar a nadie.

–Bajad las armas –ordenó Milosh.

Lentamente, arrastrando los pies, se acercó a Derthom y los otros cazadores que permanecían inmóviles en la misma posición, con los palos en alto.

–Está bien... –dijo en tono altivo aunque descorazonado, como si se sintiera atrapado–. Te pido perdón por haber tratado de matar a tu hijo, pero debes dejarme que os acompañe. Mi destino y el de este planeta se decidirán en este viaje y yo... yo... debo estar ahí. Por vuestro bien, créeme que debo acompañaros.

Los cazadores se relajaron y abandonaron las precauciones para la batalla.

–No mereces mi perdón ni el de los cazadores. Cuando esto termine, deberás dar cuentas de todo ante el Consejo –dijo Derthom.

–Lo haré, explicaré lo que tenga que explicar y aceptaré lo que tenga que aceptar. Pero ahora me necesitáis con vosotros. Además mis cincuenta esclavos armados pueden ser una buena ayuda si el dogarth aparece y tenemos que enfrentarlo.

—En eso tiene razón —intervino Pertgraf—. Nuestra prioridad es sacar a los chicos de allí sin que haya más muertes.

—Y a tu valiente hija —añadió Loptrem.

—Sí.

Al final, aceptaron que Milosh y los esclavos los acompañaran, de manera que se pusieron en marcha con el controlador a la cabeza.

Él iba señalando el camino que debían seguir por aquella maraña de pasillos que se entrecruzaban en las entrañas mismas del laberinto. Unas entrañas que habían sido secretas hasta hacía poco y que ahora aparecían superpobladas.

Se dirigieron rápidamente hacia la parte final, hacia el núcleo, dejando atrás al gran lagarto y a los escorpiones negros, a los escasos ejemplares de ritenhuts que todavía quedaban y a los reptantes pnumorgs. Superaron el laberinto de rocas, el remolino y el monumental Bosque de Lágrimas. Avanzaron hasta los desfiladeros donde Niebla encontró la muerte a manos del rastreador y se adentraron en las rocas que rodeaban los extraños Pasos de Klaridor.

Los dominios del dogarth empezaban a pocos pasos de allí.

Llegaba la hora de enfrentarse al destino.

—¿**D**ónde crees que puede estar esa bestia?

—Ni idea, Lea. Puede ser que no aparezca o que la tengamos a veinte pasos de aquí y ni la veamos. Aquí abajo la oscuridad parece más... más...

—¿Oscura? —respondió ella sin dejarle terminar.

Piedra rio y se dio cuenta de que era la primera vez que lo hacía en mucho tiempo. Estaba seguro que esa casualidad no era ajena a la presencia de Lea a su lado. La miraba y sentía un torrente de sentimientos adueñarse de él, de su razón, de su valor, de su personalidad, de su vida... Aquel no resultaba el lugar más adecuado para dejar emerger su confusión, pero no lograba cerrar del todo la compuerta que contenía sus emociones.

Por un lado, estaba feliz de tenerla a su lado, caminado junto a él, rozando su piel contra la suya y provocando una tormenta en su estómago, pero también sentía el deseo de alejarla del peligro que se cernía sobre todo el grupo,

301

de ponerla a salvo, de resguardarla, aunque la verdad era que no parecía una chica a la que gustara mucho que intentaran protegerla. Además, ya les había demostrado a todos que no le hacía ninguna falta que alguien velara por ella. Sabía cuidarse bien y sería de gran ayuda si llegaba el momento de enfrentarse a aquella bestia legendaria. Su manejo del palo de caza era perfecto, pero todavía mejor que eso era su templanza y su valentía en los momentos cruciales. Les había salvado la vida tanto por su puntería como por su fortaleza mental.

Si salían vivos de allí, tendría que aprender a manejarse con alguien como ella, pero eso no lo asustaba... Bueno, tal vez un poco, pero al verla sonreír y comprobar cómo lo miraba, los temores se apaciguaban y se convertían en esperanzas. Cuando ella sonreía, la cazadora dejaba paso a la chica de quien se había enamorado.

Tenía que hablar de eso con Viento del Norte, pues no iba a permitir que él se inmiscuyera. No tuvo que esperar mucho, ya que fue el cazador solitario el que vino a buscarlo en cuanto Lea lo dejó solo para ir a hablar con Semilla.

—No sé si deberíamos separarnos —le dijo el cazador en cuanto se puso a su lado.

—No creo que sea buena idea, ahora somos pocos, y esa criatura, según cuentan, no solo es enorme, sino que se mueve a una gran velocidad a pesar de su tamaño.

—Podrías preguntárselo a ella —dijo Viento del Norte señalando con la cabeza hacia Lea, que estaba comentando algo con Pájaro Azul.

—¿Ella? ¿Por qué ella? —respondió a la defensiva.

Viento del Norte lo miró de una forma algo extraña, con un brillo frío en sus ojos grises.

–No te pongas tan padrazo... Solo lo digo porque, por si no lo recuerdas, ella es descendiente de Rondo, el gran cazador que logró enfrentarse a la bestia y herirla. Tal vez sepa algo que nosotros no sepamos.

–No me pongo padrazo...

Pero tenía razón, enseguida se había sentido atacado al oír que se refería a Lea. Además, era cierto que tal vez ella conociera algo que valiera la pena compartir.

Antes de llamarla para preguntarle por Rondo, decidió aprovechar el momento para tratar de aclarar la situación.

–Supongo que renunciarás a Lea, ¿no?

–Yo... ¿por qué?

Piedra se detuvo en seco y se enfrentó al cazador, mirándole con rabia. Era el momento de dejar algunas cosas claras.

–Porque Lea será mía... –dijo en voz demasiado alta por la indignación.

Todo el grupo oyó esa declaración, pues se habían detenido al observar que lo hacían los dos cazadores. Lea enrojeció, aunque nadie se dio cuenta de ello, ya que cada vez se veía menos. Agradeció que las pocas antorchas que quedaban encendidas apenas rompieran la oscuridad.

–Yo no pertenezco a nadie –dijo con toda la dureza que pudo reunir aunque sin necesidad de levantar la voz.

Dicho esto, cogió con fuerza su palo de caza y se adelantó unos pasos al grupo, quedando prácticamente engullida por la negrura. Pájaro Azul salió tras ella, ya que Piedra se había quedado inmóvil.

–Pues no parece que ella lo tenga tan claro –le contestó Viento del Norte antes de seguir caminando.

Por un instante, estuvo tentado de seguirla y pedirle disculpas. En realidad, él no sentía que Lea fuera de su propiedad ni nada por el estilo. A pesar de que en su tribu los hombres a veces trataban a sus compañeras como si lo fueran, Piedra nunca había considerado que el papel que les habían otorgado las leyes y las costumbres fuera inferior al que ellos desempeñaban, aunque tenía que reconocer que no todos los cazadores jóvenes pensaban como él. Sin embargo, las cosas estaban cambiando, y Lea era un claro ejemplo de ello.

Después de pelear un rato contra sí mismo, se decidió a hacer lo que el corazón le dictaba. Viendo actuar a su padre y a su madre a lo largo de los ciclos había aprendido que ese era siempre el mejor camino.

La alcanzó en unas cuantas zancadas. Pájaro Azul, que marchaba a su lado, se fundió en la oscuridad.

–Perdóname, no quise decir eso.

Pensó que lo miraría con esa furia que había mostrado cuando mató a los ritenhuts, pero solo vio algo de decepción en sus profundos ojos negros.

–Yo no soy tuya ni de nadie.

–Lo sé.

–No pertenezco a ningún cazador. Soy capaz de cuidar de mí misma.

–Ya lo he visto –dijo sonriendo para tratar de distender la situación.

Pero Lea seguía ofuscada y encerrada en sí misma.

Caminaron juntos un rato sin decirse nada, hasta que ella se volvió y le habló tan abiertamente como se sentía capaz.

–Te amo, ya lo sabes. Te he amado desde que nos robaste aquella caza en las montañas... –Ahora era ella quien sonreía con cierta amargura.– Pero no voy a someterme a ti ni a nadie. Estaré toda mi vida contigo si eso es lo que quieres, pero no voy a quedarme en nuestra casa a esperar tu llegada ni voy a dedicarme a recoger semillas y... Bueno, sí que las recogeré, pero no haré solo eso.

Guardó un silencio que Piedra respetó. Esperó a que ella continuara.

–Amo la caza, adoro salir al campo y descubrir cada tono rosado que quiera enseñarme Hastg. Disfruto introduciéndome en el bosque más profundo y acechando a una presa. Me siento feliz cuando clavo mi palo de caza en su carne y contemplo como muere, porque sé que esa muerte es vida para mí y los míos. No hace falta que te cuente más, porque sé que tú también gozas con esas sensaciones y que no podrías vivir sin ellas.

–Es cierto.

–Pues a eso me refiero. Si tú necesitas sentir el aire entrar en tus pulmones mientras corres tras un trasgur, si necesitas medir cada uno de tus movimientos para no espantar a una bandada de hulams, si te sientes lleno de vida cuando lanzas tu palo de caza, debes entender que eso también forma parte de mi propia esencia y que no sabría ni podría vivir de otra manera.

Piedra midió sus palabras, pues no quería decir nada que sonara falso o demasiado brusco.

–Mira Lea, yo también te amo... Desde que os robé el trasgur en las montañas. –Le devolvió una sonrisa sincera.– Entiendo que eso que explicas forma parte de tu vida...

Y lo entiendo, porque yo no concebiría la mía sin poder hacer todo eso. Pero también es verdad que vivimos en una tribu que no acepta ese papel en las mujeres, así que tendremos que avanzar poco a poco. Saldremos de caza tú y yo solos y después veremos cómo lo explicamos a los demás.

–Pero yo no puedo esperar –protestó Lea.

–Pues tendrás que hacerlo. No sé cómo acabará todo esto ni si saldremos vivos de aquí, ni sé en qué situación quedaré yo... No olvides que se descubrirá que soy hermano de Milosh.

Movió la cabeza como tratando que los pensamientos se pusieran en orden y no se precipitaran en su mente.

–Te entiendo –respondió Lea al ver su confusión.

–Lo dudo, Lea, lo dudo mucho. Dudo que me entiendas porque ni yo mismo lo consigo. Acabo de saber que mi padre no es mi padre, sino que soy hijo de un hechicero cruel que amargó la vida a los nuestros como hace ahora su hijo... mi hermano. Descubro que mi madre estuvo con ese malnacido y que tuvo un hijo con él, y que el que creía mi padre, en el que siempre he confiado, me mintió y no quiso que yo conociera la verdad. No, no creo que me entiendas, Lea.

Ella se acercó y colocó suavemente su mano en la mejilla de Piedra.

–¡Calma, ten calma! Tienes razón, no puedo entenderlo, pero recuerda que yo también tengo una familia con algunas taras si quieres llamarlo así. Somos descendientes de Rondo, el gran cazador legendario al que, en realidad, nadie conocía.

Hizo una pausa como para destacar que iba a explicarle algo importante.

–Voy a contarte algo sobre Rondo. En realidad no fue en busca del dogarth para enfrentarlo, ¿sabes? Fue el destino el que lo llevó a...

En ese momento, alguien gritó a sus espaldas.

–¡Han herido a Semilla!

Piedra y Lea corrieron hacia donde el grupo se había detenido y trataba de organizarse.

–¡Cubrámonos! ¡Hacia esas piedras! –gritó Viento del Norte.

Lluvia y Río arrastraban a Semilla, que iba dejando un rastro de sangre que Lea y Piedra siguieron para reunirse con los demás.

–¿Qué ha ocurrido? –preguntó Piedra cuando todos quedaron detrás de una gran roca.

–No lo sabemos –respondió Lluvia–. Íbamos siguiendo el sendero igual que todos. Semilla y yo estábamos hablando de nuestros planes para cuando saliéramos de aquí. Se oyó un zumbido y Semilla cayó al suelo gritando... No sé más.

Lea estaba arrodillada al lado de Semilla, que trataba de no gritar a pesar de que era evidente que algo en su pierna derecha le dolía mucho.

–Es una especie de cuchilla ovalada. Seguramente lanzada a no mucha distancia –dijo Lea mostrando un objeto pulido manchado de sangre que acababa de extraerle de la carne sanguinolenta.

–Es él. Todavía está cerca y nos sigue –dijo en voz baja Pájaro Azul.

–Vamos a por él –propuso Viento del Norte, en cuyos ojos volvía a refulgir ese brillo asesino que Piedra le había visto en algunas ocasiones.

–No –ordenó Piedra–. Eso es lo que quiere.

Pero los dos cazadores habían desaparecido ya.

–Este óvalo no puede ser lanzado desde muy lejos –dijo Lea–. No pesa lo suficiente, o sea que el rastreador estaba cerca de Semilla cuando lo lanzó. Me pregunto cómo es que falló desde tan cerca.

–No falló –respondió Piedra.

–¿Qué quieres decir? –intervino Río.

–Creo que no ha querido matar a Semilla, solo herirlo, y así...

–... dificultar nuestra marcha –terminó la frase Lea.

–Sí, solo espero que no sea tan hábil como para prever que esos dos saldrían a por él...

Pájaro Azul se adentró en la oscuridad, caminando de puntillas y con sumo cuidado para no pisar nada que pudiera desvelar su posición. Sabía que Viento del Norte avanzaba de forma igualmente silenciosa por el otro lado. Pretendían encerrar al rastreador en una maniobra circular y abatirse sobre él.

El rastreador sonrió en la más absoluta oscuridad, pues suponía que al menos ese cazador presuntuoso al que todos llamaban Viento del Norte iría en su busca. Probablemente serían dos o tres e intentarían rodearlo antes de atacar. Una táctica tan vieja como inocente. Ahora llegaba el momento en que averiguarían por qué él era mucho mejor cazador de lo que ellos jamás llegarían a serlo.

En lugar de esperar a que lo atacaran, se lanzó a por ellos. Se dirigió con paso decidido hacia su derecha. Caminaba como flotando, sin hacer el menor ruido por encima de la roca desnuda. Se había quitado las sandalias de piel de trasgur que llevaba, con lo cual ni el más ligero crujido se transmitía en medio de una oscuridad lúgubre. En cambio, gracias a su entrenado oído, podía oír el leve roce de la piel curtida contra la piedra que producía el calzado de su enemigo.

Se preparó para lanzar su palo de caza contra el bulto que adivinó cercano con la intención de atravesarlo... y notó cómo el palo caía al suelo. Su brazo era incapaz de sujetarlo.

Tardó unos instantes en darse cuenta de que estaba herido.

Su instinto lo salvó.

Retrocedió de un salto hacia la oscuridad total y corrió tan deprisa como pudo, arriesgándose a chocar con cualquier roca. Tuvo suerte y logró apartarse antes de que el segundo palo de caza lo alcanzara.

–¡¿Cómo has sabido que me atacaría?! –preguntó Pájaro Azul en cuanto vio aparecer a su compañero.

Seguía sin creerse que el rastreador hubiera podido acercarse tanto a él sin que se enterara.

Viento del Norte sonrió y señaló sus pies desnudos.

–Hacías mucho ruido.

–Me has salvado la vida...

–Lo sé, pero ni se te ocurra darme un abrazo o cosas por el estilo.

–¿Lo has matado?

–No, he estado a punto, pero ha desaparecido como un rayo. Pero está herido en su brazo de lanzar. Tardará en volver, y para entonces...

Un rugido tan fuerte que casi los derriba sonó a sus espaldas.

–¡Corred! ¡Corred! ¡Es el dogarth!

Sin decir nada más, siguieron al grupo que cargaba trabajosamente con Semilla, el cual trataba de correr apoyando solo una de sus piernas. En la otra, un trapo sucio cubría la herida y evitaba que sangrase demasiado.

Piedra tomó el sendero y siguió hacia delante tan deprisa como pudo. El rugido había sonado demasiado cerca como para creer que una criatura del tamaño que se le suponía al dogarth pudiera acercarse tanto sin hacer temblar el suelo, pero no iban a quedarse a comprobarlo.

Lea iba a su lado y respiraba lentamente a pesar del esfuerzo.

«Es una gran cazadora», pensó Piedra.

Cuando llegaron a una pequeña elevación, Piedra sintió que algo les esperaba en el camino, más adelante. Haciendo caso a un instinto que no sabía de dónde salía, se detuvo.

–Hay algo ahí delante...

Lea llegó a su altura, y también lo hizo Viento del Norte.

–¡Por aquí hay una especie de paso! –les gritó Pájaro Azul desde algún lugar más abajo y hacia la izquierda.

Ellos tres ni lo habían visto, pero habían aprendido a confiar en aquel cazador callado y hábil, de manera que se dirigieron allí sin dudarlo.

El rastreador oyó la voz de uno de los cazadores, pero no entendió lo que decía. Seguía escondido tras una formación de piedras planas que se elevaba varios cuerpos por encima de él.

No había huido demasiado lejos después del fugaz enfrentamiento. Una vez más contaba con que aquellos cazadores jóvenes pensaran que lo habían derrotado. Volverían a confiarse y esta vez no se dejaría atrapar.

Los había subestimado, especialmente al cazador solitario. Eso casi le cuesta la vida, pero no volvería a suceder. Tenía el brazo derecho totalmente paralizado, pero empuñaba el palo de caza con la otra mano con igual determinación. Un cazador perfecto, como él pretendía llegar a ser, no podía quedar limitado porque solo supiera manejar sus armas con una mano. Había practicado mucho para llegar a manejar ambas extremidades con igual destreza y puntería. En muchas partidas de caza se había obligado a no utilizar más que su mano mala, incluso en situaciones extremas donde la presa se había revuelto contra él y había tenido que luchar exponiéndose a graves heridas o incluso la muerte.

Pero hasta a la muerte se la podía dominar.

Ahora era capaz de matar con ambas manos y esperaba a que el grupo se acercara para acabar con alguno de ellos. El dogarth, esa criatura a la que un día se enfrentaría y daría muerte, se había puesto esta vez de su parte. Su repentina aparición, con ese rugido que helaba la sangre, había obligado al grupo a dar la vuelta y dirigirse hacia donde él trataba de curarse la herida.

Ahora solo debía esperar a que pasasen todos. Atacaría al que fuera el último y lo mataría... Tal vez la chica si tenía suerte.

Sí, eso haría, atravesaría el bonito pecho de aquella guerrera que había osado lanzarle su palo de caza en los Pasos de Klaridor, impidiendo además que los ritenhuts se alimentaran con la carne de los cazadores.

Estaba disfrutando de la idea, cuando notó que algo no iba bien. Los pasos acelerados que se dirigían hacia él habían cesado y después se reanudaban en otra dirección.

¿Lo habrían detectado?

No, aquello era imposible.

Salió sigilosamente al sendero principal, tratando de escuchar algo que le diera una pista sobre el cambio de situación.

Lo sintió a su espalda y se dio lentamente la vuelta.

Ni siquiera lo había oído llegar.

Levantó su palo de caza con la mano izquierda.

Vio un aterrador ojo vacío que lo miraba desde el mundo oscuro.

Gritó...

22

—No han pasado por aquí.

Derthom estaba convencido de que algo malo había sucedido. Llevaban ya un buen rato siguiendo pistas confusas y ahora simplemente ya no había nada que seguir. El rastro era difícil de detectar en un suelo de roca viva donde no quedaba impresa huella alguna, pero él, Loptrem y Pertgraf eran cazadores lo suficientemente experimentados como para ser capaces de deducir el camino que había tomado una presa incluso en esas condiciones. Ahora no perseguían una presa, sino a sus propios hijos, pero el método era el mismo. Concentración y observación, una piedra desplazada de su sitio, un pequeño rastro todavía húmedo...

Habían llegado a la entrada de la gran cueva a través de los pasadizos del laberinto, guiados por Milosh y sus esclavos. A partir de allí, ellos tres habían asumido el mando. Préndola caminaba en silencio al lado de Milosh, aunque no parecía que tuvieran mucho que decirse. El hechicero parecía ausente, perdido en sus propios pensamientos.

Una vez dentro, encontraron el rastro del grupo y lo siguieron entre las sombras de la gran cueva. Llegaron hasta donde Semilla había sido herido y vieron esa sangre y la de la primera herida del rastreador. Confundidos, buscaron si había algún cadáver o restos que pudieran evidenciar alguna baja mortal, pero no encontraron nada.

–Aquí han dado la vuelta –había dicho Loptrem después de observar un buen rato algunas piedras removidas y el rastro goteante de la herida de Semilla.

Volvieron sobre sus pasos y encontraron los restos de una persona destrozada por algún gran depredador. No quedaba mucho, de manera que no pudieron identificar a la víctima.

–El dogarth –dijo Préndola en cuanto vio el macabro espectáculo.

Durante un buen rato estuvieron dando vueltas por los alrededores, tratando de encontrar más evidencias sobre ataques de la bestia. Con el corazón encogido, removieron piedras y buscaron en los profundos rincones laterales de la gran cueva. Había tanto espacio para cubrir sumido en la más absoluta oscuridad, que dudaban que llegaran a encontrar nada más. Todos temían toparse con los restos despedazados del grupo.

Decidieron seguir para ver si más adelante se reprendían las pistas y podían comprobar que sus hijos habían sobrevivido al dogarth, saliendo finalmente por el núcleo. Sin embargo, después de caminar unos cientos de pasos, había sido el propio Derthom quien había reconocido la realidad de la situación.

–No han llegado hasta aquí.

–¿Qué hacemos? –preguntó Milosh, que se había acercado a los cazadores.

Estos lo miraron con odio, después de todo, él era el responsable de que sus hijos hubieran muerto allí dentro.

–Trataremos de encontrar más restos, es lo menos que podemos hacer –dijo finalmente Loptrem.

–Regresemos al punto del encuentro con el dogarth, aquí no hay nada que buscar –respondió Pertgraf con tono abatido.

Hicieron el corto trayecto en silencio, convencidos de que su mayor triunfo sería encontrar algún pedazo de sus propios hijos, algo con lo que hacer la ceremonia de la muerte en el mar de Okam.

Estuvieron largo rato revolviendo de nuevo por donde ya habían pasado, tratando, sin mucho convencimiento, de que algo nuevo llamara su atención. Milosh permanecía algo apartado, rodeado de su ejército de esclavos, mientras Préndola realizaba un extraño ritual encendiendo con las antorchas unos palitos húmedos que elevaban un espeso humo blanco hacia arriba.

–Debemos regresar –dijo finalmente el hechicero.

Nadie respondió. En el fondo sabían que tenía razón, pero se negaban a admitirlo.

–¡No! Ellos están vivos –intervino Préndola, que hacía gestos con las manos atravesando el humo, como si leyera en él.

Los cazadores la rodearon.

–¿Cómo lo sabes? –quiso saber Derthom.

–Lo sé.

–¿Estás segura? –preguntó Loptrem.

Préndola se limitó a mirarlo con una expresión vacía.

–Tú no puedes saberlo –le dijo finalmente Milosh.

–Eres tú quien debería haberlo notado –le respondió la sanadora.

–No hay nada en el aire, ninguna señal.

–No es en el aire donde debes buscar las señales, sino en tu interior.

–No me digas cómo debo hacer las cosas.

–Estás demasiado agitado para sentir nada.

Milosh guardó silencio un instante e iba a responder cuando Pertgraf intervino para cortar la discusión.

–¡Basta! Estamos en los dominios del dogarth, en una cueva profunda y oscura donde puede ser que los restos de nuestros hijos se encuentren esparcidos por todas partes... No es momento de discusiones.

–Préndola, ¿qué sabes?, ¿qué has sentido? –le preguntó Derthom.

–Siento su fuerza, sus corazones latiendo en algún lugar profundo pero cercano.

–Eso no nos ayuda mucho –intervino Loptrem.

–Mejor que nada –le respondió Pertgraf, que observaba a la sanadora con gran interés.

Milosh decidió intervenir para no perder el poco prestigio que todavía le quedaba.

–Es posible que sus espíritus hayan quedado atrapados en este lugar y sea eso lo que detecte ella.

–¡No! –respondió Préndola enérgicamente–. No son sus espíritus los que me hablan, sino sus cuerpos, sus vísceras, su sangre...

–¿Están todos vivos? –preguntó Loptrem.

–Eso no puedo saberlo. Hay algunos vivos, eso lo siento, pero no sé ni cuantos ni quiénes.

–¿Y dónde están? –quiso saber Milosh con cierta ironía en su voz.

–El dogarth los ha guiado hasta donde deben llegar, hasta el lugar donde todo será revelado.

–¿No puedes ser más clara? –le preguntó Milosh.

–Tú sabes dónde es, hechicero.

Todo el mundo, pese a la oscuridad reinante, pudo ver como Milosh palidecía.

–¿Han llegado a...? –No completó la frase.

–Sí.

–Pero ¿cómo? Nadie puede llegar hasta allí.

–¿Os importaría ser algo más transparentes? –intervino enfadado Derthom–. ¿Dónde se supone que están nuestros hijos?

Préndola y Milosh guardaron silencio. El hechicero ordenó a sus esclavos que se alejaran unos cuantos pasos.

Entonces pronunció las palabras que habían estado rebotando en su cabeza desde que aquella infortunada selección empezara. Era una idea de la que no había sido consciente del todo, pero que estaba ahí, impresa en todo lo que había ido sucediendo, en cada pieza del rompecabezas, en cada acontecimiento ligado al siguiente y al siguiente, en cada señal y en cada sentimiento.

Cuando habló, lo hizo consciente de que, por fin, toda la imagen era visible. **317**

–Han llegado a la Boca del Mundo –sentenció por fin.

Nadie dijo nada hasta que Pertgraf se atrevió a hablar por los demás.

–Eso no es posible.

–Lo es –respondió Milosh, ya seguro de que todo se encaminaba al desastre que había estado presintiendo desde hacía tiempo.

–Lo es –repitió.

–Nadie puede llegar allí, pues nadie conoce el camino... Y además es el lugar donde habita el dogarth, y no permite a nadie que se acerque allí –intervino Loptrem.

–Solo Rondo consiguió acceder a la Boca del Mundo, nadie más lo ha intentado –confirmó Pertgraf.

–Algunas personas más saben el camino y lo han utilizado para conspirar contra nuestro pueblo, ¿verdad, Préndola? –intervino Milosh mirando a la sanadora.

La imagen borrosa de viejas hechiceras reunidas frente a una gran pared en lo más profundo de la gran cueva vino a su cabeza desde lo más profundo de la inconsciencia. En ese momento entendió el significado del sueño que hacía tiempo que lo perseguía.

Todos se volvieron a mirar a la sanadora, que se limitó a levantar la vista y decir:

–Están allí, han llegado por fin. Ellos han cumplido la profecía del gran cambio.

–Querrás decir del gran desastre –le respondió Milosh.

–Eso no es seguro, y tú lo sabes.

–Juegan con fuego, con la vida de todos nosotros, con el futuro de nuestro pueblo. Sus actos y tus actos nos abocan a la extinción...

Milosh levantaba cada vez más la voz.

–¡Sin saberlo, pondrán en marcha el mecanismo de nuestra muerte! –acabó gritando.

–¡Ehhh, cálmate, hechicero! –le reprendió Derthom–. Después de todo, buena parte de lo que está sucediendo es culpa tuya. Tú cambiaste las leyes tratando de intervenir en el destino de la selección. Tú pusiste en marcha ese mecanismo del que hablas, si es que existe.

–No discutamos más –intervino Préndola–. Es momento de marchar.

–¿Ah, sí? ¿Y hacia dónde se supone que...? –preguntó Milosh.

En ese momento, a Pertgraf, que se había separado ligeramente del grupo, pues no tenía paciencia para las discusiones, le pareció oír una especie de lamento lejano, aunque no supo identificarlo.

–¡Silencio! –ordenó.

Todo el mundo se mantuvo a la expectativa hasta que volvió a sonar el mismo tipo de sonido que, esta vez, se parecía mucho más a un rugido, aunque igualmente apagado.

Derthom se acercó y le parecido identificar la procedencia desde algún lugar más abajo y a la derecha de su posición. Fijando la mirada con total concentración, le pareció distinguir una zona más sombría dentro de la oscuridad.

A su lado, Loptrem señaló una pequeña piedra que antes no habían visto y que claramente había sido movida de sitio en uno de los laterales del sendero que descendía justamente hacia la derecha hasta un límite invisible. Supo que había encontrado una pista.

–Creo que han seguido por aquí –dijo señalando hacia el profundo desnivel que surgía a su lado.

319

El rugido sonó nuevamente, pero mucho más leve, como si se estuviera alejando de ellos hacia algún lugar profundo.

–Parece que allí abajo hay un paso –confirmó Pertgraf.

–¿Un paso? ¿Hacia dónde? –quiso saber Milosh.

–Hacia la verdad y el futuro –le respondió Préndola, sonriendo.

–Si bajamos allí, tal vez no podamos volver a subir –insistió Milosh.

Ninguno de los tres cazadores dudó un instante y empezaron a bajar. Préndola los siguió, y, también, finalmente, lo hizo Milosh.

Cuando sus esclavos de pañuelo blanco quisieron seguirlo, Préndola intervino.

–No es lugar para esclavos.

Milosh levantó la mano y les ordenó que lo esperaran allí.

–Si en una jornada no hemos vuelto, regresad al poblado y contad lo que ha sucedido. Bajo ningún concepto debéis seguirnos. ¿Está claro?

El controlador, que no tenía ninguna intención de seguir a esos locos hacia la muerte, hizo la pregunta que flotaba en el ambiente.

–¿Y si aparece el dogarth?

–No deberías preocuparte por eso por dos razones. En primer lugar, porque me temo que esa bestia va a estar muy ocupada con nosotros, y, en segundo, porque, si aparece, seguramente no tendrás tiempo ni de preguntarte qué debes hacer.

Milosh descendió con dificultad, debido a la gran inclinación del suelo, que además resbalaba por la humedad acumulada. Iba tras Préndola, aunque la había perdido de vista enseguida, ya que, conforme bajaban, ni siquiera les llegaba la mortecina luz de las antorchas de los esclavos. Chocó con el grupo que esperaba en la entrada de lo que parecía un estrecho pasaje excavado en la roca. Milosh no lo vio hasta que estuvo frente a él, y, aun así, ni siquiera alcanzaba a identificar sus dimensiones. En realidad se trataba más de una grieta irregular que de un pasadizo, de manera que resultaba muy imprudente adentrarse allí a ciegas.

—No podemos seguir a oscuras —oyó que decía Pertgraf.

—Si cogemos las antorchas, será como señalar a la bestia por dónde nos movemos. Solo tendrá que venir a buscarnos —le respondió Derthom.

—Es cierto, pero, si no lo hacemos, no tendremos ninguna oportunidad de llegar hasta donde sea que lleve este pasadizo. Además, podemos caer en algún abismo o encontrarnos de cara con algún depredador desconocido. No sabemos lo que vive ahí abajo —intervino Loptrem.

—De acuerdo, cojamos antorchas.

Pertgraf y Derthom subieron de nuevo con gran esfuerzo al sendero principal y cogieron algunas antorchas que les facilitaron los esclavos. Las encendieron y descendieron de nuevo hasta donde les esperaba el resto del grupo. Fue entonces cuando vieron que el pasadizo era casi tan alto como ellos y que podrían entrar sin necesidad de reptar.

—Adentro, en fila y en silencio —dijo Derthom tomando la iniciativa y poniéndose en cabeza.

Las paredes eran de roca negra, y de sus poros rezumaba un líquido caliente que desprendía un desagradable olor. Avanzaron durante mucho tiempo por ese pasillo, sin más cambios que algún insecto que acudía a inmolarse en las antorchas y un par de reptantes criaturas que cruzaron a gran velocidad frente a ellos.

–El camino nos está hundiendo en las entrañas de Gronjor –dijo Milosh.

–Eso es –respondió Préndola, que lo precedía en la marcha–. Será desde las profundidades desde donde surgirá de nuevo la luz...

Esas palabras resonaron en la cabeza del hechicero durante un buen rato. Estaba seguro de habérselas oído decir a su padre en uno de los extraños sueños que tenía últimamente.

Siguieron andando en silencio, cada uno sumido en sus propios pensamientos. Los tres cazadores se turnaban en cabeza, de manera que el que iba delante se situaba después en la retaguardia, y así sucesivamente.

Perdieron la conciencia de cuánto tiempo estuvieron marchando, pues allí abajo era fácil perder la noción del tiempo. Descansaban muy de tanto en tanto, más por Préndola y Milosh que por ellos mismos, acostumbrados como estaban a las largas marchas de caza.

De repente, Loptrem, que iba en cabeza, dio la orden de detenerse. Derthom acudió a su lado mientras Pertgraf les cubría las espaldas.

–Aquí delante se abre el camino. Noto el aire que corre desde un lugar muy grande.

–Avancemos despacio.

Llegaron al borde de lo que parecía un gran abismo, aunque, en realidad, un pequeño puente natural de piedra cruzaba por encima. Levantando las antorchas, trataron de averiguar los límites del espacio donde se encontraban, pero estaba claro que estos iban mucho más allá de donde alcanzaba la luz que desprendían sus teas.

Un calor abrasador los vino a recibir en cuanto decidieron avanzar por la plataforma de piedra que hacía de puente. Desde muy abajo se adivinaban irradiaciones anaranjadas de roca incandescente.

Siguieron caminando hasta alcanzar el otro lado. Allí les esperaba otra sorpresa. El pasadizo continuaba, pero su altura descendía a la mitad, por lo que debían andar en cuclillas.

Unas marcas en el suelo les convencieron de que el grupo de cazadores que perseguían había pasado por allí.

Afortunadamente, el espacio volvió a elevarse poco a poco. Descubrieron que la negra roca desprendía destellos de algo brillante incrustado en la misma piedra. Conforme avanzaban, ese material era cada vez más numeroso, hasta que desembocaron en un nuevo espacio abierto, pero de dimensiones razonables, que estaba literalmente forrado de ese material cristalino que arrancaba innumerables brillos azulados a la luz de las antorchas.

Milosh arrancó con su pequeño cuchillo un trozo de cristal del tamaño de su mano y pensó que quizás, si lo pulía un poco, podría llegar a ser un buen amuleto. Recordaba que su padre llevaba un cristal parecido colgado del cuello y que nunca quiso decirle de dónde lo había sacado. Préndola lo observaba algo apartada con una sonrisa irónica en su arrugado rostro.

Pensó en Rondo y en su talismán perdido.

–Los círculos siempre se cierran –murmuró.

Decidieron que era el momento de descansar. Los tres cazadores se durmieron casi instantáneamente, mientras que Préndola y Milosh se quedaron hablando en susurros y montando guardia.

Hablaron del presente, pero sobre todo del pasado. Ninguno de los dos estaba seguro de cuál iba a ser el futuro de todos ellos, pero ambos estaban convencidos de que iban a quedar señalados por ese viaje por el corazón mismo de Gronjor.

–Debes entender que lo que está escrito es inmutable, por eso sucederá lo que deba suceder –le dijo Milosh pasado un buen rato.

–Tal vez lo sea –respondió Préndola–. Sin embargo, olvidas que lo que no es inmutable es lo que podemos interpretar. Los tiempos en que todo pasaba por el hechicero están llegando a su fin. Jóvenes como los que estamos siguiendo tienen sus propios criterios, sus propias visiones del futuro, y tú, por mucho que trates de contener la arena, sabes que se te acabará escapando de las manos.

–Estás disfrutando con esto, ¿verdad? Es tu venganza por mi decisión de desterrarte. Te vengas por ti y por todas tus compañeras hechiceras, ¿verdad?

–Una vez más te equivocas, Milosh. Tus decisiones no me afectan, no nos afectan, porque nada de lo que hagas cambiará el hecho de que estamos aquí, caminado hacia el destino que nos espera.

–Lo que nos espera es una catástrofe y nuestra desaparición. Vuestra sed de venganza nos abocará a un sufrimiento sin límites –sentenció Milosh.

–Ese miedo a los cambios es el que nos ha convertido en lo que somos, asesinos que mandamos a nuestros hijos a la muerte solo porque no nos atrevemos a mirar más allá de la oscuridad. Tiranos despiadados que no permitimos que las familias crezcan y sean felices.

–¡No me vengas con esas teorías absurdas! ¡Nuestro pequeño planeta es caprichoso y cruel! Solo nos permite mantener vivos a unos cuantos de nosotros porque nada crece en su parte oscura. Eso que dices es muy inspirador, pero sabes tan bien como lo sé yo que, si dejamos crecer a las familias sin control, si no limitamos e incluso hacemos disminuir cada generación, en poco tiempo acabaríamos comiéndonos los unos a los otros. ¡¿Asesinos dices...?! Tal vez, pero por lo menos permitimos que algunos vivan y tengan familias que cuidar. En cambio vosotras...

–Vamos, Milosh, suéltalo de una vez...

–Vosotras y vuestra visión fraternal de todo lo que se mueve en este planeta. Permitisteis que las cosas se descontrolaran hasta que estuvimos muy cerca de la extinción...

–Es cierto –dijo Préndola, encajando la acusación.

Ella misma había discutido fuertemente con sus antecesoras por su tendencia a pensar que un orden natural que lo gobernaba todo acabaría por imponer un equilibrio. Sin embargo, la no intervención hizo que las poblaciones crecieran y casi agotaran los recursos. Fue entonces cuando la rebelión estalló y se llevó por delante cualquier consideración hacia la libertad individual y colectiva.

En el fondo, ella lo sabía, fueron las hechiceras las que sembraron la semilla del odio que recogieron los hechiceros como Milosh y sus antecesores.

325

—Es cierto —repitió sin tratar de excusarse—. Nosotras hicimos mal las cosas al no intervenir cuando era necesario hacerlo, al no sacrificar algunas cosas para salvar las más valiosas. Y eso nos trajo más oscuridad y mucha más sangre derramada.

Préndola no quiso seguir, pues no quería poner a Milosh a la misma altura que sus predecesores, hechiceros sanguinarios sin escrúpulo alguno por la muerte de inocentes en el laberinto. Ella sabía, hacía mucho tiempo, que sería Milosh el que permitiría con sus debilidades que las piezas encajaran. También sabía que, en el fondo, su amor por Tilam era un reflejo de una bondad oculta que pugnaba por salir.

Todos tendrían que hacer sus sacrificios, empezando por ella misma, que había sacrificado lo más sagrado que una mujer pudiera llegar jamás a poseer.

En lugar de seguir discutiendo, se limitó a decir:

—Ya no está en tus manos controlar nuestro futuro...

—Ni en las tuyas...

La sanadora iba a responder de nuevo cuando observó que los tres cazadores se habían despertado casi al mismo tiempo y miraban en la misma dirección. Concentrándose un poco en ese punto negro, pudo observar un leve resplandor que parecía avanzar hacia ellos.

—Son ellos —dijo Pertgraf.

Justo en ese momento, un grito claramente de chica llegó a sus oídos, haciendo que el veterano cazador mostrara en su férreo rostro una sonrisa que muy pocos habitantes de aquel planeta habían podido contemplar.

23

El grupo se reunió en la cueva brillante y los reencuentros duraron un buen rato. Piedra y su padre chocaron los antebrazos y mantuvieron una cierta distancia. Él todavía estaba herido por el engaño al que lo habían sometido desde pequeño y enormemente molesto por la presencia de Milosh.

Semilla y su madre, Préndola, se fusionaron en un intenso pero corto abrazo, y esta se puso enseguida a curar la pierna de su hijo.

Pertgraf y Lea no se habían soltado desde que ella llegó corriendo con la antorcha en la mano.

Río, Viento del Norte, Pájaro Azul y Lluvia explicaron a Loptrem cómo habían llegado hasta allí. Milosh se mantenía alejado del grupo, siendo muy consciente de las miradas cargadas de resentimiento que le llegaban.

–Debemos volver –les dijo Loptrem cuando escuchó cómo habían estado huyendo del dogarth hasta llegar a la gran cueva que todos conocían como la Boca del Mundo.

–Sí, ahora no tiene sentido seguir aquí. Además, probablemente el dogarth siga por aquí cerca y... –intervino Derthom.

–Eso quiere decir que esa cueva comunica con la del laberinto... Por eso el dogarth desaparecía a menudo –le cortó Pertgraf–. Pero debe haber otro paso mucho más grande por donde se mueve la bestia.

–Seguro que sí, pero eso no importa ahora –dijo Lea, apretando nuevamente la mano de su padre–. Es hora de regresar, ya que él parece andar por aquí cerca.

–¿No lo habéis visto? –preguntó Derthom.

–No –respondió Piedra–. Pero lo hemos intuido cerca en varias ocasiones. Además, nosotros solo llevamos dos antorchas, y allí delante la oscuridad es tan espesa que podría estar a un paso nuestro y no lo veríamos.

–Volvamos –insistió Lea–. Saldremos por el núcleo y todo habrá acabado.

–¡No! –Oyeron hablar a Milosh por primera vez.

–¡Tú... mejor cállate! –le respondió Derthom, apuntándole con su palo de caza.

Milosh hizo caso omiso a la amenaza y se dirigió a la sanadora.

–¡Venga, Préndola! ¡Explícales tú por qué todavía no podemos volver!

Ella guardó silencio mientras recogía las plantas que había esparcido en el suelo para hacer la cura de la herida de su hijo.

–¡Vamos, sanadora vengativa! ¡Diles que vas a jugarte sus vidas por una corazonada y para tratar de humillarme!

Milosh no estaba dispuesto a marcharse sin dejarlo todo decidido. Habían llegado hasta allí y no iban a volver sin aclarar la profecía. No iba a permitir que esa leyenda siguiera siendo caldo de cultivo para futuras conspiraciones contra su poder.

–¡Que todo esto lo haces para recuperar tu influencia perdida!

–¡Cállate ya! –Esta vez fue Loptrem el que se plantó delante del hechicero.

En su rostro había algo más que una amenaza. Milosh no pudo evitar pensar que aquel guerrero con ganas de apretarle el cuello era el padre de Tilam.

–¿Préndola? –interrogó suavemente Loptrem.

Ella siguió en silencio, con las manos detrás de su cuerpo y la vista perdida en algún lugar de aquella oscuridad.

–¿Madre? –intervino Semilla, que parecía algo más recuperado.

Esa voz familiar la hizo reaccionar. Empezó a hablar y estuvo mucho rato sin detenerse más que a tomar aire.

–Voy a contaros algo que no sabéis. En realidad, muchas cosas que nadie sabe. Tiene que ver con la historia de nuestro mundo, desde lo más antiguo hasta este momento. Sentaos y escuchad. Al final podréis preguntar lo que os apetezca.

Todos hicieron caso y se sentaron en círculo alrededor del fuego de varias antorchas que emitían una luz anaranjada que bailaba entre las sombras.

–Gronjor es un planeta extraño, no hace falta que os lo diga, y muy cruel al ofrecernos solo una pequeña parte de su vasto territorio para nuestro uso. El resto se encuentra sumido en la oscuridad más profunda, y eso ocurre porque el planeta no da vueltas, de manera que nuestro sol de Hastg no puede enviar hasta aquí sus rayos que crean la vida... pero no siempre fue así.

Miró a sus oyentes y vio que había captado su atención plenamente.

—En el inicio de los tiempos, Gronjor se movía dando vueltas lentamente. Tardaba casi dos ciclos en completar una vuelta, pero eso era suficiente para que la vida fluyera por todo el planeta sin excepción, pues la luz de Hastg llegaba a todos los rincones y esa luz es la que daba la vida a todo. No había zona oscura, ni criaturas como los ritenhuts... Bueno, sí que había depredadores, pero no como estos. Muchos pueblos habitaban el mundo, aunque estaban dispersos y no eran muy numerosos. Todos ellos tenían hechiceras que formaban un consejo y se reunían en una gran cueva una vez cada cuatro ciclos. Ellas eran las madres de la tierra y tenían el poder de ver el futuro y de guiar a sus pueblos. Así está escrito.

Por unos instantes, se hizo un gran silencio solo roto por el gorgoteo de algunas gotas que se estrellaban contra el suelo después de caer desde la oscuridad.

—El caso es que algo muy grave pasó, un gran desastre hizo que el planeta se detuviera, y la vida desapareció casi por completo, dejando solo una zona iluminada que, con el tiempo, creó nueva vida hasta que todo empezó a recuperarse. Cuando conseguimos ser suficientes, volvimos a agruparnos en torno a las madres hechiceras, pero ya nada fue lo mismo.

Una nueva pausa mientras señalaba hacia la profunda cueva conocida por la Boca del Mundo.

–Dice la leyenda, que ha pasado de boca en boca desde esa época lejana, que fue un objeto enorme que cayó del cielo lo que provocó que el planeta se detuviera. Ese objeto chocó con Gronjor con tal violencia que se hundió hasta el centro del planeta creando la Boca del Mundo, que fue donde impactó directamente, y también todas estas grandes cuevas. No sabemos si eso es cierto o no, podría tratarse solo de una leyenda más. Como sabéis, nosotros tenemos muchas leyendas, algunas las conocéis, como la de Rondo, el gran guerrero que se enfrentó al monstruo y cuyos descendientes se encuentran entre nosotros...

Le envió una sonrisa a Lea, que esta devolvió tímidamente. Era el momento de cambiar de tema.

–Él llegó hasta la Boca del Mundo, aunque en realidad no lo sabía, ya que solo trataba de huir del dogarth. Hizo este mismo camino que todos hemos hecho y apareció justo donde esa bestia tiene su nido. Allí, en lugar de huir, trató de enfrentarlo e incluso consiguió herirlo en el ojo, pero al final murió. Fue el primer cazador que encontró los pasos entre las grandes cuevas que vosotros habéis visto allí delante y el primero de vosotros que supo que existía la profecía escrita en una de las grandes paredes de la cueva mayor.

Vio las caras de escepticismo que ponían algunos de los más jóvenes y se explicó.

–Seguramente os estaréis preguntando cómo sé todo esto. Tal vez algunos penséis que se trata de delirios o de alucinaciones de una vieja. Pues bien, debéis saber que yo provengo de una muy antigua saga de mujeres que ejercieron de guías de sus pueblos mucho antes de que todo cambiara y se tornara oscuro. Nosotras existimos desde el principio de los tiempos, conectadas a todo lo que tiene vida, y por eso no supimos cómo actuar cuando la muerte se impuso en Gronjor. Al contrario que los hechiceros que os gobiernan desde la Gran Rebelión, nosotras no podemos, no debemos actuar en estos momentos de oscuridad...

–¿Por qué os habéis mantenido ocultas tanto tiempo? Tal vez hubiéramos confiado en vosotras si nos hubierais explicado la verdad –la interrumpió Lea.

–¿La verdad? ¿Qué verdad es esa que os podíamos contar? ¿Que no cabemos todos en Gronjor? ¿Que para poder vivir unos pocos, muchos deben morir?

–Tal vez... si esa es la verdad.

–Lo es... –respondió Préndola, mirando a Milosh a los ojos–. Lo es, pero dejará de serlo pronto, muy pronto, porque se acerca de nuevo el momento de dejar fluir la luz. Mirad, dejad que vuestros pensamientos lleguen más allá...

Préndola sacó unos polvos de su bolsa y los lanzó al fuego de una de las antorchas. Una nube de humo blanco apareció ante los ojos de todo el grupo. El humo no se deshizo como era de esperar, sino que siguió inmóvil, flotando a la altura de las cabezas de los cazadores. Hasta Milosh contemplaba aquello con estupefacción. Había oído hablar a su padre de los supuestos poderes de las antiguas hechiceras, pero jamás creyó que existieran realmente.

–Observad la historia de nuestro mundo, su apogeo y su caída. Concentraos y dejad de mirar con los ojos para descubrir aquello de vosotros que todavía no sabéis... Vuestro papel en el pequeño mundo de Gronjor, el pasado y el futuro...

Guardó silencio durante un buen rato, dejando que el humo se agrupara en formas caprichosas y que bailara alrededor de sus cabezas, permitiendo que la mente de cada miembro del grupo penetrara en esa masa gaseosa que contenía algo diferente para cada uno de ellos.

Poco a poco, cada uno de ellos enfrentó sus propias visiones, todas diferentes, todas relacionadas.

Lluvia vio su propia muerte cuando un gran abismo se abría de repente bajo sus pies, Río se contempló a sí mismo construyendo una especie de palo de caza con tres cuchillas, Semilla creyó contemplar el mar de Okam embravecido como nunca, arrasando los campos cultivados y derribando las cabañas y cuanto encontraba a su paso. Piedra experimentó una sensación de paz mientras se abría ante él una vasta extensión cubierta de luz, donde pastaban animales que jamás había visto. Por su parte, Lea vio a Rondo sonriéndole desde un camino en penumbra que parecía perderse más allá del horizonte mientras una lanza cruzaba el aire sin llegar a caer. Todos los presentes creyeron ver o adivinar algo, incluso Milosh, que quedó atrapado en los ojos de Tilam mientras lloraba de alegría frente a un recién nacido.

Mientras tanto, Préndola siguió hablando.

–Los que vivieron en Gronjor antes de la gran explosión dejaron cosas escritas en un idioma que hemos olvidado. Podemos descifrar algunas cosas, pero otras quedarán para siempre en el misterio más profundo. En la cueva donde habéis estado se reunían las mujeres de la sabiduría para dejar testimonio de la historia de nuestro mundo. Allí hay una pared más grande que las otras, y en ella, grabada en la roca roja que la cubre hasta tan arriba que es imposible imaginar su dimensión, está escrita la profecía.

–¿Qué profecía? –se atrevió a interrumpirla de nuevo Lea.

–No es una profecía, solo el deliro de alguna loca de la antigüedad –aprovechó Milosh para responder.

–¡Silencio! –lo cortó con gran energía la anciana–. Cuando terminemos de hablar, iremos hasta allí y veremos la profecía. Entonces vosotros deberéis juzgar si es obra de un loco o es algo más, algo que nos implica y nos empuja a actuar.

Nuevamente se impuso un silencio más tenso que antes. Finalmente, el humo se deshizo y desapareció.

–Preguntas por el significado de la profecía y yo te responderé, Lea. Se trata del futuro, de nuestro futuro, pero sobre todo del vuestro. Eso es lo que hay escrito en esa gran pared. Algunas de las cosas que cuenta ya han sucedido, y otras están por suceder. Algunas cosas las conocemos, y otras jamás lograremos entenderlas, pero la posibilidad está ahí, ¡está ahí!

Por unos instantes quedó inmóvil, señalando hacia delante con su brazo huesudo y alargado, como si intentará alcanzar una visión que solo ella podía contemplar.

–¡Está ahí esperándote, Lea, hija de Pertgraf y descendiente de Rondo! ¡Está ahí esperándote, Piedra, hijo de Derthom y descendiente de hechiceros!

–¿Por qué hablas solo de ellos? –quiso saber Loptrem.

–La profecía dice que serán la hija del gran guerrero y el hijo del gran mago quienes pondrán en marcha el camino final... –intervino Milosh, que no quería seguir dejando que Préndola impusiera su interpretación–. Pero eso no quiere decir que sean ellos dos. Además, si las cosas pasan como se predicen, nos enfrentaremos al más absoluto de los cataclismos, algo que acabará con todos nosotros, algo que extinguirá la vida que queda en Gronjor. Eso es lo que os proponen Préndola y sus hechiceras místicas.

–¿Y tú? –quiso saber Viento del Norte–. ¿Qué propones tú?

–Volver atrás ahora que todavía estamos a tiempo. No avanzar ni un paso más hacia nuestra destrucción. La profecía dice bien claro que se iniciará «el camino final» si seguimos adelante. ¿Hace falta ser muy listo para entender qué significa eso del camino final?

–No es la única interpretación posible –dijo Préndola suavemente.

–¡Tú no quieres verlo! –le gritó el hechicero fuera de sí.

–Háblanos del papel de Piedra y de Lea –quiso profundizar Derthom, dirigiéndose a la sanadora.

–Yo no sé nada de... –intervino Lea.

–Deja que ella se explique, por favor –la cortó su padre.

Préndola les explicó que, según lo que habían podido descifrar de la profecía, podía entenderse que Piedra y Lea respondían a la descripción. Además, ¿acaso era casualidad que se hubieran enamorado y que esa relación hubiera desencadenado los acontecimientos que los habían llevado a todos ellos hasta lo más profundo del planeta?

Lea enrojeció y Piedra apartó la vista, fijándola en sus sucias manos. No le gustaba nada que sus sentimientos se airearan en público.

–Eso no es más que una idea loca de esta mujer. ¿Vamos a arriesgar nuestras vidas y las de todos los demás por esta absurda teoría?

Lea se levantó y se acercó al hechicero con gesto de furia en su rostro.

–Y si eso es tan absurdo, ¿cómo es que has hecho lo posible para matar a Piedra en el laberinto? Tú ordenaste su muerte y lanzaste a ese asesino del rastreador contra él. Si lo que dice Préndola es una idea loca, ¿por qué lo hiciste? ¿Por qué has tratado de evitar que llegáramos hasta aquí?

Milosh guardó silencio.

En su lugar, Préndola volvió a hablar.

–No te enfurezcas con él. Sus intenciones no son del todo malas. Él cree realmente que, si intervenimos, provocaremos el final de nuestra raza, pero se equivoca. La profecía también le alcanza a él y a sus actos. Su padre engendró a Piedra...

Derthom trató de dar un apretón cariñoso a su hijo en el brazo, pero este se soltó bruscamente. Todavía estaba enfadado porque nadie le hubiera contado la verdad. Pero ahora no era el momento de reclamar explicaciones.

–... y él mismo puso en marcha el mecanismo que hizo que todo cobrara el impulso inicial. En realidad, su papel y el de otros y otras que no están aquí ha sido determinante para que estemos tan cerca de lograr que todo cambie por fin. Las cosas ocurren siempre por alguna razón.

–Así pues... –intervino Loptrem–, entiendo que deberíamos continuar y llegar hasta la gran cueva para, por lo menos, poder ver esos símbolos que expresan la profecía. ¿Todo el mundo de acuerdo?

Hubo muchos asentimientos, salvo el de Milosh.

–Puedes quedarte aquí si lo prefieres –le soltó Viento del Norte.

–No –respondió–. Es mi responsabilidad tratar de evitar que hagáis una locura que nos ponga a todos en peligro. Vendré con vosotros.

–Bien, pero no te interpongas –respondió Loptrem con un tono de advertencia muy claro.

Abandonaron su refugio y se dirigieron hacia la gran cueva que los chicos habían visitado. Caminaron durante un buen rato en silencio, prevenidos ante cualquier amenaza que pudiera manifestarse. Aquel era un ambiente hostil a la vida y no podían descuidarse, ya que desconocían el territorio y lo que en él habitaba. Además, seguían estando en el territorio del dogarth y se encaminaban hacia su propia morada. Los tres cazadores más veteranos organizaron el grupo en parejas, y todos iban armados y preparados para repeler cualquier ataque.

Llegaron a un gran espacio y se detuvieron. Aunque no podía verse nada a más de dos pasos, todos presentían que aquella cueva era de unas dimensiones colosales, pues en el aire flotaba una especie de vacío que saturaba los sentidos. Los tres cazadores se pusieron en cabeza y el grupo los siguió, adentrándose en las entrañas de su propio planeta.

–¿Por dónde? –quiso saber Pertgraf, dirigiéndose a los más jóvenes.

Piedra le respondió:

–Nosotros no hemos llegado mucho más lejos, así que no sabría decir.

Préndola, sin embargo, señaló decididamente hacia un sendero que corría entre unas enormes rocas que parecían haberse desprendido de las alturas no hacía mucho tiempo, y un pequeño riachuelo que se formaba por la gran humedad condensada allí dentro.

–¿Tú también has estado antes aquí? –le preguntó Milosh.

Ella lo miro con una sonrisa sarcástica.

–Todos hemos estado aquí alguna vez... aunque fuera en nuestros sueños.

Siguieron en fila durante un trecho corto, hasta que toparon con un grupo de cristales de roca que les cortaba el paso.

–Debemos atravesarlo –dijo Préndola.

–Pues tendremos que buscar otro camino, por aquí no podemos escalar o nos desollaremos la piel. Estos cristales azules cortan como cuchillas –respondió Derthom.

–No hay otro camino –informó Loptrem, que se había dirigido hacia uno de los lados para buscar un paso alternativo–. Por este lado los cristales mueren en la misma roca que hace de pared, y por el otro se abre un precipicio que no podemos cruzar. Tendremos que subir.

Se organizaron para abordar la subida desde diferentes vías, cubriéndose las manos con trapos que obtuvieron de trozos de sus mantos. Solo así podían agarrarse a los cristales que sobresalían y que cortaban fácilmente. Aun así, pronto los cristales empezaron a gotear con la sangre de multitud de pequeñas heridas.

Llegaron al otro lado, agotados y doloridos por los cortes producidos. En algunos casos se trataba de cortes muy superficiales, pero algunos eran bastante más profundos. Préndola y Semilla curaron los más importantes con algunas de sus preparaciones.

El siguiente obstáculo que tuvieron que salvar fue un río no muy ancho cuya corriente parecía demasiado fuerte para meterse en ella sin verse arrastrado hacia lo desconocido. En aquella zona, el curso bajaba por una pendiente pronunciada, por lo que las aguas corrían con gran rapidez. Trataron de buscar un paso más seguro, pero no lo encontraron. Finalmente, decidieron abordar la travesía construyendo una especie de pértiga con los palos de caza que ataron entre ellos con parte de sus ropas.

–Yo iré primero –dijo Derthom.

Cogió impulso mientras los demás cazadores mantenían clavada la larga pértiga en el agua y saltó todo lo fuerte que pudo. A medio vuelo, se apoyó en la pértiga y alcanzó el otro lado sin demasiados problemas.

–No es muy difícil –dijo.

Todos saltaron sin dificultad salvo Préndola, que necesitó de la ayuda de Pertgraf y de Piedra. También le costó a su hijo Semilla, pues todavía cojeaba por el corte en la pierna.

–¿Alguien sabe si falta mucho? –preguntó Lea en más de una ocasión, pues la marcha se prolongaba sin que parecieran avanzar hacia un destino cierto.

Estaba cansada, pero sobre todo estaba ansiosa por descubrir esa profecía que, al parecer, le reservaba un papel tan destacado.

–No te impacientes, ya estamos cerca –respondió Préndola.

El sendero que más o menos habían seguido se ensanchó y los llevó hasta un promontorio de tierra suelta donde decidieron descansar.

Préndola se agitaba nerviosa, hasta que pidió a Piedra que la acompañara hasta los límites de aquella explanada.

–Yo vengo también –dijo Pájaro Azul, presintiendo algo.

–Y yo –intervino Río.

Caminaron un pequeño trecho hasta que Préndola los hizo detenerse y mandó a Río en busca de todas las antorchas que pudiera. Enfrente se intuía una pared enorme, aunque apenas llegaban a verla en aquella oscuridad espesa. Mientras esperaban las antorchas, Préndola avanzó muy despacio, temiendo encontrar un abismo o alguna trampa oculta. El resto de sus acompañantes iban detrás, sujetando la única antorcha que tenían.

Préndola estiro los brazos hacia delante y siguió dando pequeños pasos.

Sus manos cortaban el espacio vacío.

Hasta que dieron con una superficie fría y lisa.

Piedra acercó la antorcha y descubrieron que la roca era de un rojo muy intenso, aunque se degradaba un poco conforme ascendía.

–Hemos llegado –dijo Préndola.

Pronto acudieron los demás, acompañando a Río y cargados con todas las antorchas que todavía tenían.

–Acercaos y levantadlas tanto como podáis –les dijo Piedra.

Lo hicieron y descubrieron los primeros grabados en la roca roja.

–Tenemos que levantarlas más –dijo Préndola.

—Atadlas a los palos de caza —sugirió Pertgraf.

Lo hicieron y levantaron las antorchas tanto como pudieron.

Conforme la luz iba ganando altura y espantaba a la oscuridad reinante, multitud de grabados de diferentes tamaños fueron apareciendo ante los ojos asombrados de los cazadores.

Préndola apoyó la mano en el primer símbolo que tenía cerca y recorrió sus bordes con los dedos. Era una figura alargada, en forma de cuña y con cuatro pequeños puntos en la parte superior.

A lo largo de la gran pared, cientos de esos grabados, evidentemente hechos por manos de seres como ellos, los contemplaban majestuosos.

El silencio se impuso por la emoción de contemplar la profecía que explicaba la historia de su mundo.

Lo que había sucedido y lo que iba a suceder estaba escrito allí con letras blancas talladas sobre fondo rojo.

24

Mientras Milosh y Préndola se afanaban en imponer su criterio sobre el significado de cada símbolo y sobre las relaciones entre ellos, Lea y Piedra se apartaron un poco, hasta el límite de la luz de las antorchas. Necesitaban hablar unos momentos a solas.

–Estoy un poco... no sé encontrar la palabra –dijo Lea sin mirarle a los ojos.

–Apabullada, superada, confundida... –respondió Piedra, sonriéndole con cariño.

–¡Vale, vale! Sí, estoy todo eso.

–Yo también.

Ella señaló con la cabeza hacia la pared en penumbra cubierta de grabados.

–¿Crees que nuestra vida está ahí escrita?

–La verdad es que no tengo ni idea. Soy un cazador y me ciño a lo que veo, a lo que puedo tocar, perseguir o matar. Todo esto es... es...

–Increíble, fantástico, imposible...

–Sí, es todo eso y mucho más. –Volvió a sonreír al ver que ella le había devuelto la jugada con las palabras. Lea no dejaba nunca un golpe sin responder, eso le gustaba mucho de ella.

–Préndola parece saber lo que dice... –insistió ella.

–Tal vez sí, pero, por lo que he entendido, lo que nos estamos jugando no es poco. Milosh puede ser odioso o peligroso, pero es listo. No creo que sus miedos sean una pura invención. Estamos jugando con fuego, como dijo él.

–¿Cómo llevas lo de que seáis hermanos? –le soltó de golpe.

Piedra la miró a los ojos y ella se arrepintió de haberle preguntado sobre ese tema.

–Prefiero no hablar de eso ahora.

–Sí, vale, está bien... Solo quería decir que... Bueno, déjalo.

–Tendremos que escoger seguir a uno de los dos –le respondió él cambiando de tema.

–Sí, pero no sé como lo vamos a hacer.

–Ni yo.

En ese momento, Préndola los llamó. El resto del grupo también acudió, y todos se reunieron en torno a la sanadora y el hechicero.

–No conseguimos llegar a un acuerdo sobre cómo interpretar algunas partes de la profecía, pero otras sí, de manera que os explicaremos lo que sabemos en común y después afrontaremos lo que no sabemos y cómo cada uno lo entiende.

Milosh asintió dando su visto bueno a aquel trato.

–Como ya os dije antes, el idioma de los grabados es muy antiguo, y solo han llegado hasta nosotros algunas ideas sueltas de cómo debemos interpretar esto. No voy a aburriros con la historia de cómo se ha traspasado este conocimiento de generación en generación hasta ahora. Os explicaré una idea general de lo que dicen algunos símbolos que hemos conseguido ligar entre Milosh, que conocía este idioma en parte, y yo, que conocía otra parte.

Iba a continuar, pero pareció pensárselo mejor y se volvió hacia el hechicero.

–¿Quieres continuar tú?

–De acuerdo –respondió Milosh, que parecía contento de tener algo de protagonismo en ese momento y en ese campo del conocimiento que había sido el suyo hasta que descubrió que algunas generaciones de mujeres habían explorado otros caminos por su cuenta.

–Básicamente, esa zona de ahí arriba... –dijo señalando hacia la parte alta que quedaba solo medio iluminada–... habla del inicio del mundo, de nuestro mundo. Los dibujos son claros, vemos vida en ellos, cazadores, animales, plantas... Nada que se refiera a una zona oscura en Gronjor. Después, hay todo un período...

Préndola lo interrumpió.

–Espera, espera. Para que entendáis un poco cómo funciona esto... Los símbolos están agrupados por períodos, aunque no sabemos cuánto tiempo supone cada fase. De alguna manera es como si los mensajes se hubieran escrito en épocas diferentes, aunque la verdad es que no estamos seguros de eso tampoco. Es posible que esta manera de comunicarse funcione así, agrupando ideas y períodos. En realidad no estamos seguros de casi nada y... Bueno... continúa, Milosh.

Milosh puso cara de no estar muy contento con esa interrupción, pero no dijo nada y continuó señalando diferentes grupos de símbolos y explicando su significado. Todos ellos parecían relatar diversos momentos de la vida en Gronjor, como los que hablaban de escenas de caza, de familias recopilando frutos, de reuniones tribales... En ningún caso se hacía referencia a la zona oscura, lo que les hacía pensar que quizás no existiera por aquellos tiempos, teniendo en cuenta el gran protagonismo que hubiera tenido en sus vidas que gran parte del planeta fuera inhabitable.

También aparecían alegorías de lugares de todo el planeta, algunos de los cuales les eran totalmente desconocidos, como una cadena de extrañas montañas circulares o grandes extensiones de agua muy diferentes al mar de Okam.

Los cazadores observaban fascinados los símbolos y, a medida que avanzaban las explicaciones, parecía que podían reconocer algunos patrones en aquellos grabados.

–Ahora llegamos a la parte en que todo parece cambiar, y también al primer fragmento en el que Préndola y yo no estamos muy de acuerdo. Estos símbolos... –dijo Milosh, señalando un grupo donde los grabados estaban muy cerca unos de los otros–... indican que hubo un cambio, o por lo menos eso parece señalar el hecho de que estén tan juntos y se orienten de arriba abajo, cuando hasta este momento todo se ordenaba de izquierda a derecha. Sin embargo, yo no creo que esto hable de nada que no sea el descubrimiento, tal vez en una expedición, de la zona oscura. Este símbolo de una gran roca creo que se refiere precisamente a eso, a toda esta extensión donde prácticamente solo hay rocas.

–Pero nosotras...

–¿Quiénes son nosotras? –quiso saber Lea.

–Las mujeres que hemos mantenido una parte del conocimiento que se perdió. Nosotras creemos que este símbolo inicia una época de caos y muerte, y hemos llegado a deducir que una gran roca, como esta que señala el gran grabado de este lado, cayó del cielo y provocó un gran cambio.

–Eso es suponer mucho –la interrumpió Milosh.

Ella continuó como si no lo hubiera oído.

–Fijaos en que después de este gran cambio, la zona oscura aparece ya siempre representada así...

Señaló un grabado de forma rectangular y fondo oscuro que se repetía constantemente a partir de ese grupo diferente, encabezando cada línea vertical de dibujos.

–El resto habla de la vida, a partir de ese momento, en una parte del planeta mucho más pequeña, mucho más dura, y también desaparecen las referencias a la luz y a Hastg, como si hubiera dejado de tener una influencia decisiva para todos.

–Entiendo, pues, que el planeta sufrió el impacto de una gran roca, lo que provocó que dejara de girar y que gran parte de él quedara a oscuras. ¿Es eso lo que tratas de decirnos? –intervino Piedra, que había seguido las explicaciones con mucha concentración.

–Sí.

–¿Milosh? –preguntó dirigiéndose al hechicero.

–Es posible, no lo sabemos, pero eso tampoco cambia demasiado nuestro presente.

–Bien, aceptemos que antes de ese cambio que parecen indicar los grabados, fuera o no un gran impacto, el planeta giraba y recibía la luz de Hastg en toda su extensión. ¿Qué ha ocurrido desde entonces? –resumió Piedra.

–Nada –intervino Milosh de nuevo.

–Explícate.

–Hay algunos grabados más que creemos que son mucho más tardíos, de la época justo anterior a que iniciáramos la construcción del laberinto, y luego... nada más.

–Pero... –intentó intervenir Préndola.

Piedra la detuvo con un gesto.

–Espera, deja que acabe con la parte en la que ambos estáis de acuerdo.

Milosh siguió hablando.

–Lo que dicen esos grabados es que las cosas continuarán como estaban hasta que...

–Sigue.

–Hasta que el hijo del mago y la hija del gran guerrero se unan y provoquen un gran cambio que ponga en marcha el final, pero eso no...

–¿Ese gran guerrero es Rondo? –quiso saber Pertgraf.

–No lo sabemos, es posible que sí.

–¿Qué significa ese gran cambio? –intervino Derthom.

Esta vez fue Préndola la que respondió.

–Él cree que nuestra muerte y extinción, yo creo que nuestra salvación y una nueva vida. Cuando los símbolos se refieren al final, no tiene porque implicar nuestra desaparición, sino el fin de una época oscura como la que estamos viviendo.

–¿No hay manera de saber algo más de ese cambio? –preguntó Viento del Norte, que se había acercado lentamente a Milosh por si había que intervenir, ya que lo veía muy agitado.

–Los cambios son siempre anticipos de nueva vida –intervino Préndola–. Toda secuencia de vida está sometida a cambios de forma constante, algunos son suaves y apenas los notamos, mientras que otros son traumáticos, pero la vida siempre se adapta de nuevo...

–O se extingue... –concluyó Lea.

–¡El cambio es nuestra muerte! –gritó Milosh, desesperado–. ¡No debéis creer a esta loca! Nuestros antepasados ya sufrieron una gran metamorfosis en el planeta que casi acaba con la vida aquí. No podemos repetir sus errores y...

–No sé si tú eres la persona más adecuada para darnos lecciones –lo cortó Derthom.

–¡Soy el hechicero! Hasta este momento, nosotros hemos mantenido el equilibrio que nos permite seguir vivos. Hemos cometido errores a lo largo de estos ciclos, yo el primero, pero hemos asegurado la supervivencia, y eso nadie lo puede discutir.

–Tal vez, pero a qué preció –le reprochó Loptrem.

–Ha sido un precio duro para todos, también para mí, que he tenido que renunciar a muchas cosas. –La imagen de Tilam volvió a pasar frente a él.

–Tú no has perdido un hijo en ese laberinto –respondió Loptrem.

–No, no he perdido ningún hijo... pero gracias a mí y a mis antepasados, algunos de vosotros podréis ver crecer a los vuestros. Si ahora os empeñáis en seguir con esta locura, ninguno de ellos sobrevivirá.

–¡Basta de discusiones! –intervino Préndola–. Ahora estamos aquí, decidiendo cuál es el camino que puede marcar el futuro de todos nosotros y de nuestras familias. No importa quiénes somos o por qué hemos hecho lo que creíamos mejor para todos. Este es el momento de tomar una decisión y nos corresponde a nosotros.

El rugido hizo temblar las rocas cercanas.

Todo el mundo dio un salto o se lanzó al suelo.

Los cazadores, el hechicero y la sanadora contemplaron por vez primera el rostro maligno del dogarth.

–¡Huid! –gritó Milosh.

–¡No! ¡Todos quietos! –respondió Derthom.

La criatura había aparecido de golpe ante ellos, sin haber hecho el menor ruido. Ahora avanzaba con sus enormes patas de diez garras hacia el centro del claro, aunque se detuvo al notar la luz de las antorchas.

–¡Formad un círculo cerca de la luz! –ordenó Loptrem.

Todos lo hicieron, y el dogarth se mantuvo algo alejado, sin entrar en la zona donde llegaba la luz más intensa, pero sin retirarse mucho más allá. Se observaron durante un buen rato, sin que el monstruo pareciera decidido a lanzarse al ataque. Era como si esperara acontecimientos.

Préndola se había acercado lentamente hacia donde Piedra y Lea permanecían muy juntos, rozándose las manos con disimulo. Cuando estuvo muy cerca, les habló en voz baja, para que ninguno de los demás pudiera oírla.

–Era la figura que faltaba, ahora ya está todo listo para el gran final... o, mejor dicho, para el gran inicio.

–¿El dogarth? ¿Qué pinta el dogarth aquí? –preguntó Lea.

349

–¿Ves ese símbolo redondo y con una especie de palo que le sale por arriba? Eso simboliza el monstruo, la bestia... el dogarth. Y tiene un papel fundamental en ese gran cambio que espero llegue a producirse muy pronto.

–¿Qué papel? –quiso saber Piedra.

–Bueno, lo único que puedo decirte es que su muerte será la que marque el inicio del nuevo mundo.

–¿Eso dice la profecía?

–Sí, eso es lo que yo esperaba que pasara mientras estábamos aquí.

–¿Tú sabías que iba a venir ese monstruo? –preguntó Lea.

–Eso es lo que está escrito.

–¿La profecía dice algo de cómo morirá? A lo mejor así tenemos una pista de cómo salir de esta –quiso saber Piedra.

Un nuevo rugido rebotó en la inmensidad hasta perderse muy, muy lejos. La bestia se mantenía en la oscuridad, pero les hacía saber que no se había retirado. Las antorchas no iban a durar para siempre y su cría esperaba alimento en alguna zona de aquellas profundidades. Esos seres insignificantes se habían atrevido a entrar en sus dominios y no pensaba dejarlos escapar.

Préndola tardó unos segundos en contestar.

–Morirá a manos de un cazador.

–¿Uno de nosotros va a matarlo?

–Eso creo.

Había algo en la voz de la sanadora que hizo que Lea intuyera que no se lo estaba contando todo.

–No nos ocultes nada, no es el momento para secretos.

–¿Tienes algo más que contar? –le apoyó Piedra.

La mujer dudaba, pero al final lo dijo.

–La profecía dice que el hombre que mate a la bestia morirá en la lucha.

–¿Qué más?

–Será el hijo del mago quien se enfrente a ella en lucha a muerte. Cuando muera el dogarth, algo grande pasará y nada será lo mismo desde ese momento.

–Sobre todo para el que muera –concluyó Piedra con una sonrisa triste.

Lea le acarició la cara suavemente.

–Eso no va a pasar.

–Tal vez sí o tal vez no, pero ahora no vamos a ponernos a adivinar el futuro. Si soy yo quien debe matarlo, será mejor que empiece cuanto antes.

–Espera, espera... –dijo Lea sujetándolo de un brazo–. Yo iré contigo. Si hemos de morir, hagámoslo juntos.

–No, no consentiré que...

Lea lo besó suavemente en los labios. Piedra quedó inmóvil y mudo.

–No tienes que consentir nada. El futuro solo está escrito en parte, pero nada impide que construyamos juntos la parte que no nos ha sido revelada. Hemos llegado juntos hasta aquí porque nos amamos... Yo te amo...

–Yo también te amo.

–Nos amamos y eso nos da una fuerza que ninguna profecía es capaz de predecir. Nada nos ha detenido hasta ahora, ni las leyes, ni Milosh, ni siquiera los ritenhuts han podido enfrentarnos. No me da miedo el futuro, me da miedo el futuro sin estar contigo...

Piedra calló y la miró con todo el amor que era capaz de expresar. Sin embargo, no estaba dispuesto a sacrificar la vida de la persona que amaba.

–También te amo, Lea... y por eso no quiero que me acompañes. Si he de morir, lo haré, eso no me da miedo. La vida de un cazador, igual que la de sus presas, discurre siempre en una línea muy fina entre la vida y la muerte. Matamos o morimos, es así. Pero no quiero hacerlo sabiendo que tú no seguirás aquí si yo no estoy, que no podrás vivir tu vida y...

–¿Qué vida es esa? ¿Como compañera de otro cazador? ¿Cuidando el hijo de Viento del Norte? ¿Como esclava de Milosh? ¿Qué vida es esa que quieres para mí?

Piedra no supo qué decir, simplemente la abrazó.

En el otro extremo del claro, Derthom y Pertgraf contemplaron la escena, cruzaron rápidamente sus miradas y se entendieron.

Préndola comprendió que las cosas estaban a punto de iniciarse. La cuenta atrás estaba en marcha y ya nada iba a poder pararla. Moviéndose con una agilidad que los sorprendió a todos, la sanadora derribó las antorchas que estaban plantadas más cerca de Piedra y Lea.

–¡Ahora, es el momento! –les gritó–. ¡Id a afrontar el destino!

Milosh vio la maniobra e intentó impedirla. También él sabía que sería Piedra el que mataría al dogarth y que, si eso sucedía, nada podría impedir la catástrofe que se les vendría encima. Corrió con una antorcha encendida en la mano hacia la zona que había quedado a oscuras.

Viento del Norte creyó que Milosh iba a atacar a Préndola, de manera que se lanzó a por el hechicero y lo derribó de un solo golpe.

–¡Nooooo! –se le oyó gritar.

El alarido traspasó los límites del claro y fue inmediatamente respondido por un ensordecedor rugido de la bestia.

Pájaro Azul también vio que Piedra y Lea quedaban fuera del alcance de la luz y corrió hacía allí con una antorcha encendida. Lo mismo hicieron Río y Loptrem, cada uno desde el extremo del círculo ahora incompleto que trataban de defender.

Llegaron allí casi al unísono y trataron de buscar a los dos jóvenes que habían sido engullidos por la oscuridad. Recorrieron unos cuantos pasos hasta que se dieron cuenta de que aquella búsqueda era inútil.

Habían desparecido.

Derthom y Pertgraf se lanzaron en su busca, pero, apenas habían recorrido veinte pasos, se encontraron con el borde de una gran sima de la que no se adivinaba el fondo.

Desesperados, regresaron al claro y se enfrentaron a Préndola.

Ella se limitó a guardar silencio hasta que, una vez cesados los gritos, dijo:

–No hay nada que podamos hacer. Ellos han ido en busca de su futuro... y del nuestro.

25

—Por aquí, sígueme –dijo Piedra en cuanto vio que quedaban fuera del alcance de la luz.

Lea salió corriendo tras él, pero enseguida le pareció que lo perdía de vista en aquella inmensa y opaca oscuridad. Una mano que surgió frente a ella le dio la oportunidad de agarrarse. En lugar de seguir corriendo hacia delante, Piedra se dirigió hacia su derecha, trazando una amplia curva que sirvió para rodear al grupo. Como bien supuso, enseguida vio que las antorchas seguían recto hacia donde se suponía que habían escapado. Cuando se dieran cuenta, ya no los encontrarían.

Lea siguió corriendo a ciegas, esperando que sus ojos se acostumbraran mínimamente a la falta absoluta de luz. Poco a poco, le pareció que distinguía algún contorno o que intuía un obstáculo. Eso no impidió que tropezara varias veces antes de que Piedra decidiera reducir un poco el ritmo.

Se pusieron a cubierto tras unas rocas y observaron que se habían alejado bastante de donde resplandecían las antorchas. Cuando Préndola apagó las que ellos tenían cerca para que pudieran escapar sin que nadie les siguiera, Piedra consiguió arrancar una del suelo que ahora llevaba consigo. Sopló suavemente los rescoldos para evitar que se apagaran del todo.

–¿Vas a encenderla? –le preguntó Lea.

–Todavía no, sigamos caminado un poco más.

–Avancemos con cuidado, si hay por aquí algún precipicio, ni nos enteraremos hasta que estemos volando.

–Vamos –dijo Piedra.

Pasaron un buen rato caminando totalmente a ciegas. Lea sentía terror al pensar que, en cualquier momento, el dogarth iba a lanzarse sobre ellos sin que ni siquiera se percataran de su presencia. A veces, se detenía y escuchaba por si conseguía adivinar su presencia. Pero ningún sonido conseguía traspasar tampoco aquella opacidad.

Después de lo que a ella le parecieron varias jornadas, aunque no habían caminado más de doscientos o trescientos pasos, se detuvieron y Piedra resopló en las brasas hasta que logró que una muy tenue luz surgiera de la antorcha. Al menos podían verse los pies, aunque poco más.

–¿Qué vamos a hacer? –preguntó Lea tratando de no parecer demasiado descorazonada.

–Esperaremos.

–¿A qué?

–A lo que tenga que pasar.

–No te entiendo.

–Mira, Lea, si es cierto que todo esto forma parte de la profecía que Préndola leyó en esa pared, poco podemos hacer más que esperar lo que el destino nos presente. Moriremos o morirá el dogarth, es así.

–¿Y si Préndola se equivoca?

–Entonces tampoco importa mucho lo que pase.

–No me gusta esto.

–Ni a mí, pero no podemos hacer nada más. No podemos dedicarnos a perseguir a esa bestia que se mueve con la misma cautela que un ratón y haciendo menos ruido que un gusano. Solo tenemos una pequeña antorcha que nos iluminará solo hasta dos pasos por delante de nosotros. En cambio, él puede vernos y atacarnos cuando quiera. Lo esperaremos.

Mientras ellos decidían esperar a su suerte, el grupo de cazadores discutía sobre qué hacer. Algunos querían ir en busca de los dos chicos como fuera, pero Loptrem trató de razonar.

–Han huido de nosotros. Esta mujer... –dijo señalando a Préndola–... les ha convencido de que ellos solos pueden cambiar el destino de nuestro mundo, de manera que no vamos a encontrarlos si ellos no quieren ser encontrados. En esta gran cueva, podemos pasar justo a su lado y ni los veríamos. Además, ahí fuera está esperando el dogarth...

–¿Y qué pretendes que hagamos? ¿Que los abandonemos a su suerte? –respondió Pertgraf–. No voy a dejar aquí a mi hija.

–Ni yo a mi hijo –insistió Derthom.

Préndola trató de explicarles lo que ella creía.

–No importa lo que hagáis, ellos son los únicos dueños del final de la historia, así está escrito. Nosotros deberíamos salir de aquí en cuanto podamos, pues nuestro pequeño papel en la profecía ha terminado.

Al final, después de mucho discutir, acordaron que se dividirían en dos grupos. Uno de ellos volvería a salir por donde habían entrado, desembocando en el núcleo y saliendo del laberinto por la parte final. En ese grupo irían Préndola, Milosh, Semilla, Lluvia, Río y Loptrem. El otro grupo seguiría buscando a los dos chicos. En principio, solo debían quedarse Derthom y Pertgraf, dado que eran los padres de los desparecidos, pero Pájaro Azul y Viento del Norte insistieron en acompañarlos.

–No voy a dejar que ese aficionado se lleve toda la gloria además de la chica –dijo sonriendo Viento del Norte.

Se quedaron todas las antorchas, menos dos, y partieron hacía la oscuridad mientras el otro grupo regresaba por el sendero que marcaba el recorrido.

Piedra y Lea observaron a lo lejos cómo el resplandor de las antorchas se dividía.

–Algunos regresan, otros seguirán buscándonos –dijo ella–. Tu padre y el mío, y tal vez Pájaro Azul.

–Y Viento del Norte, ese cazador salvaje no va a dejar escapar la ocasión de convertirse en leyenda.

–¿Deberíamos llamarlos? A lo mejor no es tan mala idea que sigamos todos juntos.

–No, si nos encuentran, harán lo posible para sacarnos de aquí, y eso no es lo que se supone que debe pasar, ya oíste a Préndola.

357

–De acuerdo, pues esperaremos aquí a ver si esa criatura espantosa nos prefiere de comida a nosotros dos.

Se mantuvieron en silencio, cogidos de la mano y disfrutando de una intimidad que no sabían si iba a finalizar casi antes de empezar. Pasado un buen rato, Lea se levantó y dijo.

–Está aquí.

–¿Cómo lo sabes?

–Puedo sentirlo y también olerlo.

Piedra no dudó ni un instante en que lo que decía Lea era cierto. Ella había demostrado que tenía una intuición muy potente. Aspiró profundamente y creyó detectar un olor repugnante no muy lejos.

–Creo que yo también lo huelo.

–Se acerca.

–No podemos correr, es más rápido que nosotros y mucho más silencioso.

–Luchemos –dijo ella.

–La antorcha... Acércala y sopla fuerte para crear una buena llamarada.

En cuanto lo hicieron, pudieron ver cómo el dogarth, que se había acercado sigilosamente, dio un paso atrás. Sin embargo, no se retiró y, de tanto en tanto, asomaba su fiero rostro dentro de los límites de la tenue luz. Fue así como pudieron descubrir sus largos colmillos o su lengua retráctil que movía arriba y abajo. Pero lo que más les impresiono fue comprobar que tenía un ojo vacío. Aquella cicatriz los conectó con un pasado que llegaron a dudar de que existiera. Esa herida la había provocado un palo de caza como el suyo, un palo de caza empuñado por un valiente cazador llamado Rondo.

Lea se quedó inmóvil, mientras, en un lugar muy profundo de su cabeza, unas imágenes se formaban y se le ofrecían desde el remoto pasado. Un cazador herido en un brazo, un charco de sangre en el suelo, un objeto azulado en forma de semicírculo que lanzaba destellos en la oscuridad...

–¡Cuidado! –gritó Lea, tirándose al suelo justo un instante antes de que la gran aleta cortante de la cola reventara unas piedras situadas justo donde antes habían estado sus cabezas.

–Retrocedamos –sugirió Piedra, reptando sobre su pecho.

Se arrastraron entre las rocas, sintiendo cómo el fuerte aliento de la bestia saturaba el aire con olores de putrefacción. Un nuevo golpe les cubrió de pequeñas piedras desprendidas de la pared donde había golpeado con la cola. A Lea casi se le cae la antorcha, lo que provocó que el dogarth lanzara un ataque directo con sus largos dientes que arrancaron un largo trozo de la piel de brazo de Piedra.

–¡¿Estás bien?! –le preguntó ella recuperando la verticalidad y alejándose momentáneamente del peligro.

–¡Sí, pero no dejes caer la antorcha!

Siguieron avanzando penosamente a través de los huecos del grupo de rocas que se amontonaban allí y que debían haberse desprendido del techo hacía mucho tiempo. Era un amasijo por el que apenas cabían deslizándose por los huecos que encontraban.

Conforme se adentraban en esa maraña, el dogarth golpeaba cada vez con mayor intensidad, consiguiendo ir deshaciendo las primeras piedras.

–Antes o después nos alcanzará, y la antorcha no va a durar mucho ya –dijo Lea.

–Tenemos que cambiar esto. Tenemos que ir por él.

–Ya sabes que eso es como lanzarse de cabeza al mar de Okam, ¿no?

–Bueno, a lo mejor Préndola tenía razón y conseguimos salir de aquí –dijo Piedra con cierta resignación.

La luz de la antorcha empezó a apagarse lentamente.

–Tiene que ser ahora, Lea. En cuanto se apague del todo, solo nos quedará esperar que nos alcance y nos devore.

A su espalda escucharon un leve rugido que antes no habían oído.

–¿Qué es eso?

Iluminaron hacia su espalda y lo vieron. Un dogarth de pequeño tamaño los acosaba por la espalda y trataba de alcanzarlos con unas garras que, aunque más pequeñas, también podían causarles graves heridas.

–¡Nos hemos metido en su nido! –gritó Piedra tratando de esquivar los feroces ataques de la cría.

–¡¿Qué es esto?! –dijo Lea tratando de agarrar algo que se enredaba en sus pies.

Acercó la antorcha y ambos quedaron unos instantes paralizados al comprobar que se movían en medio de un enorme montón de restos óseos, algunos de los cuales se deshacían bajo sus pisadas.

–Son... son... –murmuró Lea, confundida y aterrada.

–Los restos de sus víctimas, le sirven para hacer el nido –acabo Piedra.

El dogarth adulto oyó los rugidos y embistió con mucha más fuerza aquellas piedras que le impedían defenderla de sus atacantes. Después de unos cuantos golpes, se acercó tanto que Lea y Piedra tuvieron que volver hacia atrás, donde la cría les lanzó su pequeña cola a través de una grieta algo más grande. Piedra pudo esquivarla por muy poco, pero partió por la mitad su palo de caza. Una nube de polvo de los huesos machacados flotó ante ellos, y Lea se preguntó si entre ellos no estarían también los restos de Rondo.

–Estamos atrapados –dijo ella pegándose al rincón donde de momento la cría no llegaba con ninguna de sus armas de caza.

La luz de la antorcha apenas alcanzaba ya a iluminarles la cara.

Piedra tomó aire y lo dejó escapar lentamente. Había llegado el momento.

–Salgamos y afrontemos lo que venga.

Se abrazaron, con todo el cariño que eran capaces de darse en ese momento.

–Te amo –dijo ella en voz baja.

Pero Piedra ya no la escuchaba. Su rostro se congeló en una expresión vacía y salió a plantarse frente al dogarth. Lea lo siguió aguantando los restos casi consumidos de la antorcha. El monstruo dejó de golpear con su poderosa cola y se lanzó sobre ellos con sus enormes colmillos por delante y la boca muy abierta.

Lea cerró los ojos y esperó el golpe mortal.

Volvió a abrirlos.

El dogarth se había detenido a solo un brazo de distancia de la cara de Piedra. Lo observaba con su único ojo con cierta curiosidad salvaje.

–¿Qué ocurre? ¿Por qué no nos ataca? –quiso saber Lea.

Antes de que Piedra pudiera responder, entendió la razón. La cría acababa de salir del entramado de rocas y se dirigía decididamente hacia ellos.

–Va dejar que sea su cría la que nos mate. Somos su lección de caza del día.

Lea tuvo apenas tiempo de girarse y golpear el duro rostro de la cría con los restos de la antorcha que se dispersaron a su alrededor en una lluvia de chispas que morían en el suelo.

La oscuridad cayó como un velo sobre ellos.

–No consigo ver nada. No sé dónde está.

–Prepárate –respondió él, lanzando golpes a ciegas con la única cuchilla que le quedaba contra un enemigo que no veía.

Ambos sabían que el próximo ataque iba a ser el último.

Se abrazaron.

Iban a morir juntos.

Piedra vio el rostro de Lea y sintió una gran emoción.

No tenía miedo y...

–¡Te veo! ¡Puedo verte!

Antes de que ella pudiera responder, una luz anaranjada apareció volando por encima de sus cabezas, aterrizando a su lado entre una nube de chispas, algunas de las cuales llegaron a quemarles la piel.

A la antorcha le siguieron dos palos de caza que se clavaron en el cuello y el pecho de la cría del dogarth que, sorprendida y paralizada por el destello de luz, no se había movido de la posición de ataque con la que se preparaba para saltar sobre los chicos.

Un aullido de dolor surgió ronco de su cuello, a la vez que un chorro de un líquido rosado y gelatinoso que bañó a Lea y a Piedra. Un tercer proyectil lo alcanzó en la frente... y murió. El dogarth gigantesco lanzó un rugido que resonó en aquel inmenso espacio bajo tierra. Era un grito de dolor y de rabia al contemplar la muerte de su única cría.

Cuando el primer palo de caza lo alcanzó en el costado, ni siquiera se movió, limitándose a arrancárselo con la boca.

Los primeros en llegar fueron Pertgraf y Pájaro Azul, por encima de las rocas que les habían servido de refugio y detrás de las cuales habían descubierto el nido y la cría. Poco después aparecieron Derthom y Viento del Norte, preparados para atacar de nuevo.

De repente, y para sorpresa de todos, en lugar de atacarlos, el dogarth se dio la vuelta y se alejó de allí lentamente, ignorándolos. Viento del Norte lanzó su palo de caza y le alcanzo cerca de la cola. La bestia ni siquiera se detuvo, cogió delicadamente el cuerpo de su cría única con la boca y se alejó caminando sobre sus enormes patas.

–¿Estáis bien? –preguntó Pertgraf a su hija.

–Sí.

–Aprovechemos el momento. Vámonos de aquí tan rápido como podamos y...

–¡No! –dijo Piedra con firmeza.

–¡Hijo, tenemos que irnos! –le respondió Derthom.

–Id vosotros, yo debo cumplir con la profecía de una vez.

–¡Estás loco! –insistió Derthom.

–Tal vez, pero llevamos demasiado tiempo siendo el eslabón débil del planeta. El dogarth, los ritenhuts, el gran

363

lagarto... es hora de que recuperemos nuestra hegemonía como pueblo y como raza.

–¿Vamos por él? –preguntó sonriendo Pájaro Azul.

–Pues claro –respondió Viento del Norte–. Esta va a ser la presa más grande que cazaré nunca.

Los tres jóvenes salieron corriendo en persecución del dogarth, que avanzaba sin volverse con el cadáver de su cría en la boca. Ni siquiera cuando dos nuevos palos de caza se clavaron en su espalda se giró a defenderse. Se limitó a gruñir de dolor y a continuar con su obsesivo viaje.

Piedra aprovechó para recoger alguno de los palos que sobresalían de su cola, acercándose peligrosamente a la bestia, pero esta siguió sin reaccionar. De reojo observó cómo Lea y los cazadores veteranos se unían a la persecución, invirtiendo los papeles... Ahora ellos ya no eran la presa.

De repente, el dogarth se detuvo justo al borde de un enorme agujero, y, con una suavidad sorprendente en una criatura como aquella, arrojó allí el cuerpo sin vida de la cría. Por unos instantes quedó inmóvil, mirando hacia las profundidades de aquella descomunal sima.

Al acercarse, los cazadores se dieron cuenta de que, en la parte de arriba de la cueva, muy arriba de su posición, un agujero de dimensiones colosales dejaba a la vista el oscuro cielo. Notaron el aire y una cierta claridad, o por lo menos una oscuridad menos densa, menos absoluta. Levantaron las antorchas tanto como pudieron.

–Algo atravesó el techo de esta cueva y causó este agujero enorme –dijo Pertgraf, que trataba de comprender lo que su mente le transmitía.

Piedra se le adelantó a decir lo que todos pensaban.

–La roca... la roca de la profecía.

–¿Qué roca? –preguntó Viento del Norte sin acabar de entender.

–La que detuvo el planeta, la que provocó que la noche reinara para siempre en buena parte de Gronjor.

–Entonces él... él...

–¿Qué ocurre, Lea?

–El dogarth ha querido lanzar a su cría al agujero donde seguramente todavía está esa maldita roca, como si...

–Como si fuera su hogar, un lugar al que regresar con la muerte –terminó Piedra.

–¿Queréis decir que...? –interrogó Pájaro Azul.

–Tal vez ese monstruo llegó aquí con la roca –respondió Lea.

–Eso nunca lo sabremos –dijo Derthom–. Pero lo que sí puedo decirte es que ahora es el momento de matar a esa criatura, así que dejaos de teorías y vamos a por él...

El dogarth seguía inmóvil, como en estado de colapso, y apenas respondía con algún esporádico golpe de cola a los ataques continuos que recibía por parte de los seis cazadores que se turnaban para clavar o lanzar sus palos de caza a zonas cada vez más sensibles del monstruo.

Viento del Norte, arriesgándose más de la cuenta, logró lanzar tan de cerca que su palo de caza atravesó una grieta entre sus largas orejas, clavándose en algún lugar del interior de su cabeza.

El dogarth enloqueció de dolor, y todos tuvieron que correr a refugiarse tras unas enormes piedras que surgían del suelo para que no los destrozara con algún golpe.

Cuando cesó ese ataque de furia, volvió a asomarse a la gran sima y permaneció de nuevo ensimismado mirando hacia abajo.

–Es el momento de acabar con él –gritó Piedra, acercándose peligrosamente.

Lanzó su palo de caza desde tan cerca que acertó en el pecho, atravesando la carne y llegando al órgano de bombeo que controlaba el líquido parecido a la sangre que fluía por su cuerpo.

El monstruo se precipitó al suelo.

Los cazadores dieron grandes gritos. Todos menos Lea, que seguía afectada por ese reencuentro con su pasado a través de los restos de Rondo. Además, recordaba perfectamente las palabras de Préndola:

–La profecía dice que el hombre que mate a la bestia morirá en la lucha.

Entonces vio como la cola del dogarth se levantaba un poco del suelo. Inesperadamente, la cortante cola se movió como un látigo hacia donde Piedra, de espaldas, celebraba haber dado muerte a aquella criatura.

Lea corrió, tratando de gritar, pero sin conseguir que ningún sonido saliera de su cuello. La cola se movía como en cámara lenta, acercándose a Piedra y amenazando con cortarlo por la mitad.

«El hombre que mate a la bestia morirá en la lucha».

Saltó como había visto hacer a los gartmihs cuando cazaba en los bosques y logró empujar a Piedra justo cuando la parte afilada de la cola pasaba a gran velocidad, por donde él había estado hacía un instante. Sintió el dolor de un corte en la pierna, pero lo ignoró. Aprovechando el impulso del salto, rodó sobre sí misma y se puso de pie empuñando con fuerza su palo de caza.

«El hombre que mate a la bestia morirá en la lucha».

Se acercó corriendo hasta donde reposaba la cabeza del dogarth y se subió encima de su boca. Miró a la bestia a su único ojo sano, que mantenía algo abierto todavía, y clavó su palo en el espacio central entre los dos ojos. El palo se rompió, pero una buena parte penetró en la cabeza.

Un estremecimiento de la criatura la lanzó por los aires, pero antes de caer al suelo vio como se apagaba el brillo en ese ojo. Al aterrizar bruscamente, algo se clavó en su hombro. Ella lo extrajo suavemente y lo observó con extrañeza. Era la mitad de un círculo hecho con un material similar a los cristales que había en las paredes de la cueva donde habían descansado antes de adentrarse en el hogar del dogarth. Un áspero cordón medio roto apenas se sujetaba en un pequeño agujero hecho sin lugar a dudas por manos como las suyas. Tal vez se tratara de alguna especie de talismán antiguo que alguien que cayó ante el dogarth llevara encima. Siguiendo un fuerte impulso que sintió en su interior, lo guardó bien apretado en su mano mientras un estremecimiento recorría cada poro de su piel.

Volvió a mirar el cuerpo sin vida de la criatura.

«El hombre que mate a la bestia morirá en la lucha».

Ella no era un hombre.

Era una gran cazadora.

El cuerpo de la bestia se agitó brevemente y empezó a deslizarse hacia el agujero. El grupo de cazadores permanecía inmóvil, observando con respeto cómo desaparecía poco a poco, hasta que cayó dentro. Piedra sostenía a Lea, que parecía a punto de desfallecer.

El primer estruendo se oyó no muy abajo, como si aquella enorme masa de huesos y carne hubiera chocado con un objeto incrustado en el gran agujero. A partir de ese momento, se desencadenaron diferentes acontecimientos en cadena en el subsuelo. Un ruido ensordecedor surgió de la gran sima abierta, como si algo estuviera rozando los bordes del agujero, algo muy grande que se deslizaba hacia las profundidades del planeta. Fuera lo que fuera, era enorme y parecía ir ganando velocidad a medida que descendía, provocando que el suelo vibrara como si estuviera sometido a alguna fuerza descomunal.

—¡Debe ser la maldita roca, el cuerpo de esa bestia lo ha desencallado de donde estaba! —gritó Lea por encima del estruendo, que crecía cada vez más.

La cueva entera empezó a temblar, y algunas piedras cayeron cerca del grupo de cazadores, que corrieron en busca de refugio.

De repente, toda la actividad cesó tan repentinamente como había empezado.

—Ha terminado —dijo Pájaro Azul.

—Me temo que no ha hecho más que empezar —le respondió Piedra.

Un extraño rumor les llegó desde el gran agujero.

Más que un rumor, era un zumbido que fue ganando intensidad.

El preludio de una gran fuerza a punto de desatarse.

—¡Salgamos de aquí! —gritó alguien.

26

La explosión los alcanzó a todos en lugares y circunstancias diferentes.

El grupo formado por Préndola, Milosh y los cuatro cazadores había conseguido emerger del conducto que comunicaba la Boca del Mundo con la gran cueva del dogarth en el recinto del laberinto. Allí les esperaban los esclavos que, en cuanto los vieron aparecer, se lanzaron en su ayuda y se encaminaron hacia la salida más cercana por el núcleo.

Las chicas que todavía esperaban allí la llegada de los cazadores que debían escogerlas, quedaron sorprendidas y asustadas al ver aparecer al ejército de cincuenta esclavos y a sus acompañantes. Se suponía que por allí solo podían llegar los aspirantes que superaban las pruebas del laberinto.

En ese momento, todo el recinto tembló por una tremenda deflagración que parecía provenir de las mismas entrañas del planeta.

La onda expansiva derribó la gran cueva del laberinto y una parte del núcleo, sepultando a seis de las chicas y a casi la mitad de los esclavos. Lluvia y Loptrem desaparecieron engullidos por una brecha que se abrió en el suelo, y Río resultó herido en la cabeza y en un brazo por una roca que se desprendió del techo. Préndola y su hijo Semilla lograron alcanzar la salida y dirigirse hacia los troncats, pero estos huyeron presas del pánico y tuvieron que escapar a pie. Todo el mundo corría, abandonando el laberinto que amenazaba con quedar totalmente destruido. En medio de una gran confusión, se formaron varios grupos improvisados que tomaron el camino de retorno a la zona de la luz, en uno de los cuales iba Milosh, desconcertado y superado por los acontecimientos.

Algunos de los que huían fueron atacados por los ritenhuts que quedaron liberados al venirse abajo la parte inicial del laberinto. También el gran lagarto consiguió huir de su recinto, pero emprendió su fuga hacia la parte más oscura del planeta.

A la primera explosión le siguieron otras en cadena, cada una un poco menor que la anterior, pero suficientemente fuertes como para hacer temblar el suelo y derribar a los que corrían por la superficie. El resultado final fue que un gran terremoto recorrió Gronjor de extremo a extremo.

En la parte iluminada del planeta, gran parte de las cabañas cayeron al suelo, y los bosques de tarbist quedaron diezmados, ya que muchos de aquellos árboles gigantescos fueron derribados por los temblores o absorbidos por las enormes grietas que se abrieron en el suelo. Hubo deslizamientos y derrumbes en las lejanas montañas de Cumt, y sus piedras cargadas de ámbar quedaron sepultadas bajo las avalanchas. Las criaturas salvajes, presas del pánico, corrieron en todas direcciones, provocando peligrosas estampidas.

Un viento huracanado recorrió los desiertos, levantando una tormenta de arena que asoló todo el planeta, cegando muchos pozos de agua y cubriéndolo todo con una capa de polvo de dos dedos de espesor.

El mar de Okam se desbordó, y sus aguas hirvientes alcanzaron algunas cabañas distantes, matando a sus habitantes y a cuantos animales encontraron por el camino. Una ola gigantesca se abatió sobre las peñas cercanas, abatiendo el Risco de la Redención, que desapareció para siempre.

Poco antes de que todo eso pasará, Lea, Piedra, Viento del Norte, Pájaro Azul, Derthom y Pertgraf se dieron cuenta enseguida de que los temblores iniciales que estaba provocando la caída de la gran roca en la sima solo eran el preludio de una gran fuerza a punto de desatarse, y que no lograrían salir por donde habían entrado. Un resplandor anaranjado iluminó toda la cueva, procedente del fondo del agujero por donde había caído el dogarth y de donde venían la mayor parte de los ensordecedores rugidos que emitía la tierra. Aunque ellos no podían saberlo, una gran oleada de magma ascendía lentamente desde el centro del planeta. La mezcla de roca fundida emitía además una intensa ola de calor que los alcanzó en cuanto decidieron huir por el agujero del techo de la cueva.

Gracias a la luz que provenía del magma, por primera vez, pudieron contemplar las dimensiones de la cueva y, sobre todo, del agujero en la bóveda y en el suelo. Las dimensiones eran tales que ni siquiera alcanzaban a ver el otro lado. Sin embargo, era evidente que ambos agujeros coincidían, lo que confirmaba la impresión de que los había provocado el impacto de un mismo objeto.

Escalaron a gran velocidad, dejando atrás los palos de caza para que no les molestaran en aquel difícil ascenso. La tierra temblaba tanto que a veces los sacudía como si fueran hojas secas que el viento estuviera a punto de arrancar de un árbol. Piedras de varios tamaños se soltaban y les golpeaban, pero no dejaron de subir.

En cuanto llegaron a la superficie, corrieron tanto como pudieron para alejarse de allí. Ni siquiera eran conscientes de qué dirección debían tomar, aunque el resplandor que procedía del fondo del agujero les iluminaba tenuemente el camino. Sin darse cuenta, se separaron en dos grupos, pero ya no pudieron volver atrás. Lea, Piedra, Pájaro Azul y Derthom llegaron a la protección de una colina baja que atravesaron sin dejar de correr. Ese cerro les hizo de pantalla cuando se produjo la gran explosión, salvándoles la vida. La onda expansiva los hizo volar varios metros hasta aterrizar en una zona de tierra blanda, donde quedaron tumbados durante un rato hasta que consiguieron recuperarse de la conmoción. Magullados y algo desorientados, continuaron corriendo para alejarse de allí.

Pertgraf y Viento del Norte no tuvieron tanta suerte. La explosión los lanzó contra un muro de afiladas rocas y Pertgraf murió instantáneamente, atravesado por las aristas cortantes. Por su parte, Viento del Norte quedó herido, con un brazo inutilizado y un pie roto por varios sitios.

Dos ritenhuts que vagaban sin rumbo y muy asustados lo acecharon con fiereza.

–¡Vamos! –les gritó sin que nadie pudiera oírlo–. ¡Ahora os enfrentáis al más grande de los cazadores y no os lo voy a poner fácil, malditas bestias!

A pesar de sus graves heridas, logró matar a uno de ellos y herir levemente al otro. Sin embargo, perdía mucha sangre y las fuerzas lo abandonaban por momentos, así que tuvo que emprender la huída perseguido de cerca por el ritenhut superviviente.

En esa loca carrera, iba perdiendo ventaja hasta que se toparon con una inmensa manada de roedores aterrorizados, miles o decenas de miles que habían abandonado sus guaridas subterráneas y trataban de ponerse a salvo. Eran tantos que cubrían todo el terreno sin dejar un hueco libre. Viento del Norte los vio a tiempo y se lanzó a intentar trepar a un saliente que había visto de reojo mientras corría. El ritenhut no fue tan rápido y pronto se vio rodeado por una ingente cantidad de pequeños ratones que contaban con unos dientes muy afilados en la parte delantera. En unos instantes tumbaron al sorprendido ritenhut, que profirió gritos angustiosos al verse atacado de esa manera. Sin embargo, las convulsiones y los rugidos no duraron mucho, y, cuando los pequeños animales reprendieron la marcha, no quedaban ni los huesos del depredador.

Viento del Norte trató de bajar, pero sentía que las fuerzas lo abandonaban definitivamente. Se tumbo en el saliente y trató de descansar un poco para poder recuperarse lo suficiente y continuar la marcha. Los ojos se le cerraban, pero se negaba a rendirse. Miró a lo lejos, en aquella oscuridad penetrante, y creyó ver una luz anaranjada surgiendo de las rocas. El calor lo sofocó y le quitó el aire.

Por debajo del grupo de rocas donde se había refugiado, avanzaba lentamente un mar de piedra fundida que lo engullía todo. Supo que, si se quedaba allí, moriría sin remedio. Con un esfuerzo más allá de los límites, se puso en pie y trató de escalar. No podía pensar, pero su instinto le decía que tenía que seguir subiendo.

Una mano y después la otra... El brazo herido le falló y resbaló.

Supo que iba a morir.

Su cuerpo rebotó en el saliente y se precipitó en una sima abierta en la propia montaña, desde donde era imposible salir. Era el fin del cazador infalible.

Mientras tanto, en una de las comitivas que volvían a la zona con luz, Milosh consiguió arrebatarle un troncat a un esclavo que huía y lo condujo al galope hacia la cabaña de Tilam. La montura cayó varias veces al suelo por culpa de los continuos temblores que agitaban el sendero. Al final, presa del pánico, huyó dejando a Milosh en el suelo. Completó el camino corriendo, lo cual hizo que llegara absolutamente agotado a las proximidades de la cabaña. Ni siquiera pudo acercarse a ella, pues las hirvientes aguas del mar de Okam habían sepultado toda la zona, incluida la cabaña, el cobertizo cercano y todo lo que encontraron a su paso. No encontró ni rastro de Tilam ni su familia.

Cuando consiguió volver a su propio poblado, el panorama no era mucho mejor. Cabañas derrumbadas, pozos sepultados por una espesa capa de arena que lo recubría todo, animales sueltos y esclavas tratando de saber qué tenían que hacer. Muchos esclavos habían huido, pero otros muchos se habían quedado a esperar órdenes. En cuanto lo vieron llegar, se abalanzaron implorando su protección.

Milosh se encargó de intentar poner algo de orden en aquel caos. Ordenó apagar los incendios y buscar supervivientes entre los restos. Se desplazó por todo el poblado, hasta que llegó a las cabañas más alejadas.

Entonces fue cuando lo vio.

El poblado de Milosh estaba construido a pocos pasos de donde comenzaba la zona oscura, allí donde nunca llegaban los rayos de Hastg. Desde su propia cabaña podía observarse claramente la diferencia entre una y otra zona, y si uno se acercaba, podía pasar de la claridad a la penumbra fácilmente. La tierra cambiaba de color justo allí donde la radiación no alcanzaba a calentarla. La zona iluminada estaba cubierta de hierba o algún arbusto, y no era difícil ver correr algún insecto. En cuanto uno se acercaba a la zona oscura, la vida iba desapareciendo hasta que incluso la propia tierra adquiría un color diferente, más gris. Era muy fácil ver la diferencia, y una línea invisible dejaba claro dónde acababa definitivamente el reino de Hastg y dónde empezaba el reino de las sombras.

Lo que Milosh vio lo dejó helado.

Ignorando los gritos y peticiones que le dirigían los esclavos, corrió hacia el límite más cercano y pudo observarlo de cerca.

Se quedó allí inmóvil, mirando unos momentos.
Tratando de entender lo que sus ojos le transmitían.

Había cambiado.

Claramente la radiación alcanzaba ahora una muy pequeña franja de tierra grisácea que nunca antes había recibido la luz y el calor de Hastg. Eran solo unos dedos, incluso menos, pero se veía claramente que esa tierra estaba, por primera vez, iluminada. Se agachó y toco la tierra gris con incredulidad. Un pequeño insecto de largos bigotes y unas protuberancias rojas que destacaban sobre su caparazón traspasó decididamente esa frontera. La vida ya empezaba a abrirse camino en esa tierra nueva.

Milosh levantó la mirada hacia Hastg y trató de comprender lo que estaba sucediendo.

Solo pudo pensar que la profecía se estaba cumpliendo. El cataclismo final se les venía encima.

Mucho más abajo de donde Milosh trataba desesperadamente de comprender a qué se enfrentaban, en las profundas entrañas de Gronjor, las cosas cambiaban rápidamente, sucediéndose una a la otra en una reacción en cadena imparable e incontrolable. Una reacción que ponía en juego tales fuerzas que era imposible predecir hacia dónde derivarían los acontecimientos.

Y todo había empezado con la caída del dogarth en el agujero.

Aquel enorme cuerpo impactó con una gigantesca roca que había quedado obstruida en un canal que ella misma abriera hacía mucho, mucho tiempo, al estrellarse contra el planeta Gronjor. La fuerza de aquel impacto fue tal que provocó un cambió en la rotación del planeta, hasta el punto de llegar a detenerlo poco después. Con la caída del dogarth y el desgaste de cientos de ciclos en esa posición, la gran roca había empezado a desplazarse hacia abajo, cogiendo velocidad en su descenso a medida que caía y erosionaba con su inmenso peso las paredes del agujero.

El magma del núcleo de Gronjor, compuesto básicamente de diversos metales en estado líquido, se desestabilizó cuando aquella gran roca cargada de metales desconocidos en el planeta se hundió en él. La gran explosión que se produjo por aquella irrupción violenta provocó diversos fenómenos que cambiaron el equilibrio de Gronjor. Por un lado, las modificaciones en la composición del núcleo, provocadas por la fundición de la roca, originaron cambios en el campo magnético del planeta, induciendo una interacción más intensa con los campos magnéticos de Hastg. Por otro lado, un estallido tan cercano al núcleo del planeta provocó un cambio de inclinación del eje de Gronjor, que se ladeó unos cuantos grados.

Esos dos fenómenos combinados provocaron que el pequeño planeta, que había estado mucho tiempo inmovilizado por el efecto de la colisión de esa roca, empezara a moverse muy lentamente gracias a los efectos provocados por ese nuevo impacto al nivel del núcleo.

La velocidad de rotación fue muy lenta al principio, aunque iría ganando velocidad conforme se confrontaran las ondas electromagnéticas de la misma polaridad que generaban los campos de gravedad de Gronjor y de Hastg. Sin embargo, el impulso inicial fue demasiado débil para que el planeta adquiriera una velocidad de rotación estable y suficiente.

Los primeros efectos de ese cambio empezarían a notarse de forma inmediata, pero seguirían produciendo nuevos sucesos a nivel planetario durante mucho tiempo todavía. Se achatarían los polos, se ensancharía una amplia franja de tierra en el ecuador, se producirían grandes cambios en el clima y en la vida animal y vegetal. Muchas especies se extinguirían, otras se adaptarían y evolucionarían, y aparecerían nuevas formas de vida que, al colonizar la superficie, cambiarían para siempre su fisionomía y los equilibrios de cada ecosistema.

Los mares de desbordarían e inundarían amplias zona de tierra, surgirían nuevas montañas por los efectos de la presión subterránea... Todo estaría sometido a grandes cambios.

La vida misma se vería sometida a prueba.

Los cataclismos que presagiara la profecía escrita en la roja pared de la Boca del Mundo, que había desaparecido en la primera gran explosión, estaban produciéndose uno detrás de otro.

Pero también los grandes cambios, incluso los más traumáticos, abrían nuevos caminos.

Gronjor había empezado a recuperar su rotación perdida mucho tiempo atrás. La zona oscura dejaría de serlo, antes o después, y se convertiría en una nueva extensión donde tal vez la vida sería posible.

Las sombras ya no gobernarían nunca más ese planeta.

Epílogo

Tilam ayudó trabajosamente a su hijo pequeño a levantarse del suelo, donde su hermana lo había derribado de un golpe con un bastón de juego. Lo consoló y volvió a dejarlo corretear mientras se dirigía al cobertizo en busca de su compañero. Andaba despacio, pues todo le costaba un gran esfuerzo por su avanzado embarazo. Afortunadamente no faltaba mucho para que pudiera ver por fin el rostro de su hijo o hija, el primero que tendría con su pareja. Los otros dos los habían acogido después de que muchos niños quedaran desprotegidos tras la muerte de sus familias en el gran cataclismo. Los amaba a ambos, pero sentía una especial emoción por el que iba a venir, ya que sería de su propia sangre. Los ojos se le llenaban de lágrimas solo de pensarlo.

–¿Has encontrado la semillas?

Milosh apareció de detrás de un grupo de grandes bolsas, tratando de arrastrar una de ellas. Llevaba la cara manchada de negro, lo que le confería un aspecto entre cómico y grotesco.

–Creo que es una de estas... –Al ver sonreír a Tilam con esa expresión que le hacía perder el sentido, supo que se había equivocado de nuevo, pero no se sintió mal por ello. Nada de lo que hiciera su compañera podía ofenderlo.

–Eso, mi querido Milosh, son los restos de humigars, las cáscaras vacías que guardamos para encender el fuego cuando llega el frío.

–Vaya –dijo también sonriendo–. Me temo que tendrás que buscarlas tú.

–De acuerdo, lo haré yo, pero recuerda que te has comprometido a ayudarme a plantarlas.

–Sí, no te preocupes. Solo tendrás que enseñarme cómo se hace.

Tilam se acercó y besó a Milosh en los labios. Desde que habían decidido aislarse del resto de la tribu y criar a sus hijos en esa cabaña construida cerca del río, la familia vivía mucho más tranquila y en paz. De vez en cuando, todavía algún cazador que pasaba por ahí y que había perdido a algún ser querido en la hecatombe los insultaba o lanzaba piedras contra ellos. Esos eran los peores momentos, porque Milosh se irritaba y tendía a contestarles, pero ella siempre lo calmaba.

–Es nuestra manera de recordar que debemos ser felices –le decía hasta que conseguía tranquilizarlo–. Algún día olvidaran y nuestros hijos podrán vivir en paz para siempre.

Ahora eso sucedía solo de tanto en tanto, pero al principio había sido muy duro, ya que casi todos los habitantes de

Gronjor perdieron a familiares o amigos en la sucesión de desastres que siguieron al primer movimiento.

Todavía retumbaban temblores a menudo, algunos de ellos lo suficientemente fuertes como para que todo el mundo se asustara y corriera a refugiarse. Con el tiempo, eso también pasaría.

El planeta parecía estar acomodándose a su nuevo estado, y eso requería muchos ciclos, tratándose de una masa tan enorme.

Préndola había dado órdenes de no ejercer venganza alguna contra el antiguo hechicero, pues bastantes pérdidas habían tenido ya. Como nueva guía del Consejo de Cazadores que gobernaba el planeta, pidió que todos se concentraran en el futuro, dejando atrás el pasado.

Pero no era tarea fácil hacerlo cuando todavía reinaba el caos.

Tal vez cuando todo fuera luz...

La hechicera había recuperado su puesto como consejera, reimplantando la antigua tradición de sus antecesoras. Sin embargo, había aprendido una lección muy dura y no pensaba repetir algunos de los errores que las llevaron a ser desterradas a las sombras. Todavía no era el momento, ya que era necesario saber en qué estado habían quedado como pueblo y como planeta, pero estaba decidida a aplicar medidas de contención del crecimiento a la más mínima señal. Sería tan dura como hiciera falta, aunque eso significara establecer prohibiciones o restricciones colectivas. Cualquier cosa antes de volver a asumir los derramamientos de sangre y las muertes como parte de su cultura.

Ella había sido instruida en esa conexión vital con cualquier ser vivo, pero no debía olvidar que, si no mantenían el equilibrio natural, los tiempos oscuros podían volver. Aun así, las nuevas posibilidades eran tan grandes, los horizontes tan amplios, las fronteras tan nuevas, que dudaba mucho que jamás tuviera que recurrir a las viejas normas.

Pero no iba a dejar de recordárselo a las nuevas generaciones de hechiceras que vendrían. Eso y los sacrificios que algunas de ellas habían tenido que hacer para llegar a ese momento. Algunas perdiendo su propia vida, y otras... vaciándose como madres. Ambas cosas eran tan dolorosas que Préndola no se permitió pensar en ello mientras asumía las nuevas tareas.

Ya habría tiempo para el dolor y los recuerdos.

El tiempo iba pasando y la rotación inicial había dado paso a un movimiento inestable e impredecible. Gronjor apenas había conseguido dar unas cuantas vueltas enteras, ya que, en algunas ocasiones, el planeta ralentizaba tanto su marcha que parecía a punto de detenerse de nuevo. Sin embargo, la noche y el día habían visitado ya lugares que no habían recibido su presencia desde tiempos remotos. En aquellos dos ciclos desde que se produjera la explosión que puso en marcha el planeta, las cosas no se habían estabilizado todavía y ni siquiera estaba claro cuánto iban a durar los períodos de luz y de oscuridad.

Eso dificultaba mucho cualquier intento de adaptarse a nuevas etapas, que no se sabía hasta dónde llegarían. No se conocían los efectos que tendrían las radiaciones sobre la tierra sin luz ni, al contrario, los efectos de una nueva noche en la parte donde nunca había faltado la iluminación. Con el tiempo, tal vez la rotación adquiriría mayor velocidad y los períodos con irradiación conseguirían alternarse con fluidez con las noches, pero, en cualquier caso, parecía que unos y otras serían largos.

Todo era tan nuevo que todavía estaba por comenzar. Los hijos, ahora bienvenidos en el número que fuera, y sobre todo los hijos de estos, serían los que descubrirían el alcance real de aquella nueva dinámica del planeta.

Mientras tanto, lo único que podían hacer era vivir.

Todos eran conscientes, más que nunca, de la fragilidad de su existencia como pueblo, de manera que los supervivientes se agruparon de forma natural, dejando atrás los perjuicios y las divisiones. Los esclavos dejaron de serlo, ya que se necesitaba su participación en la creación de una nueva estructura social que estaba por definir. Todo el mundo se sentía igual que el resto, seres vivos en busca de un futuro para sus familias.

También Lea y Piedra trataban de encontrar una existencia que les permitiera reconocerse. Sus familiares habían muerto, algunos en el caos inicial, como Pertgraf o Malanda, que fue aplastada por una roca cuando trataba de huir a las montañas con un grupo de niños desperdigados en el momento del terremoto. Otros, en las jornadas de caos posteriores, como Derthom, que murió algo después asesinado por un grupo de esclavos que huían del poblado del hechicero y trataron de robar en su casa. La madre de Lea había sido la última en morir por culpa del ataque de un gartmish que rondaba asustado fuera de sus zonas de caza habituales.

A ellos y a todos los demás muertos se les hicieron rápidas ceremonias presididas por una Préndola muy afectada que ayudó a transitar sus espíritus hacia los nuevos seres vivos que surgirían en el planeta. En el caso de la ceremonia de Malanda, Préndola murmuró una melodía en una lengua extraña que jamás habían oído ninguno de los presentes. Curiosamente, un temblor especialmente ruidoso vino a coincidir con la letanía recitada en un idioma desconocido que Préndola utilizó especialmente para esa ocasión. Una gran nube cubrió momentáneamente la luz de Hastg, aunque todo recuperó rápidamente la normalidad.

La desaparición de sus familias permitió a Lea y a Piedra desligarse de cualquier atadura, y se propusieron lanzarse a la colonización de los nuevos territorios que iban apareciendo en las zonas iluminadas que quedaban bajo el manto protector de Hastg. No podían quedarse allí donde nacieron, porque las cosas habían sucedido demasiado deprisa y de forma muy traumática para ambos. Se necesitaban, pero no se sentían cómodos expuestos a la vista de todos los que, de alguna manera, consideraban que aquellos jóvenes habían provocado los acontecimientos que les afectaron a todos tan cruelmente.

Bajo el liderato de Piedra, reunieron a otros jóvenes sin ataduras o con ganas de nuevos horizontes y formaron grupos que se adentraban lentamente en las nuevas zonas iluminadas. Conforme iban avanzando, descubrieron un mundo nuevo, lleno de seres extraños que jamás habían visto, como unos enormes gusanos rojos que se comían unos a otros en un ciclo absurdo que los mantenía vivos, o unos lagartos de largas colas amarillas que lanzaban veneno a más de dos brazos de distancia. Incluso avistaron alguna pequeña manada de algo parecido a los tripcops, pero con menos cuernos, mucho más pequeños y que se movían sin problemas en la oscuridad. A todos empezaron a ponerles nombres provisionales, a la espera de su aprobación por el Consejo, pero eso hizo que se sintieran como colonizadores de un mundo nuevo.

Cuando conseguían avanzar lo suficiente, construían poblados provisionales y trataban de mantenerse con la caza y con lo poco que les daba una tierra yerma donde apenas había nutrientes para sostener algunos vegetales muy resistentes. Desde allí, organizaban expediciones de reconocimiento a las zonas más oscuras que todavía seguían inexploradas y llenas de peligros desconocidos, a juzgar por el gran número de cazadores que jamás regresaban. Muchos de los esclavos que habían sido liberados de esa condición se lanzaban también a la conquista de nuevas tierras donde establecerse en su condición de seres emancipados. Estaban dispuestos a morir en el intento de iniciar una vida nueva.

–¿Llegaremos algún día a dominar realmente todo el planeta? –preguntaba Lea a menudo.

–No lo sé, todavía somos un eslabón frágil –le respondía él.

–Pero no el más débil.

–No, ya no.

Decidieron que no tendrían hijos hasta que encontraran un lugar adecuado para instalarse. Muchas parejas habían decidido hacer lo mismo, y eso también estaba ayudando a acelerar algunos cambios que se producían en las relaciones sociales. Las mujeres iban tomando posiciones cada vez más claras en la tribu, y ya no eran solo madres y recolectoras. También cazaban y participaban en la colonización, en situación mucho más relevante que antes. El ejemplo de mujeres como Lea y Préndola, que habían adquirido una gran influencia después de la gran explosión, servía de catalizador para esos cambios. No era una dinámica fácil ni todo el mundo se adaptaba a ella, pero parecía imparable.

Los dos jóvenes vivían al día y se sentían felices de poder compartir aquello que les gustaba: la libertad, la caza y la sensación de sentirse dueños de su propio destino. La atracción entre ellos seguía siendo tan fuerte como el primer día, pero trataban de no mostrarla en público porque mucha gente había quedado sin pareja por culpa del cataclismo. Preferían dejar los acercamientos para sus momentos de intimidad, aunque no tenían muchos porque vivían en grupos con sus acompañantes de aventura.

Piedra ya no se llamó así nunca más. Por expreso deseo de su padre y de Lea, pasó a llamarse Rondo. Al principio se negó absolutamente y trató de convencer a Lea de que era ella la que debía honrar a su antepasado.

—No pienso aceptar, eres tú la que debería llevar ese nombre. Ronda no suena tan mal, ¿no?

—Yo ya tengo un nombre —respondía ella sonriente.

—Pues yo escogeré uno diferente. No he hecho nada para merecer llamarme Rondo. Fuiste tu la que mató al dogarth.

—Es cierto. Tú lo sabes, yo lo sé y algunas otras personas lo saben también. Pero necesitamos un líder, ahora más que nunca. Necesitamos símbolos que nos unan y que nos guíen, y ese nombre... Rondo es algo que todos identifican. Además, no aceptarían a una mujer al mando... No por ahora.

–Préndola está muy al mando, me parece –protestó él.

–Sí, pero no es una cazadora. Además, yo ya tengo algo que me une a Rondo mucho más que su nombre –concluyó Lea, mostrándole el medio círculo de cristal azulado que recogiera en el nido del dogarth y que ahora llevaba colgado en el cuello.

Discutieron un rato más y al final él aceptó.

Ahora Piedra era Rondo.

Desde el principio se unió a ellos Pájaro Azul, convertido en uno de los mejores cazadores del planeta y conocido con el nombre de Trasmor. Era el nombre que Viento del Norte le había confesado que pensaba elegir si superaba la selección. Lo adoptó en su honor, y, de vez en cuando, visitaba a los padres del cazador solitario y les contaba historias reales o inventadas de las proezas de su hijo en el laberinto. Les hablaba de su generosidad, de su amabilidad, de su preocupación por los demás... Pero también de su valor y sus cualidades para la caza.

Se convirtió en un hijo adoptivo para ellos.

Fue él quien dio caza al gran lagarto, que había huido del laberinto tras la explosión y que poco después trató de acercarse a un poblado cercano. Fue una venganza por los caídos en aquella trampa mortal para los de su generación.

Río, por su parte, quedó herido gravemente el día de la explosión, lo que le ocasionó una cojera de la que nunca se recuperaría. Dejó de ser cazador y se dedicó, junto con Estrella, a quien la falta de una mano no parecía limitar para nada, a la invención y construcción de nuevas armas. A menudo hacían llegar algunos prototipos a grupos nuevos de colonizadores que marchaban por todo el planeta a la conquista de nuevos espacios. Río adoptó el nombre de Diric, y Estrella el de Amgort.

La experiencia adquirida en el Laberinto les supuso el reconocimiento de la tribu y el respeto de los cazadores, aunque miraban con recelo los inventos que pretendían cambiar una actividad que se había mantenido inmutable desde el inicio de los tiempos. Muchos de ellos no encontraban honor alguno en aprovechar las nuevas armas para ganar ventaja sobre las presas.

–Allá fuera... –resumió un cazador veterano el día que intentaron explicarle las ventajas de un bastón con armas arrojadizas escondidas en su interior hueco–... solo debe estar el cazador, su palo de caza y la presa que trata de defenderse con sus propias armas. El valor, la sangre y la muerte es todo lo que necesitamos para vivir y morir con honor.

Semilla, ahora conocido por Frandag, iba convirtiéndose en el mejor sanador de la tribu, rivalizando en conocimientos y destreza con la propia Préndola. Tenía dos hijos varones con la compañera que escogió poco después del cataclismo, una chica que vivía muy cerca de su cabaña y con la que había jugado en secreto cuando ambos eran pequeños.

Los centenares de heridos que provocó la explosión pusieron a prueba su destreza y su fortaleza, tanto física como mental. En una primera fase, simplemente acudía a la llamada de los cazadores que recurrían a él por tener algún familiar o amigo herido. Los atendía allí donde los encontraba, pero pronto se vio desbordado y decidió aprovechar un grupo de cabañas que habían quedado milagrosamente en pie para atenderlos ordenadamente según llegaban. Allí formó a varios ayudantes y acabó creando un asentamiento estable para curas de todo tipo.

Salía a menudo con su madre por los campos cubiertos de plantas y recolectaban remedios para las enfermedades que con frecuencia diezmaban a la tribu.

También trataban de mantenerse informados sobre lo que hacían sus amigos del laberinto. Estos los visitaban siempre que pasaban por allí y disfrutaban entonces de alguna jornada juntos, descansando y comentando algunos recuerdos todavía muy vivos de lo que habían pasado en el mundo oscuro.

En una de aquellas ocasiones, Lea y Rondo los habían visitado mientras iban en busca de comida y otros enseres para su poblado avanzado. También llegaron Diric, Amgort y Trasmor, de manera que el grupo que se salvó del laberinto disfrutó de su mutua compañía un corto período. Durante una de las jornadas en que los cazadores habían salido para comprobar si alguna de las nuevas armas podía serles útil en su avance colonizador sobre la zona oscura, Lea y Préndola salieron a pasear bajo la luz anaranjada del atardecer. Hablaron de muchas cosas, algunas referidas a grandes acontecimientos del pasado y otras mucho más ligadas a su condición de mujeres influyentes.

Llegaron cerca de una colina cubierta por un precioso manto de flores violetas y amarillas. Mientras comentaban los enormes obstáculos que habían tenido que vencer para llegar hasta el final, Lea recordó el día en que la hechicera presidió un ceremonioso funeral en memoria de Malanda.

–Ninguno de nosotros entendió una palabra de aquella canción, pero nos transmitió una gran emoción.

Préndola se quedó mirando a lo lejos, como si viera algo que solo ella podía observar. Cuando respondió, lo hizo con voz quebrada y susurrante.

–El idioma no importa cuando el que habla es el corazón. Las palabras pertenecían al mundo antiguo, pero hablan de cosas que nunca desaparecen, como el amor de una madre por su hija...

Quedó en silencio y Lea decidió esperar por si quería continuar hablando. No entendía el significado de aquella alegoría sobre la maternidad, ya que Préndola no había perdido a su hijo Semilla en aquella jornada terrible, pero prefirió no preguntar.

Préndola vio que ella no había entendido esa revelación, su gran secreto, así que decidió contárselo abiertamente. Necesitaba compartirlo, y quién mejor que aquella mujer valerosa y joven a quien el futuro reservaba grandes cosas en Gronjor.

–Cuando mi predecesora como hechicera sintió la muerte cercana, me mandó llamar a la gran cueva y me contó que el momento de la profecía se acercaba, y que yo sería la que vería nacer un nuevo mundo que se avecinaba, y que estaba llamada a poner orden cuando ese momento llegara, pero que eso exigiría de mí un gran sacrificio.

Un viento suave acarició el largo pelo gris de la poderosa hechicera, que ahora parecía frágil y dolida.

–La llegada de los acontecimientos que han cambiado nuestro planeta dependía de dos factores, como ya os expliqué cuando todo se puso en marcha. Por un lado, era necesaria la aparición de un descendiente directo del gran guerrero. Esa eras tú. No sé si nunca lo has pensado, pero tú has sido la única descendiente femenina de tu línea familiar. Supimos que se acercaba la hora de tu nacimiento mucho antes de que tu madre notara tu existencia en su interior...

Al ver el gesto de extrañeza, le puso la mano en la mejilla.

–Hay cosas que no puedo explicarte y que tú no debes saber, mi querida Lea. Cuando supimos que el momento llegaba, se me pidió que interviniera para que el segundo de los pilares de la profecía apareciera en nuestro mundo en el mismo momento que tú, para que ambos coincidierais al llegar la edad de la selección, os enamorarais y abrierais el camino al gran cambio.

–¿Piedra?

–Sí... el hijo del mago que se uniría al hijo del guerrero. Tú y él debíais nacer en la misma generación para que juntos nos llevarais hasta aquí, pero para eso hacía falta que el mago, que en ese momento era Junjork, tuviera un hijo fuera de la línea de los hechiceros. Alguien que quedara fuera de ese círculo de descendencia que ya ocupaba Milosh.

–¿Fue entonces cuando Malanda y él...?

–Sí, Malanda fue la escogida para ir en busca del hechicero y conseguir su simiente para poder tener a Piedra.

–¿Vosotras convencisteis a Malanda para que os ayudara?

–Lo hizo porque era su deber.

Lea la miró con cara de extrañeza.

–Malanda era mi hija, la hechicera que debía sucederme.

Durante un buen rato, ninguna de las dos dijo nada. Lea porque estaba sorprendida por saber que aquellas mujeres pudieran predecir su nacimiento e impactada por el sacrificio que habían tenido que hacer Préndola, y sobre todo Malanda. Ella no había llegado a conocer al viejo hechicero, pero su madre le había hablado de su aspecto repulsivo y su carácter altivo y caprichoso. También pensó en Derthom y se preguntó si había llegado a saber el motivo de que su compañera tuviera un hijo con Junjork.

Préndola pareció darse cuenta de las reflexiones de la joven y decidió que era el momento de cambiar la dinámica de la conversación. Su dolor debía quedar encerrado en su corazón y no propagarse a los nuevos tiempos que vendrían.

–Pero todo eso, mi querida Lea, pertenece al pasado, como yo. Tú eres el futuro, así que no vamos a dedicar nuestro precioso tiempo a sufrir por las cosas que decidieron un grupo de viejas escondidas en una oscura cueva. Paseemos y disfrutemos del presente, porque es lo único seguro que tenemos.

Siguieron andando en silencio en dirección a un pequeño promontorio de tierra roja que destacaba en medio de la llanura cercana. Cuando llegaron, Lea observó como la hechicera lanzaba unas hojas secas, que llevaba en el bolsillo, al aire que empezaba a levantarse. Aunque Péndola no le dijo nada a su joven acompañante, no habían llegado hasta ese lugar por casualidad.

Aquel era el emplazamiento que la anciana hechicera había escogido para honrar a su hija. No pudieron recuperar sus restos, que habían quedado atrapados bajo una montaña de rocas, de manera que Prendola había enterrado allí algunas de sus posesiones, entre las cuales estaba la pequeña cama hecha de juncos donde Malanda cuidó al recién nacido Piedra. Allí honraría siempre su recuerdo y su sacrificio.

Lea, sin saber nada de todo aquello, cambió la conversación tratando de animarla un poco.

–¿Puedo preguntarte una cosa? Es una tontería, pero me quedé con ganas de saberlo.

–Claro, pregunta lo que quieras.

–Antes de morir, el padre de Piedra... eeh, quiero decir de Rondo... Buff, todavía me cuesta asumir ese cambio de nombre, no creas. Bueno, a lo que iba, Derthom nos contó que cuando todo el grupo llegasteis al laberinto para rescatarnos, casi acabáis peleando con Milosh y sus esclavos porque él quería acompañaros y los cazadores se negaban.

–Sí –respondió la sanadora, recogiendo un puñado de flores de una planta de tallo largo–. Los cazadores no se fiaban de él, y Milosh no quería perder del todo el control de lo que sucedía en el laberinto. Sus esclavos empuñaron las armas y casi acabamos allí el viaje.

–Eso nos contó Derthom, pero también no dijo que tú te acercaste a Milosh y le susurraste algo al oído.

–Lo recuerdo.

–Y que a partir de aquel momento, Milosh aceptó acompañaros bajo el mando de los cazadores, e incluso admitió errores en sus actuaciones recientes.

—Así fue —respondió Préndola, levantando la cara hacia Hastg y dejando que su luz la bañara y la llenara de paz.

—¿Qué le dijiste? —preguntó Lea, que adoptó la misma posición y llenó sus pulmones con el suave aire que llegaba del bosque cercano.

—Le dije unas palabras que sabía que reconocería, unas palabras extraídas de la profecía que encontramos hace mucho tiempo en aquella pared roja hundida en la tierra de Gronjor. Unas palabras que han marcado nuestro destino y que seguirán haciéndolo mientras quede alguno de nosotros con vida.

—¿Qué palabras son esas?

Préndola suspiró profundamente antes de volver a hablar.

—Del mal surge el bien que se encuentra enterrado en los corazones de aquellos que saben amar. En ese equilibrio, el hombre y el hechicero luchan para saber quién vence, el amor o el odio. Si gana tu sed de poder, el hombre que hay enterrado en ti morirá para siempre.

—Realmente encontraste las palabras justas, ¿no?

Por primera vez esa tarde, Préndola sonrió y de sus ojos grises surgió una chispa que rememoraba sus tiempos de jovencita inquieta y traviesa, cuando su madre la regañaba constantemente por los continuos problemas en los que se metía ella sola.

—Bueno, también añadí que, si no colaboraba, yo misma me encargaría de que Tilam nunca más volviera a mirarle a la cara.

Ambas mujeres se miraron y por unos instantes compartieron la complicidad de dos espíritus indómitos que se habían rebelado constantemente contra sus destinos vitales y sociales.

–Eso sí que fue convincente –dijo finalmente la cazadora, reprimiendo una sonrisa.

Una suave lluvia se levantó en las lejanas orillas del mar de Okam y recorrió en unos instantes la distancia que separaba sus aguas turbulentas de aquel promontorio que honraba la memoria de otra mujer extraordinaria. Atravesó la suave hierba que crecía en las colinas y acarició los helechos blancos cazadores que diezmaban las nubes de insectos que volaban en el atardecer anaranjado. Bailó con las grandes hojas de los bosques de Trander y se deslizó suavemente hasta donde las dos mujeres contemplaban el pequeño mundo que ahora se les antojaba lleno de desafíos que vencer y de secretos por descubrir.

Era un viento cargado de nuevos aromas en una tierra que renacía.

La lucha por la supervivencia seguiría abierta durante mucho tiempo todavía, pero ahora también había un lugar para la esperanza.

Índice

Víctor Panicello

Víctor Panicello es licenciado en derecho y, desde hace más de quince años, compagina su carrera profesional en este campo con una dilatada trayectoria como autor de literatura juvenil, a lo largo de la cual ha obtenido algunos premios importantes, como el Ciudad de Badalona de Narrativa Juvenil 2003 o el Columna Jove 2012. Ha combinado con acierto el estilo más intimista de algunas de sus obras iniciales, su trabajo literario con colectivos de jóvenes con riesgo de exclusión social y sus incursiones en el mundo de la ficción, donde destaca por su capacidad de construir potentes entramados narrativos que sostienen una acción trepidante y un trasfondo que siempre invita a la reflexión.

Bambú Exit

Ana y la Sibila
Antonio Sánchez–
Escalonilla

El libro azul
Lluís Prats

La canción de Shao Li
Marisol Ortiz de Zárate

La tuneladora
Fernando Lalana

El asunto Galindo
Fernando Lalana

El último muerto
Fernando Lalana

Amsterdam Solitaire
Fernando Lalana

Tigre, tigre
Lynne Reid Banks

Un día de trigo
Anna Cabeza

Cantan los gallos
Marisol Ortiz de Zárate

Ciudad de huérfanos
Avi

13 perros
Fernando Lalana

Nunca más
Fernando Lalana
José Mª Almárcegui

No es invisible
Marcus Sedgwick

*Las aventuras de
George Macallan.
Una bala perdida*
Fernando Lalana

*Big Game
(Caza mayor)*
Dan Smith

Laberinto
Víctor Panicello